Jan Zweyer

Tödliches Abseits

Kriminalroman

Bibliografische Information der Deutschen Nationalbibliothek: Die Deutsche Nationalbibliothek verzeichnet diese Publikation in der Deutschen Nationalbibliografie; detaillierte bibliografische Daten sind im Internet über http://dnb.dnb.de abrufbar.

Die Originalausgabe erschien 2000 im Grafit-Verlag, Dortmund

Herstellung und Verlag:
BoD – Books on Demand, Norderstedt

ISBN: 978-3-752-67319-7

Covergestaltung: Jan Zweyer

Der Autor

Jan Zweyer wurde 1953 in Frankfurt am Main geboren. Mitte der Siebzigerjahre zog er ins Ruhrgebiet, studierte erst Architektur, dann Sozialwissenschaften und schrieb als ständiger freier Mitarbeiter für die Westdeutsche Allgemeine Zeitung. Er war viele Jahre für verschiedene Industrieunternehmen tätig. Heute arbeitet Zweyer als freier Schriftsteller in Herne.

Nach zahlreichen zeitgenössischen Kriminalromanen hat er sich mit der Goldstein-Trilogie Franzosenliebchen, Goldfasan und Persilschein das erste Mal historischen Themen zugewandt. Es folgte die von Linden-Saga, eine Familiengeschichte aus dem Ruhrgebiet (bisher fünf Bände, zuletzt: Schwarzes Gold und Alte Missgunst, Ein Königreich von kurzer Dauer, beide Grafit-Verlag).

In der **Reihe Wiederaufgelegter Bücher** werden verlagsseitig vergriffen Texte von Jan Zweyer als Buch und eBook neu veröffentlicht. Der Originaltext unterliegt jetzt den neue Rechtschreibregeln. Inhaltliche Veränderungen wurden nur in Ausnahmefällen vorgenommen.

Prolog

+++
+++++dpa-büro essen++++13.4.00++++10.35 mez+++++
++eilt+++eilt+++eilt+++eilt+++eilt+++eilt+++eilt+++eil-
t+++

an alle nachrichtenredaktionen
mord oder selbstmord?
heute morgen gegen 10.00 uhr wurde auf dem gelände der
ruhr-universität bochum ein etwa 30-jähriger mann tot aufgefunden. der junge mann, der keine ausweispapiere bei
sich trug, konnte noch nicht identifiziert werden.
der tote lag zerschmettert vor einem universitätsgebäude
zwischen geparkten fahrzeugen. die kriminalpolizei bochum
geht davon aus, dass er entweder vom dach des gebäudes
gesprungen ist oder gewaltsam gestossen wurde. es steht
noch nicht fest, wie der mann auf das dach gelangen konnte.
da das opfer mit einem trikot des fussball-bundesligisten
schalke 04 bekleidet war, schliesst die polizei einen zu-
sammenhang zu den in der öffentlichkeit als schalke-morde
bekannt gewordenen tötungsdelikten nicht aus.
als schalke-morde werden die noch ungeklärten gewaltsamen
todesfälle bezeichnet, bei denen jeweils nach heimspielen
des fussballklubs schalke 04 bisher drei fans der gegnerischen mannschaft ums leben kamen.
die weiteren ermittlungen wurden der sonderkommission
>fussball< der kriminalpolizei recklinghausen übergeben.

textende

+++++dpa-büro essen++++13.4.00++++10.35 mez+++++
++eilt+++eilt+++eilt+++eilt+++eilt+++eilt+++eilt+++eil-
t+++
+++

1

»Schaaalke, Schaaalke, Schaaalke«, schallte es aus vielen tausend Kehlen im Gelsenkirchener Parkstadion. Dazu wurden Schalker Vereinsfahnen rhythmisch geschwungen und königsblau-weiße Schals in den verregneten Samstagnachmittagshimmel über Gelsenkirchen-Buer gereckt.

»Scheiße, Scheiße, Scheiße«, echoten etwa dreitausend Borussia-Dortmund-Fans in der Südkurve und zeigten ihre schwarz-gelben Farben. »Heya, heya, heya, BVB«, sangen sie.

Sehr lange war der Dortmunder Schlachtruf allerdings nicht zu hören: »Schalke« skandierten die Blau-Weißen und klatschten kurz dreimal in die Hände. »Schalke.« Dreimaliges Klatschen. »Schalke.«

Während sich die gegnerischen Fanblocks mit solcherlei Gesangsduellen bei Laune hielten, plätscherte das Ruhrderby zwischen Schalke 04 und Borussia Dortmund sechs Spieltage vor Saisonende ziemlich ereignislos vor sich hin. Kurz vor Ende der ersten Halbzeit stand es immer noch null zu null.

»Foul«, schrie Rainer Esch und sprang erregt – wie Hunderte weiterer Fans – auf der Tribüne hoch, als direkt vor den Sitzplätzen an der Seitenauslinie ein Schalker Spieler etwas unsanft von den Beinen geholt wurde. »Das war ein Foul! Hast du das gesehen? Das war doch 'ne Blutgrätsche.« Rainer stieß seinen Freund Cengiz Kaya aufgeregt in die Seite. »Das muss doch 'ne Karte geben, mindestens.«

Die Zuschauer in der Nordkurve waren der gleichen Meinung wie Esch und beschimpften den Schiedsrichter, der lediglich den Ball im Aus gesehen haben wollte. »Hängt sie auf, die schwarze Sau«, forderten die Sprechchöre, obwohl die DFB-eigene Arbeitskleidung der

Schiedsrichter schon seit einigen Jahren in ein dezentes Grün getaucht war.

»Ich glaube, der Schiri hat Recht. Der Dortmunder hat einwandfrei den Ball gespielt«, widersprach Cengiz Kaya seinem entrüsteten Freund. »Das war kein Foul.«

»Das war kein Foul? Du hast ja keine Ahnung von Fußball. Aber was sage ich denn? Bin ja selbst schuld. Ich schleppe einen völligen Ignoranten aus dem tiefsten Anatolien, der bis vor einigen Jahren noch nicht wusste, was Abseits und Elfmeter ist, zur Wiege des Ruhrgebietsfußballs auf Schalke und nun das ...«

»Wenn ich mich recht erinnere, habe ich die Karten bezahlt.«

»Das ist doch jetzt völlig egal. Du bist ja so was von voreingenommen, also ...«

Auf dem Rasen wurde der Dortmunder Spieler mit der Nummer zehn von zwei Schalkern in die Zange genommen und zu Fall gebracht. Esch, der sich gerade erst hingesetzt hatte, hielt es nicht auf dem Plastiksitz.

»Nun schmeiß den Schauspieler doch endlich vom Platz ... Hast du den Möller gesehen, den Schwalbenkönig? Nichts war das, absolut nichts. Ein faires, sauber ausgeführtes Tackling ... und jetzt lässt sich die Mimose auch noch mit der Bahre vom Platz tragen.« Esch formte mit seinen Händen einen Trichter und schrie: »Fußball ist ein Kampfsport, kein Rasenschach. Heulsuse, Heulsuse! Was macht denn die Pfeife jetzt? Gibt der etwa Freistoß für Dortmund? Das ist doch wohl nicht wahr! Wegen einer solchen Kleinigkeit. Und eben, bei dem üblen Foul an Thon ... Der Schiri ist bestochen, sag ich dir! Bestochen!«

Ein gellendes Pfeifkonzert klang durch das Stadion. Rainer bemühte sich redlich um Beteiligung, aber da er nicht auf zwei Fingern pfeifen konnte, war nur ein kläglichliches Piepsen zu hören.

Der Freistoß von Möller wurde von Thon abgefangen, der den Schalker Gegenzug mit einem Pass über dreißig Meter nach links außen einleitete.

»Yyyyyyyve«, stöhnte der Schalker Fanblock, als Eigenrauch den Pass annahm und in Richtung Dortmunder Tor spurtete. Eine Trompetenfanfare erklang.

»Attacke!«, brüllten die Schalker. Eigenrauch näherte sich dem 16-Meter-Raum und umdribbelte einen Dortmunder Abwehrspieler.

»Yyyyyyyve.« 40.000 Schalker Fans sprangen auf. Eigenrauch nahm Kurs auf den Elfmeterpunkt, als der Dortmunder Libero die Notbremse zog und den Stürmer von den Beinen holte. Der Schiedsrichter zögerte keine Sekunde, pfiff und zeigte auf den Elfmeterpunkt. Die Schalker jubelten und tanzten.

»Ein klasse Schiedsrichter, was Cengiz?«, strahlte Rainer Esch und fiel seinem Freund um den Hals. »Der pfeift richtig souverän.«

Auch die Dortmunder Spielertraube, die den Unparteiischen bedrängte, konnte die Entscheidung nicht mehr ändern. Als der Schiedsrichter dann auch noch einem Spieler aus der Bierstadt wegen Meckerns die gelbe Karte zeigte, klatschte Esch frenetisch Beifall. »Toller Schiri, wirklich.«

Der Schalker Spieler Thon, der sich von den wütenden Protesten des Dortmunder Fanblocks nicht irritieren ließ, legte den Ball sorgfältig auf den Elfmeterpunkt und nahm Anlauf.

»Schaaalke, Schaaalke, Schaaalke.«

Der Schuss kam flach und platziert. Der Dortmunder Torwart flog in die rechte Ecke seines Kastens und machte sich lang und länger, konnte aber trotzdem nicht verhindern, dass der Ball wenige Zentimeter an seinen ausgestreckten Fingern vorbei ins Netz klatschte.

Das Parkstadion tobte. Wildfremde Menschen fielen sich um den Hals, Konfettischnipsel regneten auf den Platz nieder, Leuchtraketen wurden gezündet.

»Schaaalke, Schaaalke, Schaaalke.«

Rainer Esch hüpfte wie von der Tarantel gestochen umher und schlug Cengiz auf die Schulter. »Hast du das gesehen? Hast du das gesehen?«, fragte er seinen Freund immer wieder und ignorierte dessen Nicken. »Das war ein Ding, was? Hast du das gesehen? Schaaalke, Schaaalke, Schaaalke!«

»Das war in der 44. Minute das Eins-zu-Null für Schalke«, ertönte dröhnend und triumphierend die Stimme des Stadionsprechers aus den Lautsprechern. »Torschütze war die Nummer zehn: Olaaaaaf ...«

»Thon«, ergänzten 40.000 und feierten den Torschützen mit stehenden Ovationen.

Unmittelbar darauf schickte der Schiedsrichter, ohne das Spiel erneut angepfiffen zu haben, die Spieler in die Halbzeitpause.

Esch ließ sich erschöpft auf seinen Platz fallen. »Einfach toll, das Spiel, was?«

»Ich weiß nicht. Bis auf den Elfer habe ich von beiden Mannschaften nicht viel gesehen. Eigentlich hatten die Dortmunder sogar etwas mehr vom Spiel. Das Eins-Null war glücklich, würde ich sagen.«

»Glücklich?«, schnaubte Rainer Esch verächtlich. »Ein klar herausgespieltes Tor! Schalke ist eindeutig überlegen. Und wenn der Schiri nicht wie vorhin so seltsame Entscheidungen getroffen hätte, könnten schon gut drei Tore mehr für uns gefallen sein. Aber der pfeift ja jeden Spielzug von uns ab. Cengiz, ich sage dir ...«

»Halt die Klappe«, unterbrach ihn sein Freund. »Du bist ja kaum noch zurechnungsfähig. Ein klarer Fall von Massensuggestion.«

Esch schwieg beleidigt und machte sich auf, trotz Cengiz' eindeutig bewiesenen Fußballunverstandes, für sie beide Getränke und Bratwürste zu besorgen.

Als Rainer kurz vor Ende der Pause wieder zu seinem Platz zurückkam, war sein Zorn verflogen und der Vorfreude auf die zweite Halbzeit gewichen, die allerdings ebenso ereignislos verlief wie der größte Teil des ersten Spielabschnittes.

Nach dem Schlusspfiff sagte Cengiz auf dem Weg zu ihrem Wagen: »Ein Scheißspiel. Und so was nennt sich Derby.«

»Wieso Scheißspiel?«, wunderte sich Rainer. »Wir haben doch gewonnen!«

»Wieso wir? Schalke hat gewonnen.«

»Sag ich ja. Drei Punkte gegen Dortmund geholt. Klasse! Einfach Klasse! Schaaalke, Schaaalke, Schaaalke!«

2

Der Dortmunder Fanblock musste nach Spielende noch eine gute halbe Stunde warten, bis Polizeibeamte die Leute durch eigens freigehaltene Ausgänge aus dem Stadion eskortierten. So sollte ein Aufeinandertreffen der verfeindeten Anhänger der beiden Vereine vermieden werden. Die Beamten begleiteten die Dortmunder bis zu den Parkplätzen und der Straßenbahnhaltestelle Parkstadion und verfrachteten sie dort in die Wagons, um sie am Gelsenkirchener Hauptbahnhof oder am Bahnhof Zoo wieder in Empfang zu nehmen und in die Züge nach Dortmund zu bugsieren.

Der auf Grund langjähriger Erfahrung bis ins Detail ausgeklügelte taktische Plan der Gelsenkirchener Polizeiführung hatte nur einen kleinen, aber entscheidenden Nachteil: Die wirklichen Hooligans waren entweder schon zwanzig Minuten vor Spielende aus dem Stadion gesickert oder sie hatten erst gar nicht im Fanblock gestanden, weil sie ihre Karten nicht in den Dortmunder Verkaufsstellen, sondern auf quasi neutralem Terrain, in Castrop-Rauxel beispielsweise, erworben hatten.

Außerdem waren diese auf Gewalt und Randale versessenen vorgeblichen Fans nicht so einfach als Hooligans zu identifizieren. Sie outeten sich in der Regel nicht durch die Bekleidung aus den Fanartikel-Shops, sondern verfügten bestenfalls über einen Schal in den Vereinsfarben, der im Bedarfsfall auch in der Jackentasche verschwinden konnte.

Diese Gruppen waren es, die sich am erbarmungslosesten gegenseitig bekämpften und regelrechte Treibjagden unternahmen. Per Internet verabredet und über Handy koordiniert. Und so häufig der Polizei logistisch ebenbürtig.

Mit hängender Zunge erreichte Vincente Lambredo den Nahverkehrszug, der gegen 18.30 Uhr aus dem Gelsenkirchener Bahnhof Zoo Richtung Dortmund abfuhr. Lambredo hatte schon vor fast zwanzig Jahren sein Fußballherz an die Schwarz-Gelben verschenkt, da ihn und seinen Heimatverein Juventus Turin mehr als tausend Kilometer trennten.

Im Zug saßen Fans beider Gruppen in friedlicher Koexistenz in den verschiedenen Wagons – von kleineren Gesangsduellen und verbalen Angriffen abgesehen. Je mehr sich der Zug füllte, umso öfter vermischten sich die Fans beider Klubs auch in einzelnen Abteilen. Blau-Weiß saß einträchtig neben Schwarz-Gelb.

Auch Vincente teilte sich die Stehplätze an den Eingangstüren mit bekennenden Schalkern. Kurz vor Abfahrt des Zuges sah er, wie ein Trupp Dortmunder die Treppe zum Bahnsteig hochstürmte. Der Fahrdienstleiter hatte bereits seine Kelle gehoben und wollte die Ausfahrt freigeben, als die etwa fünfundzwanzig Männer, die »Zurück bleiben«-Rufe des Bahnbediensteten ignorierend, die Türen des Zuges aufrissen und einige Wagons von Vincente entfernt hineindrängten. Mit einem Ruck setzte sich die Bahn in Bewegung.

Wenige Minuten später wurde der Italiener unsanft zur Seite gedrängt.

»He«, protestierte er, hielt aber sofort den Mund, als sich der Rempler, ein stämmiger, mittelgroßer Mann mit muskulösen Oberarmen, herausfordernd vor ihm aufbaute.

»Schnauze, sonst knallt's«, zischte der Kerl, dessen Schal ihn als Anhänger von Schwarz-Gelb auswies. Als Vincente klugerweise nur mit den Schultern zuckte, drehte der Kerl ab und widmete seine Aufmerksamkeit dem nächsten Wagon, der etwa je zur Hälfte mit Dortmundern und Schalkern gefüllt war. Nach einer kurzen Inspektion des Wagens verschwand das Muskelpaket wieder in die Richtung, aus der er gekommen war.

Als der Zug den Herner Hauptbahnhof erreicht hatte ,schob sich ein gutes Dutzend Dortmunder durch die Türen in das Innere des Wagons, in dem sich Vincente aufhielt. Unter ihnen war auch der Kerl, der den Italiener vor einigen Momenten so bedrängt hatte. Vincente versuchte, möglichst nicht aufzufallen. Das hier roch nach Ärger und Ärger war so ziemlich das Letzte, was sich Vincente erlauben konnte.

Nachdem der Nahverkehrszug wieder anfuhr, wurden seine Befürchtungen Wirklichkeit: Die Eindringlinge zückten auf ein Kommando des Stämmigen Schlagringe und Teleskopstöcke aus Stahl, arbeiteten sich durch die Reihen vor, indem sie wahllos auf die überraschten Blau-Weißen einprügelten. Einige Schalker versuchten, den Wagon durch den anderen Ausgang zu verlassen, liefen dort aber direkt einem weiteren Schlägertrupp in die Arme. Vincente hatte den Eindruck, einen schlechten Actionfilm zu sehen. Direkt neben ihm traf einen völlig überraschten schmächtigen Schalker ein schwerer Hieb.

Stöhnend sank der Getroffene in sich zusammen. Als der Schläger den am Boden Liegenden durch harte Fußtritte weiter traktierte, stellte sich Vincente mit ausgebreiteten Armen schützend vor den Verletzten und brüllte den Angreifer an: »Was hat dir der Junge denn getan?«

»Halt's Maul, Spaghetti«, bekam er zur Antwort.

Vincente verspürte unmittelbar darauf einen furchtbaren Schmerz an seiner rechten Stirn. Dann wurde ihm für einen Moment schwarz vor Augen. Er schwankte und suchte Halt an einer der Einstieghilfen. Etwas Warmes, Feuchtes floss über sein Gesicht.

Glücklicherweise hatte der Hooligan das Interesse an ihm verloren und drosch nun auf einen Schalker ein, der verzweifelt versuchte, Schutz unter der Sitzbank zu finden.

Der Italiener wischte sich mit einem Taschentuch das Blut aus dem Gesicht. Dann fiel ihm ein hagerer, groß gewachsener junger Mann in Schwarz-Gelb auf. Der Schwarzhaarige hatte mit den anderen Schlägern den Wagon betreten, beteiligte sich aber nicht mit der gleichen Begeisterung wie die anderen an den Tätlichkeiten. Er ging, nein, eigentlich schritt er durch die Reihen und wirkte seltsam abwesend. So, als ob ihn das Ganze eigentlich nicht interessierte.

Vor Vincente fiel jemand zu Boden. Der Italiener tauchte ab und versuchte, seine Haut zu retten. Die Schalker setzten sich mittlerweile zur Wehr und attackierten nun auch unbeteiligte Dortmunder. Nach nur wenigen Minuten war eine Massenschlägerei in Gang, die von beiden Seiten mit äußerster Verbissenheit geführt wurde. Auf Grund ihrer Bewaffnung waren die Hooligans eindeutig im Vorteil. Mit bloßen Händen konnten die Schalker wenig gegen Schlagringe und Totschläger ausrichten.

Am Haltepunkt Herne-Börnig versuchten Vincente und einige andere fluchtartig den Wagon zu verlassen. Der Italiener stürmte in Richtung der Tür, die ihm am nächsten lag. Dabei passierte er drei Dortmunder, die einen schubsenden und zerrenden Pulk bildeten. Zwei der drei brüllten sich lautstark an.

Im Vorbeilaufen erkannte Vincente den schlanken Schwarzhaarigen, der ihm schon vor einigen Minuten aufgefallen war. Für einen Moment trafen sich ihre Blicke. Vincente konnte keinen Hass oder Schmerz in den Augen des Hageren erkennen, eher einen Ausdruck großer Resignation oder Enttäuschung.

Vincente hatte fast den rettenden Ausgang erreicht, als er etwas Blitzendes registrierte. Es sah so aus, als ob einer von den drei schwarz-gelben Kontrahenten ein Messer gezückt hatte. Sicher war sich der Italiener aber nicht.

Auf dem Bahnsteig rannten einige der Flüchtenden nach vorne zum Zugführer und riefen um Hilfe. Vincente zog es vor zu verschwinden. Mit den Bullen wollte er nun wirklich nichts zu tun haben.

Der Zugführer verständigte über Funk die Bahnpolizei, setzte die Fahrt fort und hoffte im Interesse des Fahrplanes und seiner Gesundheit inständigst, dass der Konflikt auf die mittleren Wagen beschränkt blieb und sich nicht bis zu ihm fortsetzen würde.

Nachdem der Zug in den Bahnhof Castrop-Rauxel Süd eingefahren war, verließen die Hooligans auf ein Kommando ihres Anführers den Zug, stürmten die Bahnsteigtreppe hinunter, steckten im Fortlaufen ihre Waffen und Vereinsembleme in die Taschen und mischten sich unauffällig unter die Passanten.

Als zwei Minuten später drei Streifenwagen mit quietschenden Reifen vor dem Bahnhof hielten, war keiner mehr als Schläger zu identifizieren.

Die Beamten sondierten zunächst die Lage und betraten dann den Bahnsteig, auf dem die Emschertalbahn wartete. Vereinzelt gab es noch kleinere Rangeleien zwischen den Fangruppen, die aber von den Polizisten recht schnell beendet werden konnten.

Einer der Beamten betrat den Wagon, in dem die Schlägerei ihren Anfang genommen hatte. Stöhnende Fans beider Lager leckten ihre Wunden. Langsam ging der Polizist die Sitzreihen entlang.

Etwa in der Mitte des Wagons saßen sich am Fenster zwei mit schwarz-gelben Trikots bekleidete Männer gegenüber. Einer war etwa zwanzig Jahre alt und hatte gute dreißig Kilo Übergewicht. Sein Bierbauch hing schwer über den Gürtel seiner Jeans. Der Kopf war leicht nach hinten geneigt, der Mund geöffnet. Er schlief. Mit jedem lauten Schnarchton wehte eine Alkoholfahne zu dem Polizeibeamten herüber, der verwundert über diese Bierseligkeit den Kopf schüttelte. Dann entdeckte er die Blutspuren auf dem Trikot des Schlafenden.

Der Kopf des anderen Dortmunder Fans war nach vorne auf seine Brust gesunken. Sein linker Arm hing schlaff herunter. Auch er rührte sich nicht. Das lag allerdings nicht an einem Vollrausch, sondern an dem Messer, das bis zum Heft in seinem Brustkorb steckte, genau da, wo sich sein Herz befand.

Der Polizist bückte sich und sah von unten in das Gesicht. Die Augen des Fans waren weit aufgerissen und blickten starr ins Leere. Aus dem Mundwinkel rann etwas Blut. Der Beamte griff hastig zum linken Arm des Opfers und versuchte erfolglos, einen Puls zu finden. Der Mann war tot.

Es dauerte einen Moment, bis sich der Polizist von seinem Schreck erholt hatte. Dann lief er aus dem Wagon und rief seinen Kollegen zu: »Hier liegt ein Toter! Verständigt die Kripo. Und lasst keinen von denen«, er zeigte auf die verbliebenen Fans auf dem Bahnsteig, »hier weg.«

3

Seit er denken konnte, war Schalke 04 sein Leben. Das lag bei ihm in der Familie. Sein Vater hatte ihn am Tag seiner Geburt vor fast dreißig Jahren im Verein angemeldet, einen Kleinkredit aufgenommen und den erforderlichen Mitgliedsbeitrag bis zu seiner Volljährigkeit im Voraus bezahlt. Natürlich war auch Vater Mitglied bei Königsblau gewesen. Bis zu seinem Tod vor zwei Jahren.

Nur schemenhaft erinnerte er sich an die Tage, als Vater ihn als Kleinkind im Kinderwagen mit auf die Glückaufkampfbahn in Schalke genommen hatte. Er war sich sowieso nicht sicher, was an den zerstückelten Bildsequenzen in seinem Kopf eigene Erinnerung oder durch Erzählungen seines Vaters ausgelöste Vorstellungen waren. Wie auch immer, der Gedanke an die vielen Menschen mit Fahnen, den festen Griff, mit dem Vater seine Beine fest hielt, damit er nicht von dessen Schultern gleiten konnte, die Begeisterung der Umstehenden und die lauten Gesänge, die ihn zuerst erschreckten, später dann aufwühlten, ließen ihn nie mehr los. Vater vermittelte ihm inmitten der Menschenmassen ein Gefühl der Zugehörigkeit, der Nähe, ja auch Wärme und Geborgenheit, das er sonst bei ihm niemals gespürt hatte.

Vater konnte sich auf dem Fußballplatz mitreißen lassen. Außerhalb des Platzes war er streng und abweisend, manchmal sogar hart. Er arbeitete als Bergmann im Schichtdienst auf Hugo in Gelsenkirchen-Buer, bis er mit fünfzig in die Anpassung musste. Von seiner Rente hatte er nicht mehr viel gehabt. Nur drei Jahre. Dann kam die tödliche Silikose.

Sie waren drei Geschwister zu Hause gewesen. Er war der Älteste. Maria, seine zwei Jahre jüngere Schwester, hatte schon vor zehn Jahren geheiratet und war mit ihrem Mann nach Süddeutschland gezogen, der Arbeit wegen. Ostern, Weihnachten und zu den Geburtstagen erhielten sie briefliche Glückwünsche, manchmal rief sie auch an. Mutter und Vater waren vor fünf Jahren einmal in Bayern bei Maria und ihrem Mann zu Besuch gewesen, ihr erster und einziger Urlaub in mehr als dreißig Ehejahren.

An Heinz, den jüngsten, hatte er kaum noch Erinnerungen. Er war zwei, als Heinz geboren wurde, und neun, als er starb. Sie bewohnten damals in Erle an der viel befahrenen Cranger Straße eine kleine Wohnung in einem Zechenhaus. Heinz spielte an diesem verhängnisvollen Nachmittag draußen mit anderen Kindern im Hof. Leider hielten sie sich nicht an die Ermahnung ihrer Eltern. Zwei Mülltonnen, die auf ihre Entleerung warteten, bildeten das Tor und Heinz stand darin. Den flach geschossenen Ball seines besten Freundes Karl konnte er nicht abwehren. Tor. Und ohne auf den Verkehr zu achten, lief Heinz auf die Straße, um den Lederball für das Weiterspiel zu sichern. Mutter hatte deutlich das Quietschen der Bremsen des schweren Lastkraftwagens gehört. Wie gesagt, an Heinz konnte er sich kaum erinnern.

Nach dem Tod seines Bruders wurde Mutter noch stiller als vorher und Vater immer mürrischer. Er war aufbrausend und schlug ihn und seine Schwester schon bei der kleinsten Ungehorsamkeit mit einem eigens dafür an der Küchentür hängenden Ledergürtel. Er hatte manchmal Angst vor seinem Vater und war froh, wenn dieser auf Schicht war. Nur alle vierzehn Tage, samstagnachmittags, wenn Schalke spielte, war er gerne mit seinem Vater zusammen. Erst auf der Glückaufkampfbahn, nach der Weltmeisterschaft 1974 dann im Park-stadion.

Ihr Fußballnachmittag begann an diesen Tagen schon gegen zwölf Uhr mittags, wenn sich Vater in seiner Stammkneipe mit Freunden und Arbeitskollegen traf. Er durfte dann, um die Fachsimpeleien der Erwachse-nen nicht zu stören, am Flipper spielen; ein Vergnügen, das ihm ansonsten strengstens verboten war. Vater trank während der Unterhaltung mit seinen Kumpels drei, vier Glas Export. Vater trank nie Pils, immer nur Export. Und etwas angewärmt, nicht eiskalt. Dazu rauchte er zwei, drei Zigaretten. Nicht mehr. Und er, der Sohn, bekam Bluna, später, als er größer war, auch Coca-Cola. Und mit fünfzehn lud ihn Vater ein, mit ei-nem Bier neben ihm am Tresen zu stehen. Er würde nie vergessen, wie stolz ihn das machte; so stolz, dass er einige Wochen später fast nicht mehr an das Spiel dach-te, nur noch daran, dass ihm Vater ein Bier ausgegeben hatte und er neben den Erwachsenen hatte stehen dür-fen.

Nach drei Stunden in der Kneipe gingen sie gemein-sam die knapp zwei Kilometer bis zum Parkstadion.

Vater und er standen immer in der Nordkurve, da, wo sich der echte Schalker Fanblock befand. Nicht direkt mitten in der Nordkurve, eher etwas am Rand, aber doch zwischen den wirklichen Fans. Er hatte bei diesen Anlässen schon als Kleinkind Schalker Trikots getra-gen, die er auch heute noch wie Reliquien in seinem Schrank aufbewahrte, dazu den blau-weißen Schal und eine Fankappe. Sein Vater hatte als Beweis seiner Sym-pathie nur eine Fahne dabei, die ihm als Kind riesig vor-gekommen war. Lediglich im Winter, wenn es sehr kalt war, wickelte sich Vater einen Schal in den Vereinsfar-ben um den Hals, nur dann.

In der Halbzeit hatte Vater ihm fast immer eine Bock-wurst mit Brot und Senf gekauft, bei einem Mann mit einem mobilen Verkaufsstand. Dieser Mann sollte später Präsident von Schalke 04 und noch später, nach seiner Abwahl, mehr oder weniger erfolgreicher Kneipenbesitzer auf Gran Canaria werden. Heute würde ihm der Wurstverkäufer vermutlich nicht so freundlich begegnen wie damals.

Wenn Schalke gewonnen hatte, bekam er an der Bude auf dem Nachhauseweg im Sommer noch ein Eis, im Winter eine Süßigkeit seiner Wahl. Er nahm meistens Lakritze, später Bounty. Aber Leckereien gab es nur bei Schalker Siegen. Bei Niederlagen war sein Vater mürrisch und unnahbar; sprach, wenn sie nach Hause kamen, kein Wort mit Mutter, sondern legte sich nach der Sportschau sofort zu einem späten Nachmittagsschlaf ins Bett. Dann gebot Mutter den Kindern, entweder draußen zu spielen oder, wenn das Wetter dafür zu schlecht war, ganz ruhig zu sein. In diesem Fall ging er in sein Kinderzimmer, sah sich seine Fußballbilder an und träumte von einer Karriere als Profi.

4

Hauptkommissar Rüdiger Brischinsky und sein Assistent Heiner Baumann von der Recklinghäuser Kripo kamen zeitgleich mit der Spurensicherung am Bahnhof Castrop-Rauxel Süd an. Sie trafen auf etwa zwanzig Dortmunder und Schalker Fans, fünf uniformierte Beamte, die die Personalien der auf dem Bahnsteig Festgehaltenen notierten oder den Zugang zum Bahnsteig abriegelten, und einen Fahrdienstleiter der Deutschen Bahn AG, der aufgeregt auf die beiden Kripobeamten zustürmte.

»Tragen Sie hier die Verantwortung?«, rief der Mann schon von weitem.

»Das nehme ich doch stark an«, antwortete Brischinsky und fragte zurück: »Warum?«

»Warum? Weil der Zug hier weg muss. Sofort. Der blockiert das Gleis. Schon seit etwa fünfzehn Minuten. Der muss weg!«, erklärte der Bahnbeamte kategorisch.

»Nun mal langsam«, versuchte Brischinsky den Aufgebrachten zu beruhigen. »Wer sind Sie überhaupt?«

»Meier. Fahrdienstleiter auf diesem Bahnhof. Ich sage Ihnen zum letzten Mal: Der Zug muss weg. Sofort! Der Fahrplan kommt doch ganz durcheinander und das ...«

»... kann ein deutscher Beamter nun überhaupt nicht ertragen. Ich weiß«, ergänzte der Hauptkommissar leise. »Herr Meier, Sie werden sich noch etwas gedulden müssen. Erst ermittelt die Spurensicherung«, er zeigte auf den Nahverkehrszug, »am Tatort. Und wenn die fertig sind, holen wir den Toten raus. Dann wird der Wagen versiegelt. Es könnte ja sein, dass wir zu einem späteren Zeitpunkt noch einmal etwas untersuchen müssen. Und dann können Sie den Wagon abkuppeln und auf ein Abstellgleis stellen. Erst dann darf der Zug weiterfahren, ohne diesen Wagen natürlich. Vorher sprechen wir aber noch mit dem Zugführer. Klar?«

»Aber den Wagon ... Wir brauchen den doch ... Sie können doch nicht so einfach ...«

»Doch, ich kann. Und jetzt, Herr Meier, seien Sie so freundlich und lassen Sie uns unsere Arbeit erledigen. Dann geht's auch viel schneller, ja?« Brischinsky schob den immer noch protestierenden Eisenbahner sanft zur Seite und folgte seinem Assistenten in den Wagon.

»Mein Gott, hat hier die Völkerschlacht zu Leipzig stattgefunden?«, wunderte sich der Hauptkommissar, als er den Wagen betrat. »Hier trieft ja das Blut nur so.«

»So ist das eben, wenn befreundete Fanklubs aufeinander treffen«, griente Baumann. »Da bleibt kein Auge trocken.«

»Pass auf und zieh deine Plastikhandschuhe an, wenn du was anfasst. Ich möchte nicht dafür verantwortlich sein, wenn du dir hier was holst.«

»Schon klar, Chef.«

Brischinsky wandte sich an den Notarzt, der den Tod des Opfers festgestellt hatte. »Können Sie uns schon was sagen?«

»Kann ich. Der Tod ist vor weniger als einer Stunde eingetreten. Auf den ersten Blick war die Todesursache der Stich mit dem Messer mitten ins Herz. Der Mann war wahrscheinlich sofort tot. Genaueres kann natürlich erst nach einer ausführlichen gerichtsmedizinischen Untersuchung gesagt werden. Sie brauchen mich ja wohl nicht mehr hier?«

Brischinsky winkte ab. Und ohne ein weiteres Wort packte der Notarzt seinen Koffer und verschwand.

Der Hauptkommissar nickte den Beamten der Spurensicherung zu. »Eure Leiche.« Dann drehte er sich um und fragte Baumann: »Und wo ist der Verdächtige?«

»Im nächsten Wagon. Der Mann heißt Michael Droppe und kommt aus Castrop-Rauxel.«

»Aha. Na, dann los.«

Hauptkommissar Brischinsky betrat den anderen Wagen. Direkt auf der ersten Sitzbank saß im blutigen BVB-Trikot Michael Droppe und sah sehr müde und sehr unglücklich aus. Vor der Sitzbank stand ein Uniformierter.

»Der Kollege hat den Toten gefunden und Herrn Droppe schlafend daneben«, erklärte Baumann.

»Aha«, sagte Brischinsky zum zweiten Mal. Dann nahm er den Polizisten zur Seite und forderte ihn auf: »Berichten Sie. Aber bitte kurz.«

Fünf Minuten später bedankte sich Brischinsky und schickte den Beamten zur Unterstützung der anderen Uniformierten auf den Bahnsteig.

»So.« Der Hauptkommissar sah auf den Personalausweis, den ihm Baumann reichte. »Michael Droppe, geboren am 9. Dezember 1977 in Dortmund, jetzt wohnhaft in Castrop-Rauxel in der Viktoriastraße 12.« Er gab Droppe den Ausweis zurück. »Was war denn los?«

»Ich weiß doch überhaupt nichts, Herr Kommissar, echt nich«, lallte Droppe und ließ Alkoholfahnen durch den Wagen wehen.

»Mann«, sagte Brischinsky und trat unwillkürlich einen Schritt zurück. »Sie haben aber ganz schön getankt. Versuchen Sie mal, sich zu erinnern.«

»Dat mach ich doch schon die ganze Zeit. Echt. Ich bin mit den anderen in Gelsenkirchen innen Zug gestiegen, dann wohl eingepennt und durch den Grünen da draußen wach gemacht worden. Dann hab ich den Toten gesehen. Auf'm anderen Sitz. Dann bin ich hier rein gebracht worden und dann sind Sie gekommen. Dat is allet, echt Mann. Kann ich getz gehn?«

»Leider nicht. Kannten Sie den Toten?«

»Nie gesehn.«

»Sind Sie sich sicher?«

»Ich kenn den nich, echt.«

»Und Sie haben die ganze Zeit geschlafen? Auch nichts von der Schlägerei mitbekommen?«

»Wat für 'ne Schlägerei?«

Brischinsky antwortete nicht darauf. »Und was ist mit dem Blut an Ihrem Trikot?«

»Wat für 'n Blut?«

»Das da.« Brischinsky zeigte auf den blutverschmierten rechten Ärmel des Verdächtigen.

Droppe sah lange und entgeistert auf die roten Flecken, schüttelte verwundert den Kopf und versicherte: »Echt. Dat weiß ich nich. Da weiß ich nix von, gar nix. In Gelsenkirchen war dat noch nich. Glaub ich jedenfalls.«

Der Leiter der Spurensicherung betrat den Wagon. »Herr Hauptkommissar, wir wären dann so weit ...«

»Einen Moment, Herr Droppe. Bin gleich wieder da.« Brischinsky ging zum Eingang. »Was Besonderes?«

»Der Tote heißt Klaus Kröger und wohnt in Dortmund. Sein Ausweis.« Er übergab Brischinsky den Personalausweis. Der blickte kurz auf das Dokument. Der Tote war erst neunzehn gewesen. Scheißspiel.

»Und hier die Mordwaffe.« Der Beamte überreichte ihm das in einem Plastikbeutel verpackte Messer. »Klappmesser. Können Sie in jedem Waffengeschäft kaufen.«

»Noch was?«

»Absolut saubere Fingerabdrücke auf dem Messergriff. Fast schon zu schön, um wahr zu sein.«

»Ach nee. Ist ja toll. Seien Sie so gut und nehmen Sie dem Besoffenen da vorne auch noch die Fingerabdrücke ab. Und ich hätte gerne einen Vergleich des Blutes auf seinem Trikot mit dem des Toten.«

»Kein Problem. Wir brauchen nur das Trikot. Ach ja, mit ziemlicher Sicherheit ist der Tote nicht beraubt worden«, ergänzte der Beamte. »Seine Geldbörse mit über 200 Mark war noch da, ebenso seine Scheckkarte und auch die Schlüssel. Wenn der Mörder was gesucht hat, war es auf jeden Fall kein Geld.«

»Interessant. Danke.« Der Hauptkommissar widmete seine Aufmerksamkeit wieder Droppe. Er hielt dem BVB-Anhänger das Messer hin, während der Beamte der Spurensicherung Droppe die Fingerabdrücke abnahm. »Kennen Sie dieses Messer?«

Droppe stierte abwechselnd auf das Klappmesser und auf die Finger seiner Hand, die nacheinander erst über eine Art Stempelkissen und dann über ein weißes Stück Pappe gerollt wurden. »Nee, echt nich. Nie gesehn.«

»Und Sie haben auch keine Ahnung, wem das Messer gehören könnte?«

»Nee, hab ich auch nich.«

Als sich Droppes Fingerabdrücke auf dem Papier befanden, nahm der Beamte der Spurensicherung eine Lupe, verglich die Abdrücke, die er von Droppe genommen hatte, mit denen, die auf dem Messergriff waren, und raunte dann Brischinsky zu: »Sehen sich sehr ähnlich. Genaueres kann ich aber erst ...«

»... im Labor feststellen, ich weiß. Das reicht mir aber.«

Der Hauptkommissar entschloss sich zu einem Bluff. Er drehte sich wieder zu dem Fußballfan hin. »Können Sie sich erklären, wieso Ihre Fingerabdrücke auf dem Messer sind, das Sie noch nie gesehen haben wollen?«

Droppe klappte der Unterkiefer hinunter und er schüttelte leicht den Kopf. Plötzlich sprang er auf, stieß Baumann und den Beamten der Spurensicherung zur Seite, rannte zur Tür und machte, ehe Brischinsky eingreifen konnte, einen Satz auf den Bahnsteig. Dort fiel er hin, rappelte sich wieder auf und versuchte, nachdem er erkannt hatte, dass ein Polizeibeamter den Ausgang sicherte, ans Ende des Zuges zu gelangen, um über das gegenüberliegende Gleis zu entkommen.

»Haltet den Mann fest!«, brüllte der Hauptkommissar und folgte dem Flüchtigen auf den Bahnsteig.

Die uniformierten Beamten reagierten sofort. Drei von ihnen liefen dem Betrunkenen nach, der vor lauter Aufregung und auf Grund seines Alkoholpegels erneut über seine Beine stolperte und schwer hinschlug. Sofort waren zwei der Polizisten über ihm, legten dem sich heftig Wehrenden Handschellen an und rissen ihn hoch.

Schwer atmend erreichte Brischinsky die Gruppe. Für solche Übungen bin ich zu alt, dachte er.

»Herr Droppe, Sie sind vorläufig festgenommen. Wegen Verdachts der Tötung von Klaus Kröger. Abführen.«

»Ich war dat nich!«, schrie Droppe und wand sich im Polizeigriff. »Ich war dat nich. Bitte glauben Se mir doch.« Er begann, heftig zu schluchzen.

»So, Heiner. Das war's wahrscheinlich«, sagte Rüdiger Brischinsky befriedigt zu seinem Assistenten Baumann. »Der Wagen wird versiegelt. Ich gehe jetzt einen Kaffee trinken und du sorgst dafür, dass die Jungs auf der nächsten Wache alle schön ihre Aussagen zu Protokoll geben.« Der Hauptkommissar zeigte auf die Fans beider Lager, die aufmerksam den Fluchtversuch des Dortmunders verfolgt hatten. »Und vergiss nicht, mit dem Zugführer zu sprechen.«

Als Baumann zu einem vorsichtigen Protest ansetzen wollte, schnitt Brischinsky ihm das Wort ab. »Keine Widerrede. Wir treffen uns dann später im Präsidium.«

Dem Fahrdienstleiter, der aufgeregt und mit rotem Kopf neben dem Zugführer stand, klopfte Brischinsky jovial auf die Schulter. »Jetzt können Sie den Wagen abkuppeln lassen. Und wenn ich mir die Größe Ihres Bahnhofs so ansehe, vermute ich, dass es außer Ihnen wahrscheinlich keinem aufgefallen ist, dass hier ein Zug etwas länger stand als üblich. Wiedersehen, meine Herren«, sagte der Hauptkommissar und ließ einen wütenden Fahrdienstleiter und einen in sich hineingrinsenden Zugführer auf dem Bahnsteig zurück.

5

Im Alter von sieben Jahren hatte ihn sein Vater für die jüngste Knabenmannschaft des Vereins angemeldet. Zu seinem Geburtstag bekam er die ersten Fußballschuhe seines Lebens geschenkt, mit schraubbaren Stollen. Die Schuhe waren zwar zwei Nummern zu groß und hatten so halbwegs nur mit drei Paar Socken gepasst. Das tat aber seiner Begeisterung keinen Abbruch. Drei Monate später, zu Weihnachten, schenkten ihm die Eltern einen Trainingsanzug, Schienbeinschoner und einen Lederball. Er war außer sich vor Freude.

Auf dem Trainingsplatz war er einer der Eifrigsten gewesen. Er rannte sich die Seele aus dem Leib, wenn Dauerlauf und Zwischenspurt trainiert wurden, beteiligte sich am Entengang, bis er seine Oberschenkel nicht mehr spürte, machte immer zwei, drei Liegestütze mehr, als der Trainer verlangte. Am liebsten aber spielte er mit dem Ball. Ecken und Elfer, Torschuss, fünf gegen einen, Trainingsspiele. Und an den Nachmittagen, an denen kein Training anstand, trafen sich die Knaben von Schalke 04 mit denen von Erle 09 auf dem Bolzplatz hinter der Schule, um weiterzukicken, mit selbst gestrickten Regeln wie ›Drei Ecken, ein Elfer‹, ›Spiel auf ein Tor‹ und ›Ohne Abseits‹.

Trotz seines Trainingsfleißes wurde er aber nur selten für Pflichtspiele aufgestellt. Er war zu langsam. Die gegnerischen Spieler tricksten ihn mit einer Körpertäuschung aus, spitzelten den Ball links an ihm vorbei, dribbelten rechts herum, und wenn er sich fragte, wo sich Gegner und vor allem Ball befanden, waren sie bereits ein oder zwei Meter hinter ihm auf dem direkten Weg zum Tor. Bis er sich dann herumgedreht hatte und dem Gegner nachgespurtet war, hatte dieser den Ball meistens schon einem günstiger platzierten Mitspieler zugespielt.

Das, meinte sein Trainer, käme vom Kopf. Er sei im Denken etwas zu langsam und deshalb reagiere er zu spät. Wenn er nur weiter trainieren würde, gäbe sich das sicherlich. Und er trainierte wie ein Besessener. Und verstand nicht, warum der Trainer ihn nicht aufstellte, obwohl er doch auch bei den älteren Jungs auf dem Bolzplatz immer mitspielen durfte. Ganz im Gegensatz zu Hubert, der zwar vom Trainer aufgestellt, nicht aber von den Älteren als Mitspieler akzeptiert wurde.

Ihr Bolzplatz war durch einen hohen Zaun von der kanalisierten Emscher getrennt, die an dieser Stelle mit recht hoher Geschwindigkeit in einem Tunnel verschwand. Keiner der Jungen wusste, wo er endete. Allen Verboten zum Trotz hatten irgendwelche Kinder in diesen Zaun ein Loch geschnitten, um am Emscherufer gefährlichen anderen Spielen nachzugehen.

An einem sonnigen Nachmittag, er durfte wieder mitspielen und Hubert nicht, kam es zu einem Pressschlag zwischen zwei Fußballern. Sein Lederball flog Richtung Zaun, kullerte durch das Loch, rollte die Böschug hinunter und blieb einen Moment an einem der Büsche hängen, um dann zum Entsetzen der Spieler in die Emscher zu fallen und auf Nimmerwiedersehen im Tunnel zu verschwinden. Der Lederball, sein ganzer Stolz, war unwiderruflich verloren.

Seit diesem Tag hatten ihn die Großen auf dem Bolzplatz nicht mehr mitspielen lassen.

Mit zehn gab er die Hoffnung auf eine Fußballerkarriere zur großen Enttäuschung des Vaters endgültig auf und verlegte sich auf das, was er besser konnte. Er wurde ein echter Fan von Schalke 04. Ohne Einschränkung, ohne Bedingung. Mit Leib und Seele. Er wurde der wahre Fan.

Ende der Siebzigerjahre, er musste so zehn oder elf gewesen sein, hatte er seine erste gewalttätige Begegnung mit einem Fan einer gegnerischen Mannschaft. Bis zu diesem Zeitpunkt waren die Unterstützer der Gastmannschaft für ihn eine wogende, mit Fahnen wehende Masse gewesen, weit entfernt in der Südkurve, die es galt, mit Sprechchören niederzuschreien und im Freundeskreis verbal niederzumachen. Manchmal sah der Fan natürlich auch Gruppen von Fans in anderen Farben auf dem Nachhauseweg, da er sich aber immer in Gegenwart seines Vaters und seiner Freunde befand, nahm er die Anderen nie bewusst und schon gar nicht als Bedrohung wahr. Der gegnerische Fan blieb für ihn anonym, abstrakt, unbegreiflich.

Das änderte sich an diesem besagten Samstag. Vater hatte sich am Vorabend einen Hexenschuss zugezogen, ging dann aber doch mit, entgegen Mutters Rat, zum Spiel gegen Werder Bremen. Da Vater schlecht zu Fuß war, trug er seinem Sohn auf, sich seine Wurst selbst am Stand zu holen und ihm ein Bier mitzubringen. Vater drückte ihm ein Fünfmarkstück in die Hand.

Er kannte den Weg. Zuerst nach links zum Aufstieg, dann etwa zehn Meter nach oben zum ersten Ausgang, die Treppe hinunter und auf der ersten Ebene weiter nach rechts bis zum Würstchen- und Bierstand.

An diesem Samstag war aber kein Stand an der vertrauten Stelle gewesen. Er überlegte, ob er zu Vater zurückkehren sollte, machte sich dann aber doch auf Richtung Gegengerade, um dort das Gewünschte zu besorgen.

Nach zwei, drei Minuten mischten sich immer mehr in grüne Trikots gekleidete Fans unter das Blau-Weiß. Ängstlich sah er sich nach einem Wurststand um, konnte aber nirgendwo einen entdecken. Zu allem Überfluss begann seine Blase zu drücken. Etwa dreißig Meter weiter entdeckte er ein Hinweisschild, das ihm den Weg zur Toilette zeigte. Sein Bedürfnis wurde immer dringender. Er betrat den Raum und pinkelte eilig in das Becken.

Als er sich umdrehte, sah er sich von jugendlichen Bremer Fans umstellt, die immer näher und enger rückten und ihn als ›Schalke-Schwein‹ und ›blau-weiße Sau‹ beschimpften. Er sagte, dass er doch nur eine Wurst und ein Bier für seinen Vater kaufen wollte und sie ihn doch, bitte, bitte, wieder gehen lassen sollten. Sein Flehen rief nur höhnisches Gelächter der anderen hervor, die ihn unvermittelt von hinten festhielten. Ein vierzehn oder fünfzehn Jahre alter Junge schlug ihm plötzlich so heftig auf die Nase, dass ihm die Tränen in die Augen schossen. Dann durchsuchten sie seine Taschen, nahmen ihm das Geld, das Vater ihm gegeben hatte, und prügelten erneut auf ihn ein. Er weinte.

Zu seinem Glück betraten in diesem Moment mehrere Männer in Blau-Weiß den Toilettenraum, erkannten die Nöte des kleinen Schalker Fans und verjagten die Gegner, die sofort verschwanden. Er stand da, blutete aus der Nase, hatte eine aufgeplatzte Lippe und verspürte einen abgrundtiefen Hass auf die Anderen, die ihn, den Kleineren, verprügelt und bestohlen hatten.

Vater war wütend. Nicht nur über den Verlust der fünf Mark, sondern auch deshalb, weil er sich unerlaubt über die Grenzen des vertrauten Terrains hinaus entfernt hatte. Trotz eines Schalker Sieges gab es auf dem Heimweg kein Eis.

Von diesem Tag an begann er, von seinem gering bemessenen Taschengeld stets etwas zurückzulegen. Und als er genug gespart hatte, erwarb er vom fünfzehnjährigen Walter, der zwei Straßen entfernt wohnte und der unbestrittene König dieses Teils der Gegend um die Frankampstraße war, seinen ersten Schlagring, den er auf einem Trümmergrundstück auf der anderen Straßenseite versteckte. Seit dieser Zeit ging er nie mehr unbewaffnet zu einem Profifußballspiel.

6

»Also, Baumann, lass hören. Was hat der Zugführer ausgesagt?« Hauptkommissar Brischinsky hatte sich eine Zigarette in den Mund gesteckt, atmete den Rauch tief ein, ließ ihn durch den Mund wieder ausströmen und zog ihn sofort so wieder durch die Nase zurück, dass eine Rauchbrücke zwischen Mund und Nasenlöcher entstand.

Dann machte er es sich auf seinem Schreibtischstuhl so bequem, wie es sich ein Beamter, der eigentlich nach

Hause auf die Couch will, in einem Büro im Polizeipräsidium an einem frühen Samstagabend eben bequem machen kann: Brischinsky schob langsam und vorsichtig mit dem rechten Fuß einen Aktenstapel auf dem Schreibtisch beiseite und schaffte so Platz für seinen linken Fuß, auf den er dann seinen rechten legte. Er lehnte sich genau so weit zurück, dass der Stuhl zwar schon leicht schwankte, aber noch nicht Gefahr lief, wegzurutschen. »Also, was ist? Ich habe heute – anscheinend im Gegensatz zu dir – noch was vor.«

Baumann zückte sein Notizbuch. »Der Zugführer, er heißt zufällig auch Meier so wie der Fahrdienstleiter, hat ausgesagt, dass ihn am Haltepunkt Herne-Börnig, also eine Station vor Castrop, einige Fahrgäste darüber informiert haben, dass im Zug eine schwere Schlägerei ausgebrochen sei. Meier hat die Bahnpolizei verständigt und ist weitergefahren. In Castrop hat er dann beobachten können, wie ein Trupp Jugendlicher eilig den Zug verlassen hat und in Richtung Innenstadt verschwunden ist.«

»Schalker oder Dortmunder?«

»Beide. Und einige, die weder als die einen noch die anderen zu identifizieren waren.«

»Spricht einiges dafür, dass die, die abgehauen sind, die Schlägerei angezettelt haben, oder?«

»Sieht so aus.«

Brischinsky inhalierte erneut den Rauch seiner Zigarette, beugte sich nach vorne und nahm einen Schluck Kaffee.

»Wolltest du nicht ...« Baumann zeigte auf die Zigarette.

»Aufhören? Ja, wollte ich. Man lässt mich aber nicht.«

»Und warum nicht?«, erkundigte sich Baumann.

»Da gibt es so 'n Buch, heißt ›Rauchen aufgeben leicht gemacht‹ oder so. Das musst du lesen, dann hörst du auf.«

»Ich nicht. Wie du weißt, rauche ich schon seit Jahren nicht mehr.«

»Ja, ja, ist ja gut. Ich habe das doch nur im übertragenen Sinn gemeint. Mit dem Buch soll das ganz einfach sein.«

»Warum kaufst du es dir dann nicht?«, fragte sein Assistent.

»Vergriffen.«

»Und? Wird's wieder aufgelegt?«

»Nee.«

»Und jetzt?«

»Rauch ich weiter. Was soll ich machen? Ich kann doch nichts dafür, wenn der Verlag mit mir kein Geld verdienen will.«

»Auch 'ne Logik.«

»Also, warum ist die Bahnpolizei nicht eingeschritten, sondern hat unsere Kollegen verständigt?«

»Die haben keinen Posten in Castrop. Der nächste ist in Recklinghausen, Herne oder Dortmund. Da war die Polizei aus Castrop schneller.«

»Schade«, seufzte Brischinsky. »Wirklich schade. Wenn die Bahnpolizei schon in Börnig eingegriffen und den Toten gefunden hätte, läge ich schon seit Stunden in meinem Wohnzimmer vorm Fernseher und hätte Schalke beim Siegen zugesehen.«

»Wie kommst du denn darauf?«

»Weil Herne Polizeidirektion Bochum ist, darum.«

»Stimmt. Scheiße.«

»Sag ich doch, sag ich doch.« Brischinsky richtete sich auf. »Lässt sich nun nicht mehr ändern. Was sagen die anderen Fußballfans?«

»Erstaunlicherweise fast alle das Gleiche, unabhängig davon, ob sie Schalker oder Anhänger des BVB sind. In Herne hat ein Trupp Dortmunder von zwei Seiten den Wagon gestürmt und auf alles eingeschlagen, was blau-weiß war. Wenn's sein musste, auch auf Dortmunder

Fans. Das Ganze ging ziemlich schnell. Und in Castrop waren die blitzartig wieder draußen und weg. Mit ihnen noch einige andere, die sich vorher ebenfalls an der Schlägerei beteiligt haben.«

»Namen? Adressen?«

Baumann schüttelte den Kopf. »Die Schalker wissen nichts und die Dortmunder wissen auch nichts oder wollen nichts wissen. Alle, die noch auf dem Bahnsteig oder im Wagen waren, sind mehr oder weniger Opfer.«

»Aha. Hat einer von denen etwas von dem Mord gesehen?«

»Ebenfalls Fehlanzeige. Keiner. Aber, wie gesagt, die meisten von denen haben heftig was auf die Schnauze bekommen, die hatten genug mit sich selbst zu tun.«

»Hm. Irgendwie ist mir die Sache zu einfach. Der Droppe war doch noch völlig besoffen, als wir den abgegriffen haben. Und unser Kollege hat bestätigt, dass er ihn einige Minuten lang schütteln musste, bis er ihn wieder unter die Lebenden geholt hatte. Und so ein fast komatöser, tief schlafender Fan bringt einen anderen um, noch dazu einen vom selben Verein? Warum sollte er das machen? Und schläft dann seelenruhig weiter? Da stimmt was nicht, das sagt mir mein Instinkt. Was ist mit den Fingerabdrücken?«

»Der Bericht kommt später.«

»Und der Vergleich der Blutproben?«

»Ebenso. Das Labor ist dran, das dauert aber noch mindestens eine Stunde. Und nähere Aussagen über das Messer machen die ohnehin erst Montag. Die Obduktion ist eingeleitet, aber Samstagabend ...« Baumann schüttelte entschuldigend seinen Kopf. »Vor Montagmorgen ist da nichts zu machen.«

»Gut. Unser Fußballfan bleibt zunächst übers Wochenende bei uns. Dürfte auch gesünder für seine Leber sein. Montag sehen wir dann weiter.«

Der Hauptkommissar griff zum Telefonhörer. »Ich brauche heute noch einen Haftbefehl. – Ja, ich weiß, wie spät es ist. Aber es gibt doch einen Staatsanwalt, der Notdienst hat? – Gut, ich warte.« Brischinsky grinste zu Baumann hinüber. »Warum sollen eigentlich immer nur wir ... Ja? Ich kann mich darauf verlassen? – Michael Droppe. Wir bringen die Akte gleich noch vorbei. – Ja. Und morgen früh dann zur ersten richterlichen Vernehmung. – Welcher Richter? – In Ordnung. Uhrzeit? – Können Sie uns auch noch später mitteilen.«

Der Hauptkommissar beendete das Gespräch und stand mit einem Ruck auf. Dann sagte er: »Feierabend. Für mich zumindest.«

»Versteh ich nicht ...?«

»Einer muss doch die Angehörigen des Ermordeten verständigen, oder? Und einer zum Staatsanwalt. Damit der den Haftbefehl beantragen kann. Und das bist du.«

»Aber ...«

»Baumann, vergiss es. Vergiss es einfach.«

7

Am Sonntagmorgen gegen halb zwölf erwachte Rainer Esch überraschend früh, wenn er den Verlauf des gestrigen Abends berücksichtigte: Cengiz und er waren zunächst in das griechische Lokal eingekehrt, welches quasi um die Ecke in der Reitzensteinstraße in der Recklinghäuser Innenstadt lag. Sie hatten dort ein wirklich vorzügliches Lammkarree mit Bratkartoffeln verspeist und waren anschließend in die Szenekneipe schlechthin, das Drübbelken, gegangen, in dem Rainer früher regelmäßig die Nächte verbracht hatte. Dort hatte er den souveränen Sieg seiner Schalker über die Dortmunder Kicker gefeiert mit dem Ergebnis, dass sein Portmonee völlig geplündert war und sich sein Kopf so anfühlte, als würde sich eine Dampframme im Hirn austoben.

Rainer erinnerte sich an einen Artikel im Spiegel, in dem Crapulogen zu Wort kamen. Mit Interesse hatte er gelesen, dass es Forscher gab, die sich ernsthaft mit dem Entstehen des Katers nach zu heftigem Alkoholkonsum beschäftigten. Crapula, hatte er gelernt, hieß auf Lateinisch Katzenjammer. Diese seltene Spezies von Wissenschaftlern vermutete drei mögliche Ursachen des Katers: Endorphin-Entzug nach Ende des Alkoholgenusses, Entstehen von Ameisensäure und Acetaldehyd als Spaltprodukte beim Alkoholabbau in der Leber oder zu wenig Wasser in der Birne, weil das Hormon, welches den Wasserhaushalt regelt, durch zu großen Alkoholkonsum nicht gebildet werden könne. Allerdings bestehe auf diesem Gebiet eine riesige Forschungslücke, behauptete der Spiegel, da sich zum einen nicht genug Mediziner fänden, die bereit waren, an diesem Problem zu arbeiten – und das, obwohl der gemeine Kater an sich seit Menschheitsgedenken ein Problem von Milliarden Menschen darstellte –, und es andererseits an Probanden fehle. Letzteres läge aber nicht an der mangelnden Anzahl Freiwilliger, vermutete das Nachrichtenmagazin, sondern eher an den Ethikkommissionen der Forschungsinstitute.

Einen Moment hatte Rainer damals erwogen, sich für längere Zeit unentgeltlich als Versuchskaninchen zur Verfügung zu stellen, dann aber davon wieder Abstand genommen, als er las, dass bei diesen Versuchen nicht nur trockene Rieslingweine und spanischer Brandy verköstigt wurden, sondern auch so exotische Alkoholika wie Sake und purer Gin. Schon der Gedanke an dieses Zeug löste bei ihm Brechreiz aus.

Außerdem lebte er, wenn er auch nicht dem Alkohol völlig abgeschworen hatte, seit einiger Zeit, im Vergleich zu seinem früheren Dasein als Student und Taxifahrer, relativ abstinent. Anders war auch der Abschluss seines Jurastudiums, das erste Staatsexamen, sein Referendariat und das anschließende zweite Staatsexamen, nicht zu schaffen gewesen.

Rainer hatte seine Prüfung zwar im ersten Anlauf bestanden und durfte sich nun Assessor der Rechte nennen, seine Gesamtnote war jedoch dermaßen miserabel, dass er sich auf eine Anstellung im Staatsdienst oder in großen Firmen und Anwaltskanzleien keine Hoffnung machen durfte.

Also hatte er sich zur Selbstständigkeit entschlossen, wohl wissend, dass Tausende von Juraabsolventen einen ähnlichen Weg einschlugen. Rainer war der nur schwer zu widerlegenden Argumentation seines Freundes gefolgt. Der hatte anhand eines von ihm selbst erfundenen ›Anwalts-Einwohner-Quotienten‹ – kurz AEQ – ermittelt, dass der Herner Stadtteil Horsthausen den idealen Praxisstandort darstellte. Also hatte sich Rainer Praxisräume auf der Castroper Straße gesucht. In dieser Gegend, meinte Cengiz, gäbe es ausreichend viele Bürger und kaum Anwälte. Letzteres mochte zwar stimmen, aber anscheinend waren die Einwohner dieser Gegend auf Grund des überzeugend niedrigen AEQ dermaßen anwaltsresistent geworden, dass Rainer seit der Eröffnung seiner Praxis vor zwei Monaten erst vier Mandanten gehabt hatte: eine Scheidungsangelegenheit mittelloser Studienfreunde, eine Bußgeldsache wegen Geschwindigkeitsübertretung und zwei Verkehrsunfälle, wobei der lukrativere von beiden – Totalschaden eines aufgemotzten Mercedes – von einem Mann verursacht worden war, der so aussah, wie Rainer sich einen Zuhälter vorstellte. Da dieser Kerl nicht rechtsschutzversichert war, hatte Esch nicht ganz unbegründete Zweifel daran, dass er sein Honorar jemals bekommen würde.

Außerdem wäre es, folgte man Cengiz' Argumentation, nur logisch gewesen, eine Praxis in den Karpaten einzurichten, da dort, mangels irgendeines Anwalts, der AEQ schlicht überwältigend sein musste. Insofern plagten Rainer von Zeit zu Zeit gewisse Zweifel, dass ein zwar nicht in Anatolien, sondern in Deutschland geborener Türke wirklich der richtige Ratgeber in dieser Frage gewesen war, die letztlich seine Zukunft entschied. Da aber andererseits Cengiz auch sein bester Freund war, behielt Rainer seine Bedenken für sich.

Seine Praxisräume lagen im Erdgeschoss eines Hauses, das schon bessere Zeiten gesehen hatte. Früher hatte in den Räumlichkeiten bis zu ihrem vollständigen Konkurs eine Änderungsschneiderei residiert, davor ein Reisebüro, dessen Reisekataloge, die Rainer beim Aufräumen im Keller gefunden hatte, in wenigen Jahren sicher einen gewissen antiquarischen Wert besitzen würden.

Rainers Büro bestand aus einem ehemaligen Verkaufsraum mit der noch erhalten gebliebenen Schaufensterscheibe und einem Hinterzimmer, das beiden Vorgängergeschäften anscheinend als Lager gedient hatte, jetzt aber das Arbeitszimmer des Anwalts beherbergte. Der frühere Verkaufsraum war nun als Warteraum und Schreibbüro vorgesehen, allerdings fehlte noch der Schreibplatz für eine Sekretärin. Das war nicht weiter tragisch, da Rainer derzeit auch noch über keine Sekretärin verfügte, sondern sich für den Fall seiner überaus seltenen Abwesenheit innerhalb der normalen Bürozeiten auf Anrufbeantworter, Faxgerät und die Geduld seiner Mandanten verließ. Wenn der günstige AEQ sich nicht bald belebend auswirken würde, würde Rainer an diesem Zustand in absehbarer Zeit auch nichts ändern können.

Sein Arbeitszimmer schmückten ein neuer Schreibtisch, auf dem sein Computer stand, ein alter Chefsessel und zwei schwarze Lederfreischwinger. An den Wänden befanden sich schwarz furnierte Regale, die Rainers spärliche juristische Literatur und die imposanten Mandantenakten enthielten.

In der Hoffnung auf ganze Heerscharen von Rechtsuchenden und um die Zeit totzuschlagen, hatte er bereits für jeden Buchstaben des Alphabetes, mit dem die Nachnamen seiner potenziellen Kunden beginnen könnten, einen Ordner angelegt, so dass jetzt schon etwa drei Meter Ordner zu besichtigen waren, die nur zwei Zentimeter Akten enthielten.

Im hinteren Bereich seiner Büroräume gab es noch einen Toilettenraum und eine Küche, die er mit dem Sperrmüll aus seiner früheren Detektei möbliert hatte.

An der Hauswand hatte Rainer mit Cengiz' Hilfe ein weiß emailliertes Schild in den Abmessungen 50 mal 70 Zentimetern mit einem Silberrand und schwarzen Buchstaben angebracht, auf dem zu lesen war: Rainer Esch. Darunter stand: Rechtsanwalt. Und wieder darunter: Sprechstunden Mo–Fr 9.00–12.00 und 14.00–18.00 a. Mi.

Nachdem sie das Schild aufgehängt hatten und Cengiz gegangen war, hatte Rainer seine Praxisräume verlassen und war mehrmals auf der anderen Straßenseite so unauffällig wie möglich auf- und abgegangen, um die optische Wirkung des ziemlich teuren Schildes zu bewundern. Damals hatte er sich gesagt, dass er, wenn er einen Anwalt benötigte, ohne Bedenken eine Praxis aufsuchen würde, die ein künstlerisch so überzeugendes Schild neben der Tür hängen hatte.

Leider war die Bevölkerung in dieser Gegend entweder anderer Meinung, was künstlerisch wertvolle Praxisschilder betraf, oder sie hatte einfach keinen Bedarf an anwaltlichem Rat und Trost. Rainer hatte deshalb schon überlegt, die Zeiten seiner Sprechstunden zu ändern und zumindest die Nachmittagsstunden mit weißem Isolierband zu überkleben, das aber bis jetzt noch nicht in die Tat umgesetzt. So studierte er aus Langeweile seit Wochen die BRAGO, wie die Abrechnungsbibel der Rechtsanwälte hieß, und fühlte sich mittlerweile wie ein mit allen Wassern gewaschener Gebührenhai, leider ohne Aussicht auf eine praktische Anwendung seiner Kenntnisse.

Rainer Esch seufzte bei diesen Gedanken, kroch aus seinem Bett, schlurfte in die Küche, setzte einen Kaffee auf und inspizierte den Inhalt seines Kühlschrankes. Einfach frustrierend. Etwas Margarine und Honig, ein Ei, dessen Haltbarkeitsdatum schon längst abgelaufen sein musste, wenn ihn seine Erinnerung an das Kaufdatum nicht trog, und eine halb vertrocknete Salatgurke.

Esch knallte die Kühlschranktür zu. Finanziell stand es zwar nicht zum Besten, aber auf Diät musste er deshalb nun noch nicht gehen. Er beschloss, ausgiebig zu duschen und dann nach Herne zu fahren, um sich dort von seinem Freund Cengiz Kaya zum Frühstück einladen zu lassen und diesen in eine Diskussion über den Sinn und Unsinn der Anwendung mathematischer Modelle wie einen AEQ auf geisteswissenschaftliche Berufe zu verwickeln.

8

»Baumann!«, schrie Hauptkommissar Brischinsky aus der geöffneten Bürotür über den Flur in der ersten Etage des Recklinghäuser Polizeipräsidiums. »Baumann!«

Sein Assistent, der sich gerade darum bemühte, mit heftigen Schlägen der flachen Hand und einem dezenten Fußtritt dem ewig streikenden Kaffeeautomaten zwei Becher Heißgetränke zu entlocken, schreckte auf.

»Was gibt es, Chef?«, rief er zurück.

»Telefon!«

»Komme gleich.«

Letzteres hatte sein Vorgesetzter schon nicht mehr gehört, da er zu sehr damit beschäftigt war, die Bürotür erneut zuzuknallen. Brischinsky war wütend, sehr wütend sogar. Voller Zorn stapfte er zurück zu seinem Platz, griff über den Schreibtisch zu Baumanns Telefon, blaffte: »Kommt gleich« in den Hörer und ließ sich mit einem Ächzen auf seinem Stuhl nieder, um sich wieder, leise vor sich hinschimpfend, der Lektüre der Bildzeitung vom Montag zu widmen.

»Irgendwann bringe ich den Kerl um, ich schwör's. Irgendwann. Ist nur noch eine Frage der Zeit.«

Heiner Baumann betrat das Büro, zwei Becher heißen Kaffee in einer Hand balancierend. Einen stellte er Rüdiger Brischinsky hin. »Pass auf, ist heiß. Warum willst du mich umbringen?«

»Red keinen Quatsch. Du hättest es zwar verdient, aber diesmal bist du ausnahmsweise nicht gemeint.«

Sein Assistent ging grinsend zu seinem Platz und nahm den Hörer. »Baumann. – Ach, du bist es. – Du sollst mich doch nicht während der Dienstzeit ... – Ja, natürlich, aber ... – Nein, jetzt geht das nicht. – Da würde ich mich sehr freuen. – Ehrlich ... – Ich esse sehr gerne Krabben. – Doch, bestimmt.« Baumann warf einen skeptischen Blick auf seinen Chef, der zunehmend ungehaltener über den oberen Rand der Zeitung seinen Mitarbeiter fixierte und stirnrunzelnd das Telefongespräch verfolgte. »Nein, wenn du keinen Weißwein mehr hast, extra einkaufen ist nicht nötig. – Ich muss jetzt aber wirklich ... – Ja, ich dich auch. – Nein, das geht jetzt wirklich nicht. – Natürlich liebe ich dich. – Tschüs. – Ja, tschüs. – Ja, bis heute Abend.«

Leicht verlegen und mit einem entschuldigenden Gesichtsausdruck sah Baumann zu Brischinsky hinüber. »Meine Freundin. Du weißt ja, wie Frauen so sind.«

»Hauptsache, du weißt das. Seit wann magst du Krabben? Als wir das letzte Mal gemeinsam beim Italiener waren, hast du von deiner Pizza jede einzeln heruntergepickt. Geschmacksveränderung oder neue Freundin?«

»Letzteres.«

»Dacht ich mir's doch. Was ist mit deiner bisherigen Flamme?«

»Wir passten nicht zusammen.«

»Aha. Wolltet ihr nicht vorgestern noch heiraten?«

»Nee, das war vor einer Woche.«

»Vor einer Woche. Das ist ja fast 'ne Ewigkeit her«, spottete Brischinsky. »Mensch, Heiner. Wann wirst du endlich erwachsen?!«

»Hoffentlich nie.«

»Auch wahr.« Der Hauptkommissar vertiefte sich wieder in die Zeitung. »Hast du eigentlich schon gelesen, was der Schmierfink Rutter von sich gegeben hat?«

Baumann schüttelte wortlos den Kopf.

»Hier, lies«, sagte sein Kollege und reichte die Zeitung über den Schreibtisch. Dann griff Brischinsky zu dem Becher mit Kaffee und nahm einen Schluck. »Scheiße«, zischte er. »Heiß.«

»Sag ich ja.«

Heiner Baumann warf einen Blick auf den Artikel, den ein Journalist, mit dem Brischinsky eine herzliche Feindschaft verband, zu verantworten hatte.

Terror in unseren Bahnen stand in der Bild in zentimetergroßen schwarzen Lettern. Und darunter: Jetzt bringen sie sich schon gegenseitig um. Wann stoppt die Polizei endlich den Mob in unseren Fußballstadien?

Baumann überflog den Text. Der Autor tat alles, um seinen Lesern zu suggerieren, dass nur durch verstärkte Polizeipräsenz, hartes und unnachgiebiges Durchgreifen und natürlich drakonische Strafen Ausschreitungen in den Stadien verhindert werden könnten. Dies würde aber durch die laxe, völlig unfähige Polizeiführung und vor allem durch Politiker verhindert, deren Hauptinteresse nicht dem Schutz der Bürger, sondern ausschließlich den eigenen Diäten gelte. Der Artikel gipfelte schließlich in der Forderung, schwer bewaffneten Bundesgrenzschutz zur Kontrolle und Abschreckung der Fußballfans einzusetzen.

»Warum nicht gleich die GSG 9?«, fragte Baumann.

»Genau. Aber mit Panzern und Maschinengewehren.« Brischinsky zündete sich eine Zigarette an. »Schmeiß das Schmierblatt weg und sag mir lieber, wann der Laborbericht endlich kommt.«

»Der Bericht? Liegt seit einer Stunde auf deinem Schreibtisch.«

»Auf meinem Schreibtisch? Warum sagst du das nicht gleich?«

»Du hast mich nicht gefragt. Außerdem war der nicht zu übersehen. Wenn du allerdings deine Bürolektüre darauf legst ...« Baumann zog die Schultern hoch.

»Schon gut.« Der Hauptkommissar kramte den Schnellhefter unter mehreren Tageszeitungen hervor, schlug ihn auf und begann zu lesen.

Nach zehn Minuten legte er den Schnellhefter beiseite. »Die Fingerabdrücke auf dem Messer stammen eindeutig von Droppe. Und das Blut auf seinem Trikot vom toten Kröger. Jetzt hat unser Freund ein Problem, ein großes Problem. Außerdem ist Droppe einschlägig vorbestraft. Schwere Körperverletzung. Im Suff. Deshalb ist er auch ohne Knast davongekommen. Was schreiben die Gerichtsmediziner?«

Brischinsky blätterte weiter und las laut vor: »›Der Stichkanal ist etwa acht Zentimeter lang und zwei breit. Art und Beschaffenheit der Verletzung lassen eindeutig den Schluss zu, dass die Größe der Messerklinge obigen Ausmaßen entspricht. Der Stich führte sofort zum Tode und wurde mit sehr großer Wahrscheinlichkeit mit der vermutlichen Tatwaffe ausgeführt.‹ – Welche Überraschung. Das Messer steckte ja noch in der Leiche. – ›Der Stich geht von seitlich rechts leicht nach oben und wurde durch die vierte Rippe abgelenkt, fand trotzdem sein Ziel und drang tief in die vordere Herzkammer ein. Das spricht dafür, dass der Stich mit großer körperlicher Kraft vorgenommen wurde und der Täter etwas kleiner als das Opfer sein muss. Täter und Opfer müssen gestanden haben. Das Opfer ist erst nach der Tat auf den Sitz gesunken. Es hatte eine Blutalkoholkonzentration von etwa 2,8 Promille.‹ – Donnerwetter. Da war der ja schon fast klinisch tot.« Brischinsky blätterte erneut in den Unterlagen. »Wie groß war der Klaus Kröger? Ja, hier steht es. Einszweiundachtzig. Ist der Droppe kleiner? Sieh im Ausweis nach.«

Sein Mitarbeiter kramte in den Unterlagen und sagte dann: »Einsachtundsiebzig.«

»Das würde passen.«

»Was ist mit Faserspuren?«, wollte Baumann wissen.

»Einen Moment.« Der Hauptkommissar suchte wieder in dem Schnellhefter. Dann wurde er fündig. »Volltreffer. Auf beiden Trikots, also auf dem vom Opfer und dem von Droppe, finden sich Faserspuren der Kleidung des jeweils anderen. Wir sollten uns in aller Ruhe mit Droppe unterhalten. Heiner, lass ihn herbringen.«

Zwanzig Minuten später saß Michael Droppe wie ein Häuflein Elend vor den beiden Kommissaren.

Brischinsky sah Droppe lange und schweigend an, bis der unter dem prüfenden Blick des Hauptkommissars unruhig auf seinem Holzstuhl hin und her zu rutschen begann.

»Tja, Herr Droppe«, begann Brischinsky und schaute demonstrativ in einen Aktenordner. »Das sieht wirklich nicht gut aus für Sie. Nur der Form halber: Sie haben natürlich das Recht, die Aussage zu verweigern. Und Sie können natürlich auch einen Anwalt hinzuziehen.«

Droppe schüttelte verschüchtert den Kopf.

»Wollen Sie aussagen?«

Der BVB-Fan nickte ergeben und sah den Kommissar verängstigt an.

»Gut. Dann erzählen Sie, was sich vorgestern zugetragen hat.«

»Wo... womit«, stotterte Droppe, »soll ich anfangen?«

»Mit dem Verlassen Ihrer Wohnung. Erzählen Sie uns alles, von diesem Zeitpunkt an.«

»Ja, gut ... Wat soll ich da schon erzählen ...?«

»Am besten die Wahrheit«, sekundierte Baumann.

»Tu ich ja.«

»Bis jetzt haben Sie noch gar nichts gesagt. Also, Herr Droppe, wann sind Sie aus dem Haus gegangen?«

»Also, dat war gegen elf. Ich geh, wenn der BVB zu Hause spielt oder hier inne Gegend, immer um die Zeit raus. Wir treffen uns dann bei Siggi inne Kneipe, inne Nähe vom Markt.«

»Wer ist ›wir‹? Und wer ist Siggi?«

»Meine Kumpels. Der Karl, Peter, Willi un ich. Siggi? Die Kneipe heißt so. Bei Siggi.«

»Aha. Und haben Karl und die anderen auch Nachnamen?«

»Klar.«

»Dann raus damit.«

Michael Droppe gab den Beamten die Namen und Anschriften seiner Freunde und fuhr mit seiner Aussage fort. Nach einigen Pils hatte der Trupp gegen eins die Stammkneipe verlassen, eingedeckt mit einem ausreichenden Vorrat an Bierdosen und Flachmännern, um mit der Bahn nach Gelsenkirchen zu fahren. Dort waren sie gemeinsam mit anderen BVB-Fans unter Polizeibewachung und dem Gegröle von Schlachtgesängen zum Parkstadion geführt worden. Um die mitgebrachten Getränkevorräte, die ja auch als Wurfgeschosse missbraucht werden konnten, nicht nach den Leibesvisitationen am Einlass ungenutzt abgeben zu müssen, hatten sie die Alkoholika vorher ausgetrunken. Deshalb war

Michael Droppe nach seiner Aussage schon beim Betreten des Stadions völlig abgefüllt gewesen.

»Abba, allet ham die am Eingang nich gefunden. Ich hatte noch 'n paar Flachmänner mit. Ham die nich gefunden«, berichtete Droppe stolz. »Die hab ich mir dann noch inne erste Halbzeit reingezogen.«

So hatte der Dortmunder Fan von der zweiten Halbzeit nichts mehr mitbekommen. Er berichtete, dass ihn seine Kumpel nach Spielende geweckt und mehr oder weniger gewaltsam mit in die Straßenbahn zum Hauptbahnhof geschleift hatten.

»Dort ham wir noch wat getrunken. Un dann weiß ich nix mehr.«

»Was heißt das? Wissen Sie nicht mehr, wie Sie in den Zug gekommen sind?«

»Nee, weiß ich nich mehr genau.«

»Und die Schlägerei? Was wissen Sie darüber?«

»Nix.«

»Und der Tote? Kannten Sie den? Der hieß Kröger, Klaus Kröger.«

»Weiß ich auch nix von.« Droppes Stimme wurde weinerlich. »Ich weiß nix. Ich kannte den nich.«

Brischinsky wurde ernst. »Ihre Fingerabdrücke sind auf dem Messer, mit dem Kröger ermordet wurde. Sein Blut war auf Ihrer Kleidung. Sie saßen dem Toten gegenüber. Und Sie wollen uns erzählen, dass Sie von nichts wissen?«

Droppe schlug die Hände vor sein Gesicht, fiel in sich zusammen und begann hemmungslos zu schluchzen. »Ich weiß nix. Ich kann mich an nix erinnern. Ich wollte dat nicht.«

Sofort hakte Brischinsky nach. »Was wollten Sie nicht?«, fragte er streng.

»Wat? Wat hab ich gesacht?« Der Mann sah Brischinsky erschreckt an. »Nein, dat hab ich nich so gemeint. Ich weiß nix, ährlich. Bitte, glauben Sie mir doch. Bitte, bitte ... Meine Mutter. Wat soll nur meine Mutter ...«

Brischinsky nickte Baumann zu, der den schluchzenden Droppe von dem vor der Tür wartenden uniformierten Polizeibeamten zurück in seine Zelle bringen ließ.

Als Baumann wieder im Zimmer stand, sagte Brischinsky: »Prüf das mit den Freunden nach. Haftbefehl ist erlassen?«

Baumann nickte wortlos.

»Gut. Der Droppe kommt in U-Haft. Wenn das stimmt, was er uns erzählt hat, war das höchstens Totschlag. Oder vorsätzlicher Vollrausch. Vielleicht noch nicht mal das. Aber das soll später der Richter entscheiden.«

Hauptkommissar Brischinsky kaute gedankenverloren auf einem Bleistiftstummel, bis er sich zu seinem Leidwesen doch wieder eine Zigarette ansteckte. »Irgendwie ist das zu einfach«, murmelte er schon zum zweiten Mal, seit der tote Fußballfan gefunden worden war. »Irgendwie zu einfach.«

9

Vincente Lambredo war von Beruf Buchhalter. Und in dieser Eigenschaft stand er mit einem Aktenkoffer aus edlem Leder hinter Luigi, dem Fahrer, und Salvatore, dem Kassierer, an der Theke der Nobel-Pizzaria Sole Mio in Gelsenkirchens Innenstadt und hörte den weinerlichen Tiraden des Besitzers zu.

»Mamma mia, jetzt schon eintausend die Woche. Woher, meint ihr, nehme ich das Geld? Hä? Die Geschäfte laufen schlecht in diesem Jahr, sehr schlecht. Zu viele Arbeitslose, zu hohe Steuern. Ich habe heute erst drei ›Vitello Tonnato‹ und zwei ›Bifteki Fiorentina‹ verkauft. Nur von Pizza kann ich nicht leben. Der Koch kostet ein Vermögen. Dann der Wein ... und gutes Personal ...« Er hob beide Arme und warf den Kopf nach hinten. »Das kostet. Und da kommt ihr und wollt eintausend. Ich kann euch ... wartet ... achthundert geben. Wie wär's mit achthundert?« Der Wirt sah hoffnungsvoll in die Runde. »Nehmt noch eine Grappa.« Er griff zur schlanken Flasche und füllte die vier bauchigen Gläser, die vor ihnen standen.

»Salute.«

Vincente war der Buchhalter, nicht der Kassierer. Er griff zum Glas und prostete dem Restaurantbetreiber zu, dessen Gesichtsausdruck mit jedem Schluck, den Vincente nahm, zuversichtlicher wirkte. Aber Vincente war wirklich nur der Buchhalter. Der Kassierer war Salvatore. Und Salvatore trank nicht.

»Pedro sagt eintausend.« Salvatores Stimme war heiser und kaum hörbar. »Er meint auch eintausend.« Der Kassierer baute sich mit seinen breiten Schultern vor dem Wirt auf und tippte der zunehmend bleicher werdenden Gestalt vor ihm mit dem Zeigefinger auf die Brust. »Eintausend. Ab heute. Sonst verkaufst du bald wieder Eis in Napoli.«

Der Wirt zitterte am ganzen Körper und erweckte für einen Moment den Eindruck, als wolle er sich dem Ansinnen widersetzen. Dann entschied er sich doch anders, nickte ergeben, bückte sich hinter den Tresen, zückte einen Schlüssel und griff in die Kassette. Vincente nahm den letzten Schluck. Der Grappa war wirklich ausgezeichnet. Dann schnappte er sich den Aktenkoffer, fischte ein kleines Notizheft heraus, schlug eine Seite auf und wartete.

Mit hochrotem Kopf tauchte der Gastronom nun wieder auf und blätterte zehn Blaue auf die Theke. Der Kassierer gab stumm sein Einverständnis, strich die Knete ein und reichte sie an Vincente weiter. Der verstaute die Scheine in seiner Brieftasche und vermerkte die pünktliche Zahlung in dem Notizbuch. Dann visierte er das volle Grappaglas Salvatores an. Der signalisierte stumm Zustimmung. Nach einem prüfenden Blick auf Salvatore schob der Wirt das Glas zum Buchhalter herüber.

Vincente nickte freundlich. »Du musst mir deine Bezugsquelle für diesen köstlichen Tropfen nennen«, sagte er lächelnd. »Toskana?«

»Si.«

»Chianti?«

»Si. Grewe.«

»Aah, Grewe.« Vincente nahm einen Schluck und ließ seine Zunge schnalzend über den Grappa gleiten. »Ein Genuss.«

Auf dem Weg zu ihrem in der Nebenstraße geparkten Alfa begegnete ihnen eine Gruppe von Passanten, denen eine einzelne Gestalt folgte. Vincente erkannte den Mann sofort wieder. Es war der Hooligan, der bei dem Überfall im Zug so seltsam unbeteiligt gewirkt hatte. Vincente war in der Familie berühmt für sein Personengedächtnis. Er vergaß nie ein Gesicht.

Der Buchhalter griff sich unwillkürlich an die Stirn. Dort spannte sich ein großes Pflaster über die Wunde, die mit fünf Stichen hatte genäht werden müssen.

Vincente hasste Gewalt. Deshalb war er auch Buchhalter geworden. Er war Geschäftsmann, sonst nichts.

Der Mann ging an ihm vorbei, ohne Vincente wahrzunehmen.

Leise sprach der Buchhalter einige Worte zu dem Kassierer. Salvatore antwortete nicht, sondern führte schweigend den Befehl aus. Er folgte dem Mann in die Dunkelheit.

Nach einigen Stunden kehrte der Kassierer zurück in die Dortmunder Pizzeria, die der Familie gehörte. Wortlos legte er dem Buchhalter einen Zettel mit Namen und Anschrift hin. Der Typ mit dem Dortmunder Trikot hieß

Sven Kamenz. Er wohnte in der Bismarckstraße in Gelsenkirchen.

Vincente notierte die Anschrift in seinem Notizbuch. Selbstverständlich verschwendete er nicht eine Sekunde an den Gedanken, sein Wissen an die Polizei weiterzugeben. Aber möglicherweise war es irgendwann einmal nützlich für die Familie. Und das war alles, was zählte.

10

Esch saß gelangweilt in seinem Büro und studierte zum dritten Mal an diesem Dienstagmorgen in der WAZ die Vorberichterstattung über das morgige UEFA-Cup-Spiel von Schalke 04, als das Telefon schellte. Überrascht griff er zum Hörer.

»Schmidt. Geschäftsstelle des Amtsgerichtes Recklinghausen«, meldete sich eine Frauenstimme. »Könnte ich bitte Herrn Rechtsanwalt Esch sprechen?«

»Am Apparat.«

»Ah so. Herr Esch, die dritte Kammer für Strafsachen hat Sie zum Pflichtverteidiger in der Sache Kröger bestellt.«

Rainers Herz schlug höher. Ein Mandat! »Um was geht es denn da?«

»Warten Sie einen Moment.«

Der Anwalt hörte Blätterrascheln.

»Ein Tötungsdelikt. Ihr Mandant heißt Michael Droppe, Castrop-Rauxel, Viktoriastraße 12. Er ist ...«

»Augenblick, bitte.« Esch schnappte sich einen Bleistift und notierte die Anschrift. »Ja, hab ich.«

»Ihr Mandant befindet sich zurzeit in Bochum in Untersuchungshaft. Deshalb unsere telefonische Vorabinformation. Die schriftliche Bestellung ist bereits seit gestern in der Post. Sie müssten sie heute noch erhalten. Wenn Sie das Mandat ablehnen wollen, müssten Sie ...«

»Nein, nein«, beeilte sich Rainer zu versichern. »Ich nehme das Mandat selbstverständlich an.« Wurde ja auch Zeit, dachte er. »Nur ... sagen Sie, wie ist der zuständige Richter auf mich gekommen?«

»Das kann ich Ihnen sagen. Richter Bleibtreu bestellt als Pflichtverteidiger grundsätzlich den zuletzt zugelassenen Rechtsanwalt im Landgerichtsbezirk Bochum. Und das sind Sie. Der Jugend eine Chance, gewissermaßen.«

»Aha.« Wenn der wüsste, dachte Esch. Von wegen Jugend. Er ging deutlich auf die Vierzig zu.

Rainer widerstand der Versuchung, in seinem Büro herumzutanzen, und griff stattdessen zu seiner Strafprozessordnung, um nachzulesen, was dort über Pflichtverteidigungen stand. Bei § 140 wurde er fündig: Die Mitwirkung eines Verteidigers ist notwendig, wenn 1. die Hauptverhandlung im ersten Rechtszug vor dem Oberlandesgericht oder dem Landgericht stattfindet; 2. dem Beschuldigten ein Verbrechen zur Last gelegt wird; 3. das Verfahren zu einem Berufsverbot führen kann; 4. der Beschuldigte taub oder stumm ist.

Esch schenkte sich den Rest. Satz 1 und 2 griffen. Rainer hoffte, dass nicht auch Satz 4 zutraf.

Eine gute Stunde später brachte der Postbote das angekündigte Schreiben des Amtsgerichts Recklinghausen. Mit zittrigen Fingern riss Esch den Umschlag auf. Ja, da stand es, schwarz auf weiß. Bestellt zum Rechtsbeistand in der Mordsache Kröger.

Esch schluckte. Mord? Er sollte in einem Mordprozess als Pflichtverteidiger auftreten? Als blutiger Anfänger? Er schluckte erneut, spürte aber weiterhin einen Kloß so groß wie einen Tennisball im Hals. Rainer brach gedanklich zusammen. Das konnte, nein, das musste eine Schuhnummer zu groß für ihn sein.

Dann dachte er nach. Mord. Nun gut. Er richtete sich innerlich wieder auf. Für seine Beauftragung konnte es nur zwei plausible Gründe geben: Entweder war der Richter bei seiner Verfügung geistig nicht voll auf der Höhe gewesen, was ja auch in diesen Kreisen von Zeit zu Zeit vorkommen soll, oder der Fall war so was von wasserdicht, dass auch ein Greenhorn wie er absolut nichts versauen konnte. Im letzteren Fall ging es also nur darum, dem Gesetz Genüge zu tun. Ein Anwalt musste her, egal welcher.

Esch sah seinen Mandanten vor seinem geistigen Auge auf der Anklagebank zusammenklappen, während sein Verteidiger – nämlich er selbst – in der imposanten schwarzen Robe mit souveräner Stimme plädierte: »Und im Übrigen schließe ich mich den Ausführungen des Herrn Staatsanwaltes an und bitte um eine milde Strafe, sagen wir ... um schlappe 15 Jahre.«

Entschlossen stand Rainer Esch auf. Nicht mit ihm! So ließ er sich in seiner ersten Strafsache doch nicht abservieren. Er nicht! Wie ein Berserker würde er um die Freiheit seines Mandanten kämpfen. Gutachten um Gutachten würde er beantragen, Beweisanträge stellen, Richter wegen Befangenheit ablehnen, die Presse einschalten, um die Öffentlichkeit dafür zu sensibilisieren, welch himmelschreiendes Unrecht die nackte Klassenjustiz seinem völlig unschuldigen Mandanten anzutun gedachte, den Petitionsausschuss des Bundestages einschalten ...

Vorher allerdings würde es sich anbieten, ein erstes Gespräch mit seinem Mandanten zu führen. Nur so konnte er schließlich die geeignete Prozessstrategie entwickeln. Allerdings: Was konnte das schon für eine Strategie sein in einer im wahrsten Sinne des Wortes todsicheren Sache? Und schlagartig waren sie wieder da, seine nagenden Zweifel. Rainer seufzte. Sein Mandant wanderte mit absoluter Sicherheit in den Knast. Für

Jahre. Und er, Rainer Esch, würde mithelfen, ihn dort hinzubringen. So hatte er sich sein Anwaltsdasein nicht vorgestellt. Resigniert dachte er an die Gebührenordnung und sein Honorar, was ihn so recht aber auch nicht trösten wollte.

Esch packte einige Rechtskommentare, von denen er annahm, sie gebrauchen zu können, in seine Aktentasche und machte sich auf den Weg zum Richter, um Akteneinsicht zu beantragen und sich eine Besuchserlaubnis für seinen ersten Mandantenbesuch in der Justizvollzugsanstalt Krümmede in Bochum zu besorgen.

11

Heinz Kuttowski lebte mit seiner Frau Elise seit 32 Jahren in Herne an der Grenze zu Recklinghausen. Seit elf Jahren war er im Ruhestand, aber immer noch rüstig genug, um jeden Nachmittag mit seiner Promenadenmischung Felix in der nahen ›Brandheide‹ zwei bis drei Stunden spazieren zu gehen.

Die Brandheide war ein weitläufiges Waldgebiet, begrenzt durch die Städte Herne, Recklinghausen und Castrop-Rauxel. Bei schönem Wetter nutzten Hunderte von Erholungssuchenden das Gebiet für Spaziergänge, Radtouren oder auch Picknicks in eigens dafür eingerichteten Schutzhütten.

Dieser Dienstag war anders. Es war bedeckt und hin und wieder regnete es leicht. Außerdem hatte es sich merklich abgekühlt. Heinz Kuttowski und sein Hund Felix hatten die Brandheide für sich. Deshalb ließ der Rentner den Hund schon bald von der Leine, der freudig bellend vor ihm her sprang, schnüffelte und manchmal auch den breiten Schotterweg verließ, um interessanten Duftspuren und potenzieller Beute im Unterholz neben dem Weg nachzujagen.

Nach einiger Zeit kehrte Felix mit einem Stock zurück und legte ihn fordernd vor die Füße seines Herrn. Kuttowski griff das Stöckchen und schmiss es mit voller Kraft in den Wald. Wie der Blitz schoss die Promenadenmischung in das Unterholz. Für einen Moment noch sah der Rentner das schwarze Fell seines Hundes zwischen den Bäumen aufblitzen, dann hatte das Grün das Tier verschluckt.

Als der Hund nach einigen Minuten nicht zurückgekehrt war, rief Heinz Kuttowski nach ihm. Ohne Erfolg. Sein Hund bellte zwar, blieb aber, wo er war.

Fluchend suchte der Rentner nach einer Möglichkeit, den Graben links des Weges ohne größere Gefährdung seiner körperlichen Unversehrtheit zu überqueren. Endlich folgte er wütend seinem Hund in den Wald.

Nach etwa hundert Metern sah er Felix, der laut einen großen Haufen aufgeschichteter, vertrockneter Kiefernzweige verbellte.

»Blöde Töle«, schimpfte Kuttowski, »wenn du das nächste Mal nicht sofort kommst, bleibst du an der Leine.«

Felix beeindruckte diese Drohung nicht im Geringsten. Er schnüffelte, scharrte und bellte. Sein Besitzer leinte ihn an und wollte ihn zurück Richtung Weg ziehen, aber der Hund weigerte sich, den Kommandos zu folgen, und bewegte sich nicht.

Beim Versuch, den Hund mit Gewalt von dem Reisighaufen zu entfernen, geriet Heinz Kuttowski ins Stolpern und ließ die Leine los. Sofort stürzte sich der Hund wieder auf das aufgeschichtete Holz und wühlte sich durch trockene Zweige in das Innere des Haufens. Dabei verharkte sich das Halsband mit einem Reisigzweig. Um das Tier zu befreien, sah sich der Rentner gezwungen, mehrere Zweige von dem Stapel herunterzunehmen.

Heinz Kuttowski hatte knapp die Hälfte der oben liegenden Zweige zur Seite geworfen, als er durch das trockene Braun etwas rötlich schimmern sah. Hastig räumte er die letzten Zweige weg und erstarrte erschreckt in der Bewegung.

Der Rentner atmete tief und langsam durch. Er schleppte sich zurück zum Weg und setzte sich völlig erschöpft auf die Grabenböschung. Verwundert nahm er zur Kenntnis, dass ihm sein Hund brav gefolgt war.

Heinz Kuttowski wusste nicht, wie lange er dort gesessen hatte, da hörte er Motorengeräusch. Ein Auto! Mühsam richtete er sich auf, schlurfte auf die Mitte des Weges und blieb dort mit ausgebreiteten Armen stehen, bis das Fahrzeug anhielt. Als der Fahrer des Wagens das Fenster heruntergekurbelt hatte, zeigte Heinz Kuttowski in den Wald.

»Da hinten«, keuchte er. »Da hinten im Wald liegt eine Leiche.«

12

Die Strafanstalt Krümmede an der Castroper Straße in Bochum lag in Sichtweite des Ruhrstadions, eine der schönsten Fußballarenen des Reviers, in der die ›graue Maus‹ der Bundesliga, der ›Verein für Leibesertüchtigung Bochum‹, seine Heimspiele austrug. Rainer hatte hier schon einige Derbys zwischen Schalke und den ›Unabsteigbaren‹ aus Bochum erlebt und leider war nicht immer sein Verein siegreich gewesen.

Die Krümmede war erst auf den zweiten Blick als Knast zu identifizieren. Sichtblenden aus Beton vor den Fenstern verhinderten den freien Blick der Gefangenen nach draußen, Betonmauern verwehrten die Einsicht ins Innere. Esch hatte ein mehr als flaues Gefühl in der Magengegend, als er sich der Betonburg näherte.

Er parkte seinen Mazda auf dem Gelände rechts vom Knast, das häufig als Kirmesplatz diente oder Zirkusarenen beherbergte. Dann ging er die wenigen Meter bis zum Eingang des Gefängnisses.

Rainer stand vor einem mehrere Meter breiten Stahltor, an dessen rechter Seite sich eine Tür aus Stahlgitter befand. Dahinter konnte er einen Gang erkennen, der an einer Mauer endete. Links und rechts an beiden Seiten des Tores waren in etwa drei Meter Höhe Videokameras angebracht, deren rote Leuchtdioden Betriebsbereitschaft signalisierten. Direkt neben der Gittertür befand sich eine Klingel, darüber ein Lautsprecher. Zaghaft drückte der Anwalt den Knopf.

»Bitte?« Eine knarrende Stimme war zu hören.

»Guten Tag, mein Name ist ...«

»Bitte sprechen Sie direkt in das Mikrofon.«

Rainer ging näher in Richtung Klingelknopf. »Mein Name ist Rainer Esch. Ich bin Rechtsanwalt und möchte meinen Mandanten ...«

Noch ehe er sein Sprüchlein zu Ende aufsagen konnte, ertönte ein Summen. Esch drückte gegen die Stahltür, die sofort aufsprang. Mit klopfendem Herzen trat er ein. Rainer steuerte langsam die nächste Ecke an und bog dann nach rechts. Der Gang erweiterte sich zu einem von außen nicht einsehbaren Raum von etwa zwanzig Quadratmeter Größe. Die weiß verputzten Wände ließen das Licht der Neonleuchten grell erscheinen. Den Besucher erwartete ein Tresen, hinter dem drei Justizvollzugsbeamte saßen. Einer der drei blickte Rainer entgegen. »Sie sind Anwalt?«

Esch trat an den Tresen und nickte.

»Zu wem möchten Sie?«

»Michael Droppe.«

»Ihre Besuchserlaubnis bitte.«

Rainer reichte den richterlichen Wisch über die Theke. Der Beamte bemühte einen Computer und forderte dann Rainers Ausweis.

»Sie erhalten Ihre Papiere beim Verlassen der JVA zurück. Sie werden abgeholt. Bitte warten Sie einen Moment, Herr Rechtsanwalt«, sagte er völlig emotionslos. Dann sprach er leise in ein Mikrofon.

Wenig später trat durch eine Stahltür direkt neben der Pforte ein anderer Beamter, der Esch zum Mitkommen aufforderte. Nach zwei weiteren Stahltüren erreichten sie einen Raum, der Rainer entfernt an eine Umkleidekabine in einer Badeanstalt erinnerte. An der rechten Wand standen mehrere Tische, dahinter befanden sich Schließfächer in einem Schrank, der die ganze Wandbreite einnahm. Auf der linken Seite gab es Umkleidekabinen, die mit einem Vorhang vom Rest des Raumes getrennt waren.

»Bitte, hier herein.« Der Justizbeamte schob den Vorhang einer der Kabinen beiseite, ließ den Anwalt eintreten und folgte ihm dann. »Heben Sie die Arme und spreizen Sie etwas Ihre Beine.«

Esch tat, wie ihm befohlen wurde. Der Beamte begann ihn routiniert und gründlich abzutasten. Nach der Leibesvisitation begleitete er Rainer zu den Tischen. »Ihre Tasche bitte. Sie muss hier bleiben.«

Der Beamte wirkte auf Esch geschäftsmäßig gelangweilt. Er selbst war um so aufgeregter.

»Aber ich«, versuchte Rainer einen zaghaften Protest, »benötige doch meine Gesetzestexte.«

»Tut mir Leid. Sie dürfen lediglich Ihre Handakte mit zu Ihrem Mandantengespräch nehmen. Alles andere bleibt hier. Vorschrift, Sie verstehen.«

Esch verstand nicht. Da der Beamte aber nicht den Eindruck machte, dass ihn eine Diskussion über Sinn und Unsinn dieser Anordnung interessieren würde, fügte sich Rainer in sein Schicksal. Außerdem wirkte das bisher Erlebte auf ihn dermaßen einschüchternd, dass er sich schon fast selbst wie ein Knacki vorkam. Trotzdem wagte er einen letzten Versuch. »Meine Tasche ...?«

»Bekommen Sie später selbstverständlich wieder.« Der Beamte packte das Behältnis in eines der Schließfächer und füllte einen Zettel aus, den er Rainer übergab. »Hier, Ihre Quittung. Bitte warten Sie.«

Der Schließer führte ein kurzes Telefonat.

Kurze Zeit später erschien ein anderer Uniformierter und bedeutete Rainer, ihm zu folgen.

Es gelang dem Anwalt nicht, sich die ihm quälend lang vorkommende Abfolge von Gängen, Gittertüren, Schleusen und Treppen einzuprägen. Später erinnerte er sich lediglich an das Klappern der Schlüssel an dem überdimensionalen Schlüsselbund des Vollzugsbeamten, an das laute Schließen der Türen und an das hallende Geräusch beim Durchqueren der menschenleeren Gänge.

Rainer wusste nicht, ob er dem Beamten drei oder dreizehn Minuten gefolgt war, als dieser eine letzte Tür aufschloss, öffnete und ihn hineinbat. »Der Untersuchungsgefangene wird Ihnen sofort zugeführt.«

Rainer schauderte. ›Zugeführt.‹ Was für ein Vokabular! Wie ein Paket, das zugestellt wird.

Er betrat den Raum. In seiner Mitte stand ein einfacher Tisch mit einer Platte aus Resopal, links und rechts davon je drei Stühle. In einer Ecke verlor sich ein weiterer Stuhl. Sonst war der Raum unmöbliert und ohne Fenster. An der Decke warf eine Neonleuchte kaltes Licht auf die gespenstische Szenerie.

Rainer setzte sich auf eines der Sitzmöbel. Zumindest gab es hier einen Aschenbecher. Er steckte sich eine Reval an und wartete. Nach einigen Minuten hörte er Schritte und die Tür wurde geöffnet. Der ihm schon bekannte Beamte folgte einem jungen Mann in das Besucherzimmer.

»Bitte schellen Sie hier«, sagte der Schließer und zeigte auf einen Klingelknopf, der Rainers Aufmerksamkeit bisher entgangen war, »wenn Sie Ihr Gespräch beendet haben. Ich lasse Sie dann wieder raus.«

Der Beamte schloss die Tür und der frisch bestellte Pflichtverteidiger hörte, wie der Schlüssel herumgedreht wurde. Dann war Esch mit Michael Droppe allein.

»Setzen Sie sich doch.« Rainer schob seinem verunsichert wirkenden Gegenüber einen der Stühle zu und nahm selbst auf der anderen Seite des Tisches Platz. »Mein Name ist Rainer Esch. Ich bin Ihr vom Gericht bestellter Pflichtverteidiger. Zigarette?«

Er hielt Droppe die Packung hin. Mit fahrigen Bewegungen fingerte der Untersuchungshäftling eine Reval aus der Schachtel, steckte sie sich in den Mund und sah Rainer erwartungsvoll an.

»Ach so. Kein Feuer?« Ohne eine Antwort abzuwarten, legte Rainer sein Einwegfeuerzeug auf den Tisch. Dann steckte er die Packung wieder in seine Brusttasche, was Droppe mit einem enttäuschten Blick quittierte.

»Haben Sie keine Zigaretten mehr?«, vermutete der Anwalt.

»Nee, schon alle. Un meine Knete ist auch weg. Verzockt.«

Dafür hatte Rainer das größte Verständnis. Er warf Droppe die Packung zu und sagte: »Behalten Sie sie. Das Feuerzeug auch.«

»Danke.« Der Gefangene steckte die Schachtel ein und zog hastig und tief an der Kippe.

»Herr Droppe, mir wurde erst heute Morgen mitgeteilt, dass ich Ihren Fall übernehmen soll. Ich habe zwar Akteneinsicht beantragt, aber noch keine erhalten. Deshalb erzählen Sie mir doch bitte, was passiert ist. Und zwar von Anfang an.«

»Kostet dat wat?«

»Was? Ob Sie für meine Tätigkeit bezahlen müssen, meinen Sie?«

Droppe nickte.

»Natürlich erhalte ich ein Honorar. Aber das wird vom Staat übernommen.« Zunächst, setzte er in Gedanken hinzu.

»Wann komm ich hier raus?«, fragte Droppe.

»Das kann ich Ihnen beim besten Willen nicht sagen. Ich werde natürlich so bald wie möglich einen Haftprüfungstermin beantragen, aber das kann dauern.«

»Ich halt dat im Knast nich aus. Ich muss hier weg. Sofort.«

»Herr Droppe, das müssen Sie sich aus dem Kopf schlagen. Etwas werden Sie sich noch gedulden müssen.« Wenn du Pech hast, fünfzehn Jahre, dachte Rainer. »Aber jetzt erzählen Sie mir bitte alles von Anfang an.« Der Anwalt nahm seinen Notizblock zur Hand und sah seinen Mandanten auffordernd an.

»Also, dat war so ...« Michael Droppe erzählte von dem Treffen mit seinen Kumpeln bei Siggi, ihren Alkoholexzessen auf dem Weg ins Parkstadion, während des Spieles und auf dem Gelsenkirchener Hauptbahnhof, seinem Filmriss im Zug und dem Gewecktwerden durch den Polizisten, dem ersten Verhör durch Hauptkommissar Brischinsky, seinen Fingerabdrücken auf dem Messer, dem Blut auf seiner Kleidung und dem verzweifelten Fluchtversuch noch aus dem Zug.

»Un seit Montag sitz ich getz hier. Vorher im Knast bei die Bullen in Recklinghausen. Ich hab doch nix gemacht. Ich zerbrech mir den Kopp, abba mir fällt nix ein, ährlich. Ich kann mich einfach nicht dran erinnern, allet wech. Totalausfall inne Birne.« Droppe schlug sich einige Male mit der flachen Hand vor die Stirn. »Wech. Einfach wech.«

»Sie können sich wirklich nicht erinnern?« Rainer sah seinen Mandanten skeptisch an. »Ich bin Ihr Anwalt. Mir können, nein, müssen Sie sogar alles erzählen. Sonst kann ich Ihnen nicht helfen.«

»Wenn ich Ihnen dat doch sage. Allet wech.«

»Wenn Sie sich nicht erinnern können, wäre es aber doch zumindest möglich, dass Sie den Dortmunder Fan erstochen haben, oder?«

»Möglich? Nee, dat wäre nich möglich. Wenn ich mir ein zur Brust genommen hab, bin ich friedlich wie ein Baby, dat könn Se mir glauben. Un warum sollte ich 'n Dortmunder killen? Ich werd doch keinen umbringen. Noch nicht mal 'n Schalker. Un 'nen BVB-Fan verkloppen? 'nen Schalker, vielleicht. Abba 'n BVB-Fan? Nee, niemals.«

Das leuchtete Rainer ein. Allerdings mit umgekehrten Vorzeichen. »Unterstellen wir mal, dass Sie es nicht waren. Woher ...«

»Ich war dat nich!«, unterbrach ihn Droppe empört. »Ich denk, Sie sind mein Anwalt?«

»Bin ich auch. Aber wie kommen dann Ihre Fingerabdrücke auf das Messer?«

»Woher soll ich dat denn wissen? Vielleicht ham sich die Bullen vertan. Oder die wollen mir dat Ding anhängen.«

»Und was ist mit dem Blut des Opfers auf Ihrer Kleidung?«

»Mann, dat ham mich die Bullen auch schon gefragt. Kapiern Se dat immer noch nich? Ich weiß dat nich. Hier oben«, Droppe tippte mit seinem linken Zeigefinger an seinen Kopf, »is nix mehr. Totaler Filmriss. Aus un finito. Wech. Un allet nur wegen die Scheißschalker.«

Das ging Rainer zu weit. Seine Verbundenheit mit S 04 verlangte eine Retourkutsche. Er musste sich als Dienstleister von seinen Mandanten einiges an den Kopf werfen lassen, das war klar, aber das hier ging eindeutig zu weit.

»Wissen Sie eigentlich, wie das Spiel ausgegangen ist?«, fragte Esch mit einem nicht zu überhörenden triumphalen Unterton.

»Nee, keine Ahnung.«

»Schalke hat eins zu null gewonnen.«

Das war zu viel für Droppe. »Auch dat noch, verdammte Scheiße, auch dat noch.« Der Gefangene stützte seinen Kopf in beide Hände und fing leise an zu weinen. »Helfen Se mir bitte, helfen Se mir. Ich war dat nich, ich weiß doch nix mehr. Bitte holen Se mich hier raus. Bitte.«

Jetzt tat Droppe Rainer fast Leid.

»Ich werde tun, was ich kann. Eine Frage habe ich aber noch. Warum sind Sie vom Tatort weggelaufen?«

Der Häftling sah seinen Pflichtverteidiger aus roten Augen erstaunt an. »Wat hätte ich denn sonst machen sollen? Mich einfach innen Knast stecken lassen? Ich war dat doch nich. Abba ich hab doch an die Augens von den Bullen gesehen, dat die mir nich geglaubt ham. Und da hat bei mir einer 'n Schalter umgelegt. Da musste ich die Biege machen, verstehn Se?«

Esch nickte verständnisvoll.

»Dat war die nackte Panik. Ich wollt nur wech, einfach nur wech. Hat bloß nich hingehauen.«

»Das ist wahr. Und Sie haben sich durch Ihre missglückte Flucht erst recht verdächtig gemacht.«

»Ährlich?«

»Ehrlich. Also, wenn Sie mir nichts mehr zu sagen haben ...?«

Sein Mandant schüttelte nur stumm den Kopf.

»Gut. Ich werde wieder zu Ihnen kommen, wenn ich Akteneinsicht hatte und sich weitere Fragen ergeben.« Esch ging zur Tür und drückte auf den Klingelknopf. »Also dann.« Rainer reichte dem Gefangenen die Hand, die dieser fest drückte.

Als nach etwa fünf Minuten immer noch kein Wachmann kam, um die Tür aufzuschließen, klingelte Rainer erneut.

»Beamte«, murmelte er verärgert vor sich hin und sagte laut zu Droppe, um die Wartezeit zu überbrücken: »Und sonst? Wie ist es denn hier so?«

»Wie's hier is? Beschissen isses hier. Wat ham denn Sie gedacht?«

»Eigentlich gar nichts. Wollte nur mal hören.«

Esch klingelte erneut und schlug schließlich mit der Faust gegen die Tür.

»Dat nützt nix«, feixte Michael Droppe. »Hab ich auch schon ausprobiert. Macht trotzdem keiner auf.«

»Das gibt es doch wohl nicht.« Der Anwalt drückte wieder hektisch auf die Klingel, schlug und trat gegen die Stahltür.

»Bleiben Se eben hier. Se wollten doch wissen, wie dat so is, wenn man eingesperrt is. Getz wissen Se's.«

Rainer Esch spürte, wie Panik in ihm hochkroch. Dann zwang er sich zur Ruhe. »Wird schon gleich einer kommen. Wird sicher einer kommen.« Er ging zurück an den Tisch und setzte sich.

Nach weiteren zehn Minuten hörte er, wie sich auf dem Gang draußen Schritte näherten. Sofort sprang Esch auf und schlug wieder gegen die Tür. »Lassen Sie mich hier endlich raus«, brüllte er.

Ein Schlüssel drehte sich im Schloss und das bekannte Gesicht des Justizbeamten erschien in der Öffnung.

»Warum haben Sie nicht geschellt?«, fragte der Schließer vorwurfsvoll.

»Nicht geschellt?«, brauste Rainer auf. »Sagten Sie gerade, nicht geschellt? Seit zwanzig Minuten mache ich nichts anderes, als zu klingeln. Aber von Ihnen hört ja keiner. Wohl was Besseres vorgehabt?«

Der Beamte ignorierte Eschs Vorwurf, drückte auf den Klingelknopf und lauschte. »Scheint defekt zu sein. Ich mache später Meldung. Sind Sie fertig?«, fragte er Rainer.

»Darauf können Sie sich verlassen«, fauchte Esch den Beamten an. »Völlig fertig.«

»Dann kommen Sie mit.« Das galt Droppe, nicht ihm. »Ich hole Sie auch gleich ab, Herr Anwalt. Gedulden Sie sich bitte noch einen Moment.«

Als der Beamte mit dem Untersuchungshäftling den Raum verlassen und die Tür schließen wollte, sagte Rainer kleinlaut: »Können Sie bitte die Tür offen lassen?«

Grinsend schob der Justizbeamte mit Droppe ab.

Eine Viertelstunde später stand Rainer endlich wieder vor der Justizvollzugsanstalt und atmete tief durch.

Zurück in Herne erwartete ihn vor seinem Büro ein alter Mann, der ungeduldig mit seinem Gehstock auf den Boden klopfte.

»Sind Sie der Anwalt?«, wollte der Alte wissen.

»Ja, der bin ich. Um was geht es?«

»Das wurde aber auch Zeit«, knurrte der Mann. »Ich warte schon seit fünf Minuten. Hier, bringen Sie das in Ordnung.« Der Alte zog ein zerknittertes Blatt aus der Jackentasche und wedelte Rainer damit vor der Nase herum. »Alles Verbrecher sind das. Gemeine Verbrecher. Aber nicht mit mir. Denen werde ich's zeigen.«

Esch schloss die Tür zu seinen Büroräumen auf. »Wollen Sie nicht lieber hereinkommen? Das ist doch sicher besser als hier auf der Straße ...«

»Verbrecher. Mafiamethoden. Saubande.« Der Alte schob sich schimpfend an Rainer vorbei ins Innere und ließ sich ächzend auf einen Stuhl im Wartezimmer fallen. »Gauner. Alles Gauner. Hier, nehmen Sie endlich. Verbrecher! Einen alten Mann so zu betrügen.« Er reichte dem Anwalt das Papier.

»Mein Büro ist eigentlich da hinten ...«, versuchte Rainer, den Redeschwall des Alten zu unterbrechen.

»Wieso? Hier geht's doch auch. Eingesperrt gehören die, allesamt eingesperrt. Ganoven, elende.«

Esch sah auf den Wisch, den der Alte ihm gegeben hatte, und blickte dann ungläubig auf seinen neuen Mandanten. »Meinen Sie nicht, es wäre besser, wenn Ihr Sohn ...«

»Hab keinen Sohn!«

»Oder Ihr Enkel selbst kommen würde?«

»Hab keinen Enkel!«

»Ja, aber an wen ist denn das Schreiben gerichtet?«

»Dumme Frage! An wen wohl? An mich natürlich.«

Rainers Verblüffung wuchs. »Dann sind Sie Josef Bartelt, Castroper Straße 235?«

»Natürlich bin ich Josef Bartelt«, grummelte der Alte. »Was soll das? Ist das hier 'n Ratequiz, oder was?«

»Darf ich mal fragen, wie alt Sie sind, Herr Bartelt?«

»Weiß zwar nicht, warum Sie das interessiert, aber meinetwegen. Ich bin sechsundachtzig, werde im November siebenundachtzig.«

»Dann verstehe ich. Dieses Schreiben ist also irrtümlich an Sie gegangen und Sie möchten nun, dass ich das richtig stelle?«

»Wieso irrtümlich? Zu teuer sind die Verbrecher, viel zu teuer. Und was die mir da vorgeschlagen haben! Einfach Betrug ist das! Ich habe denen eindeutig gesagt, passend zu meinem Alter. Also nicht unter sechzig. Und was schicken die mir? Alle unter dreißig. Stellen Sie sich das mal vor! Das bezahl ich nicht. Das sind doch Mafiamethoden. Bringen Sie das in Ordnung. Das können Sie doch, oder?«

Rainer nickte stumm.

»Dann ist ja gut.« Schwerfällig erhob sich der Alte. »Wiedersehen«, sagte er und verließ humpelnd die Anwaltspraxis, ohne Rainers Erwiderung abzuwarten.

Esch fiel vor Verblüffung die Kinnlade herunter. Er musste sich setzen. Dann studierte er kopfschüttelnd noch einmal das Schreiben, das er soeben von dem Alten erhalten hatte.

Der Anwalt fragte sich, wie er einem Gericht klar machen sollte, dass sich eben dieser 87-Jährige mit Recht weigerte, eine Rechnung über 2.000 Deutsche Mark des Ehevermittlungsinstitutes Harmonie wegen angeblichen Vertragsbruchs zu begleichen, da die vorgeschlagenen Heiratskandidatinnen für Josef Bartelt ausnahmslos zu jung waren. Das verstand kein Mensch. Und Rainer besaß noch nicht einmal eine unterschriebene anwaltliche Vollmacht. Aber das würde er ändern. Sofort.

Mit wenigen Schritten war Esch vor seinem Büro, um den zwar heirats-, aber zahlungsunwilligen Alten wieder einzufangen.

13

Als Rüdiger Brischinsky in der Brandheide eintraf, hatte die Streifenpolizei den Waldweg bereits gesperrt und das Gelände weitläufig gesichert. Brischinsky hielt seinen Ausweis hoch und die uniformierten Beamten ließen ihn und seinen Dienstwagen durch die Absperrung. Der Hauptkommissar parkte das Auto unmittelbar hinter Baumanns Fahrzeug und stieg aus.

»Wo ist die Leiche?«, fragte er einen der Beamten, die anscheinend nichts Besseres zu tun hatten, als die Funkgeräte ihrer Streifenwagen zu bewachen.

Der Angesprochene zeigte in den Wald. »Diese Richtung, etwa zweihundert Meter. Sie sehen es schon.«

Brischinsky nickte stumm und machte Anstalten, über den Graben zu springen.

»Sie sollten es besser dahinten versuchen, Herr Hauptkommissar«, meinte einer der wartenden Polizisten. »Da geht es besser.«

»Ach was.« Brischinsky machte eine abwehrende Handbewegung und nahm Anlauf. Dann sprang er.

Die gegenüberliegende Seite des Grabens war steil und durch den Regen der vergangenen Tage aufgeweicht. Der Hauptkommissar landete zuerst auf seinem linken Fuß, rutschte ab, geriet ins Straucheln und musste, um nicht rückwärts in den Graben zu fallen, mit seinem rechten Bein einen Ausfallschritt nach hinten machen. Mit einem Klatschen versank sein Fuß bis zu den Waden im Wasser.

»Verdammte Scheiße!«, brüllte Brischinsky. »Warum muss das immer mir passieren?!« Als er das verstohlene Gegriene seiner Kollegen bemerkte, brüllte er noch lauter: »Habt ihr eigentlich nichts anderes zu tun, als hier Maulaffen feilzuhalten?« Er kroch die Böschung des Grabens hoch, schüttelte den Schlamm von seinem rechten Lederschuh, wischte sich seine verschmutzten Hände mit einem Taschentusch sauber und stapfte vor sich hinschimpfend ins Unterholz.

Schon von weitem leuchteten Brischinsky die weiß-roten Bänder entgegen, mit denen der Fundort der Leiche markiert war. Beamte der Spurensicherung hantierten mit dem Inhalt ihrer Untersuchungskoffer. Andere Polizisten suchten systematisch die Gegend ab.

Heiner Baumann ging dem Hauptkommissar entgegen, als er ihn bemerkte.

»Na, alles gut überstanden?«, erkundigte sich der Assistent mitleidig.

»Wie man's nimmt. Als dein Anruf kam, hatte der Zahnarzt gerade den Bohrer angesetzt und sich dann durch das Piepen des Handys so erschreckt, dass er mir auf dem Nerv rumgebohrt hat. Ich habe das Halleluja rückwärts gesungen.«

»Oh, tut mir Leid. Aber das konnte ich ja nicht wissen, dass ich dich schon auf dem Behandlungsstuhl erwische.«

»Leider konntest du das wirklich nicht.«

»Und wie geht's dir jetzt?« Kommissar Baumann blickte interessiert auf das rechte Bein seines Chefs. »War das auch beim Zahnarzt?«

»Spinnst du? Die verdammte Scheiße da drüben ...« Der Hauptkommissar stockte. »Lassen wir das. Mir geht es gut. Was ist passiert?«, erkundigte er sich und ging näher an den Reisighaufen heran. »Liegt da die Leiche?«, fragte er interessiert.

»Ja. Sieht aber nicht so besonders gut aus«, erwiderte Baumann.

»Warum?«

»Na ja, die Verwesung hat schon eingesetzt. Kein besonders schöner Anblick.«

»Hm.« Dem Hauptkommissar schlug ein fauliger, süßer Geruch entgegen. »Tag, Kollegen«, grüßte er die Beamten der Spurensicherung, die gerade ihre Arbeit beendeten. Nur der Polizeifotograf machte noch einige Aufnahmen.

Brischinsky streifte seine Plastikhandschuhe über. »Lasst ihr mich mal durch?«

Er schob sich an den Beamten vorbei zu dem Reisighaufen. Dabei stieß er mit seinem Fuß gegen einen Ast. Durch die Erschütterung aufgeschreckt, flogen Tausende kleine Insekten hoch und umkreisten seinen Kopf. Mit der Hand versuchte er, die Viecher zu verscheuchen. Erfolglos. Insekten saßen in seinen Haaren, in seinen Ohren und auch in seiner Nase. Brischinsky schüttelte sich angeekelt.

»Fruchtfliegen«, bemerkte einer der abseits stehenden Beamten trocken. »Nehmen Sie einen Mundschutz.«

Er warf dem Hauptkommissar eine Schutzmaske zu, die dieser dankbar aufsetzte. Dann beugte er sich endlich hinunter zu der Leiche. Eine Wolke üblen Geruchs schlug ihm entgegen. Brischinsky hielt den Atem an. So etwas sah auch ein altgedienter Hauptkommissar nicht jeden Tag.

Vor ihm lag eine anscheinend männliche, von Fäulnisgasen bereits aufgequollene Leiche, bekleidet mit einem Trikot in Blau-Rot mit der Aufschrift 1. FC Bayern München, darüber eine braune Lederjacke, blaue Jeans und Turnschuhe. Der Tote lag auf dem Rücken, so dass Brischinsky das Gesicht sehen konnte. Wahrlich kein schöner Anblick.

Das Opfer hatte schwarze Haare. Ein blaugraues Etwas, das der Hauptkommissar nach kurzem Nachdenken als unnatürlich dick angeschwollene Zunge identifizierte, hing aus dem rechten Mundwinkel. An einigen Stellen des Gesichtes fehlten bereits einige Hautstücke und das darunter liegende Fleisch war als bunt schimmernde, schwabbelige Masse zu erkennen, auf der sich Bakterienkulturen ausbreiteten. Beim genaueren Hinsehen erkannte der Hauptkommissar, dass in der Wange der rechten Gesichtshälfte Löcher waren, durch die ihn die Zähne des Toten seltsam angrinsten. Brischinsky musste schlucken. Und erst die Augen! Die Pupillen waren nicht zu sehen, vermutlich im Todeskampf weggedreht. Grauweiße Löcher glotzten den Beamten starr an. Am Hals des Toten befand sich ein rotbrauner, geschwollener Strich. Der Beamte konnte nicht genau erkennen, wo der herrührte, und beugte sich tiefer nach unten. Dann war ihm die Ursache klar: Der Tote war mit einer Drahtschlinge erwürgt worden, die sich tief in seinen Hals eingegraben hatte. Scheußlicher Tod.

Er richtete sich wieder auf und entfernte sich einige Meter von der Leiche. Dann wandte er sich an den Leiter der Spurensicherung: »Habt ihr schon was für mich?«

»Ein bisschen. Der Tote ist nicht beraubt worden. Wir haben etwas über 300 Mark bei ihm gefunden. Er stammt aus der Münchener Gegend ...«

»Wär ich jetzt nicht drauf gekommen«, unterbrach ihn Brischinsky. »Wo der doch Bayern-Fan war.«

»Die gibt's auch im Ruhrgebiet«, erwiderte der Spurensicherer ärgerlich.

»Stimmt. 'tschuldigung. Also, woher wisst ihr, dass der aus München kommt?«

»Aus der Gegend von München habe ich gesagt, aus der Gegend. Wir haben eine Bahnfahrkarte in seiner Tasche gefunden. Einen Ausweis oder Ähnliches konnten wir nicht entdecken. Entweder hat ihn der Täter mitgenommen, oder …«

»… er hatte keinen dabei«, ergänzte der Hauptkommissar. »Ist ja auch möglich. Denn warum sollte der Täter den Ausweis mitgehen lassen, das Geld aber nicht?«

Der Beamte der Spurensicherung zuckte mit den Schultern. »Keine Ahnung.«

»Und der Tatort? Hier?«, fragte Brischinsky.

»Ja. Der Mann wurde erdrosselt. Mit einer Stahlschlinge. Sie hängt noch um seinen Hals. An beiden Enden des Drahtes ist ein Holzstück befestigt, sehen Sie?« Der Beamte beugte sich zur Leiche und zeigte auf das Mordinstrument. »Damit der Täter die Schlinge kräftig zuziehen konnte. So zu sterben, das dauert nicht nur lange, sondern ist auch sehr qualvoll.«

»Wie lange ist der Mann denn schon tot?«, wollte Brischinsky wissen.

»Der Arzt sagt, vier, fünf Wochen. Genaueres kann aber erst die Obduktion ergeben.«

»Ich weiß. Langsam habe ich mich damit abgefunden, dass unsere Tätigkeit in erster Linie aus Warten besteht: auf den Obduktionsbericht, die wichtige Zeugenaussage, den entscheidenden Tipp. Na ja. Sonst noch was?«

»Wir haben Faserspuren an der Kleidung gefunden, aber keine Fingerabdrücke an den Holzstücken. Der Täter hat vermutlich Handschuhe getragen. Kunststoff vermutlich. So wie unsere. Ach ja, angesichts der Größe des Opfers muss der Täter ein Mann gewesen sein.

Frauen haben im Allgemeinen nicht die Kraft, einen so muskulösen Mann einfach zu erwürgen.«

»Hm. Schickt mir möglichst schnell euren Bericht, ja?«

»Natürlich.«

Brischinsky drehte sich zu Baumann um. »Wer hat den Toten gefunden?«

»Ein Spaziergänger, der mit seinem Hund unterwegs war. Der Hund hat die Leiche verbellt.«

»Und? Was ist mit dem Mann?«

»Rentner. Hat vor Schreck fast einen Herzinfarkt bekommen. Ich habe ihn nach Hause bringen lassen. Seine Aussage gibt nichts her. Er kommt in den nächsten Tagen noch einmal ins Präsidium, wenn er sich von dem Erlebnis hier erholt hat.«

»Gut. Dann lasst den Toten abtransportieren, wenn alle fertig sind. Wir zwei gehen essen. Hier in der Nähe gibt es ein ganz passables Restaurant. Heißt Zur Brandheide.«

»Wie sinnig.«

»Eben.«

Wenige Minuten später erschienen die Männer mit dem Kunststoffsarg. Interessiert schauten einige der Umstehenden zu, wie die Leiche angehoben wurde, um sie in den Sarg zu legen.

»Einen Moment, bitte«, rief der Polizeiarzt. »Ich brauche noch ein paar Proben.« Er kramte in seiner Tasche und förderte einen Spachtel und einige Tüten aus Zellophan hervor.

Die Polizisten rückten neugierig weiter vor und hielten den Atem an. Der Verwesungsgestank wurde langsam unerträglich. Der Arzt hielt sich ein Taschentuch vor den Mund und entnahm dem Boden, auf dem die Tote gelegen hatte, einige Proben, die er in eine der Tüten füllte. Dann kratzte er etwas Weißes vom Rücken der Leiche und strich es sorgfältig in einen anderen Beutel.

»Fertig«, nickte der Mediziner den Männern zu. »Weg mit ihm.«

Wolken von Fruchtfliegen stiegen auf und umkreisten die Zuschauer, als die Leiche endlich in die Wanne gelegt wurde.

Der Arzt drehte sich zu den Polizisten um und hielt ihnen die Beutel mit sich windenden, weißen fetten Würmern unter die Nase. »Maden«, sagte er. »Viele kleine Maden. Mit ihrer Hilfe lässt sich der Todeszeitpunkt auf die Stunde genau bestimmen.«

Der Arzt klopfte leicht mit dem Zeigefinger gegen die Tüte. Einige Maden lösten sich von der Innenwand und fielen auf den Tütenboden.

Einem jungen Polizeibeamten, der mit wachsendem Entsetzen der Prozedur zugesehen hatte, gab das den Rest. Weiß wie ein Kalkeimer begann er zu würgen und ließ sich sein halb verdautes Mittagessen noch einmal durch den Kopf gehen.

»Ts, ts«, kommentierte der Arzt kopfschüttelnd die Szene. »Und so was geht zur Polizei.«

14

Cengiz Kayas Tiefschlafphase wurde jäh durch das rhythmische Gekreische seiner Türklingel unterbrochen. Schlaftrunken schleppte er sich zu seiner Wohnungstür und drückte den Öffner. Der Türke hörte erst das Summen, dann das Schlagen der Eingangstür und schließlich hastige Schritte auf der Treppe, die vor seiner Wohnung Halt machten. Jemand schlug mehrmals heftig mit der Faust gegen die Tür.

»Cengiz, mach schon auf. Ich bin's. Rainer.«

Mit einem Seufzen öffnete Cengiz. »Rainer, was willst du hier? Weißt du eigentlich, wie spät es ist?«

»Natürlich. Halb zehn.« Rainer schob seinen Freund beiseite und betrat dessen Wohnung. »Hast du 'nen Kaffee?«

»Rainer, ich muss schlafen. Ich bin hundemüde.«

»Schlafen? Um die Zeit? Du?«

»Ja, ich. Das mache ich nach einer Nachtschicht normalerweise immer so. Das heißt, wenn ich nicht von irgendeinem Dynamofix daran gehindert werde.«

»Nachtschicht? Die ist doch schon seit Stunden vorbei«, stellte Rainer gelassen fest.

»Stimmt. Seit sechs Uhr, um genau zu sein. Und seit sieben bin ich zu Hause. Das heißt, seit etwas mehr als zwei Stunden. Und jetzt sei so gut«, Cengiz gähnte herzhaft, »erzähl mir ganz schnell, warum du mich aus dem Bett schmeißt, und verschwinde dann noch schneller, ja?«

»Was heißt verschwinden? Ich bin doch gerade erst gekommen. Behandelt man so seinen besten Freund?«

»Genau so.« Mehr fiel Cengiz zu diesem Thema nicht ein.

»Sehe ich anders. Jetzt pass auf: Du gehst duschen und ich mache uns einen Kaffee und dann erzähle ich dir alles.«

»Einen Scheiß wirst du. Du hast deine Chance gehabt.« Kaya machte die Tür auf. »Raus, du Geißel der Menschheit. Ich brauche meinen Schlaf.«

»Jetzt mach aber halb lang, Cengiz. Ich brauche deine Hilfe.«

»O nein, das kenne ich.« Cengiz hob abwehrend die Hände. »Wenn du um Hilfe bittest, beeinträchtigt das entweder meine körperliche Unversehrtheit oder meine finanziellen Ressourcen. Und ob du es glaubst oder nicht: Beides passt mir momentan überhaupt nicht in den Kram. Also vergiss es.«

Rainer schüttelte seinen Freund an den Schultern. »Cengiz, das ist meine Chance. Bitte, hilf mir. Ich schaffe es echt nicht ohne dich. Hör es dir doch wenigstens an«, bettelte Rainer.

»Na gut. Ist eh egal. Seit zwei Minuten bin ich wach. Jedenfalls fast. Du machst dir in der Küche einen Kaffee und ich setze mich still an den Tisch daneben und höre dir zu. Dann gehst du wieder, wohin du willst, und ich ins Bett, okay?«

Cengiz stiefelte in die Küche und machte es sich am Küchentisch bequem, während sein Freund mit Kaffeemaschine, Filterpapier und Kaffeemehl hantierte.

»Hast du auch zufällig ein Brötchen und etwas Käse da?«, fragte Esch vorsichtig.

»Rainer, übertreibe es nicht«, drohte sein Freund. »Jetzt leg schon los.«

»Also«, Rainer sah Cengiz triumphierend an. »Ich habe vor einigen Tagen meine erste Pflichtverteidigung bekommen. Was sagst du nun?« Erwartungsvoll blickte Rainer auf den Bergmann.

Der gähnte erneut und erwiderte: »Na und?«

»Wie, ist das alles, was du dazu zu sagen hast?«

»Ja.«

»Hast du mich nicht verstanden? Meine erste Pflichtverteidigung. Das ist der Durchbruch!«

»Freut mich für dich. Herzlichen Glückwunsch.« Cengiz gähnte zum dritten Mal und machte Anstalten, sich zu erheben.

»Moment. Wo willst du hin?«, fragte Rainer.

»Wohin schon? Ins Bett natürlich. Du kannst auf der Couch im Wohnzimmer ...«

»Ich bin nicht müde.«

»Nein?«, wunderte sich Cengiz. »Ich aber.«

»Ich vertrete einen Mordverdächtigen.«

Jetzt war Cengiz doch verblüfft. Er dachte einen Moment nach und sagte dann: »Der Arme. Bestell deinem Mandanten schöne Grüße von deinem besten Freund. Er soll sich einen anderen Anwalt suchen.«

»Selbst wenn ich das täte, du Holzkopf, geht das nicht mehr. Es sei denn, ich klaue auf die Schnelle silberne Löffel. Der bleibt mein Mandant«, empörte sich Rainer.

»Das Leben kann schon hart sein. Dann richte deinem Klienten mein herzliches Beileid aus. Er kann's gebrauchen, befürchte ich. War's das?«

»Wie kommst du da drauf? Ich sagte doch, ich brauche deine Hilfe.«

»Inwiefern?«

Rainer Esch schnappte sich die Kanne mit dem aufgebrühten Kaffee, griff ins Regal, in dem die Tassen standen, und fragte Cengiz: »Auch eine?«

Der nickte.

Rainer stellte zwei Kaffeetassen auf den Tisch und goss den heißen, schwarzen Muntermacher ein. Dann setzte er sich auf den Stuhl gegenüber. »Ich habe eben die Akte bekommen. Also, das ist so: Mein Mandant soll nach dem Bundesligaspiel zwischen Schalke und Dortmund einem BVB-Fan in der Eisenbahn ein Messer in die Brust gestoßen haben. Obwohl der ganze Zug voller Menschen war, gibt es anscheinend keine Zeugen.«

»Wie das?«, wunderte sich Cengiz.

»Kurz zuvor ist eine Massenschlägerei ausgebrochen. Angezettelt von einem Trupp Hooligans. Die haben auf alles eingedroschen, was sich bewegte.«

»Schalker oder Dortmunder?«, fragte Cengiz nach.

»Nach Aussage der Zeugen erst Dortmunder, später auch Schalker.«

»Typisch.«

»Red nicht so 'n Scheiß. Mein Mandant sagt, er kann sich an nichts erinnern. Die Blutprobe hat runde zwei Komma sieben Promille zur Tatzeit ergeben.«

»Respekt. Da wären andere außer dir klinisch tot.«

»Eben. Das ist das eine.«

»Und das andere?«

»Ich finde es seltsam, dass ein BVB-Fan einen anderen umnietet.«

»Wie? Der hat einen Fan seines Vereins erstochen?«

»Eigenartig, nicht?«

»Vielleicht wusste der nicht, dass der andere auch ...«

»Cengiz, die waren beide in Schwarz-Gelb.«

»Oh ...«

»Ich jedenfalls halte meinen Mandanten für unschuldig.«

»Bei dem Sachverhalt dürftest du doch dann keine großen Schwierigkeiten haben, den da rauszupauken, oder irre ich mich?« Cengiz sah Rainer prüfend an.

»Tja, im Prinzip hast du Recht, wenn da nicht eine Kleinigkeit wäre ...«

»Welche Kleinigkeit?«

»Die Kleinigkeit, dass auf der Mordwaffe die Fingerabdrücke meines Mandanten sind.«

»Puh. Irrtum ausgeschlossen?«

»Irrtum ausgeschlossen.«

»Dann solltest du wieder auf meinen Rat vom Anfang des Gespräches zurückgreifen.«

»Auf welchen?«

»Ihm herzliches Beileid zu wünschen. Wie lange muss er sitzen?«

»Cengiz, ich sagte dir noch eben, dass ich nicht glaube, dass er ...«

»Worauf, du Winkeladvokat, gründest du denn deine Zuversicht? Ich denke, der Kerl kann sich an nichts erinnern?«

»Kann er auch nicht.«

»Sagt er. Muss aber nicht stimmen.«

»Das ist es ja. Deshalb brauche ich unbedingt einen Zeugen, der den Mörder gesehen hat.«

»Du denkst doch nicht etwa im Entferntesten daran, dass ich ein Alibi für den Kollegen liefere, oder?«

»Quatsch. Ich bin Anwalt und damit Organ der Rechtspflege. Ich würde mich strafbar machen und meine Karriere wäre im Eimer.«

»Was für eine Karriere? Das ist deine erste Strafrechtssache und wird auch die letzte sein. Es beruhigt mich im Übrigen zutiefst, dass du den Pfad der Tugend bis heute noch nicht verlassen hast.«

»Ich brauche einen Zeugen. Und du sollst mir dabei helfen, ihn zu finden.«

»Wie das denn?« Cengiz war zum zweiten Mal an diesem Morgen verblüfft.

Esch zauberte ein Blatt Papier aus seiner Jackentasche. »Ich habe hier von der Staatsanwaltschaft eine Adressenliste von den einunddreißig Fahrgästen bekommen, die die Polizei in Castrop nach der Schlägerei noch dingfest machen konnte. Angeblich hat von ihnen keiner etwas gesehen. Das müssen wir nachprüfen.«

»Wir?«

»Ja, wir. Du bist ab sofort mein Bürovorsteher. Jeder macht die Hälfte.«

Und jetzt war Cengiz zum dritten Mal verblüfft.

15

Rüdiger Brischinsky saß ziemlich relaxt und zufrieden an seinem Schreibtisch. In seiner rechten Hand hielt er eine brennende Zigarette und in seiner linken eine Tasse Milchkaffee mit drei Stückchen Zucker. Vor ihm auf dem Schreibtisch stapelten sich die Akten unerledigter Fälle, Urlaubskataloge und Kochzeitschriften. In einer dieser Zeitschriften blätterte der Hauptkommissar.

»Sag mal, Heiner, hast du gewusst, dass die französische Küche ursprünglich aus der Toskana stammt?« Und ohne eine Antwort seines Assistenten abzuwarten, setzte er fort: »Eine der Medici hat den Herzog von Burgund geheiratet und mit ihrem Hofstaat Dutzende von Köchen aus Florenz mit nach Frankreich gebracht. Die Wiege der berühmten französischen Küche stand also in Italien.«

»Toll.« Baumanns Begeisterung für diese Auskunft war ihm förmlich anzusehen.

»Find ich auch. Und da das Herzogtum von Burgund damals der Hof mit Vorbildfunktion für das restliche Land war, kochte schließlich halb Frankreich so wie die Florentiner.«

Baumann gähnte. Wenn sein Chef anfing, über Küche und Rezepte zu schwadronieren, stellte er die Ohren auf Durchzug. Brischinsky las zwar Kochzeitschriften, ernährte sich aber im Regelfall von Currywurst, Pommes und Matsche, was dazu führte, dass er ein bis zwei Mal im Jahr zu einer Radikaldiät Zuflucht nehmen musste, um seinen ausufernden Bauchumfang einigermaßen unter Kontrolle zu halten.

Übergangslos wechselte Brischinsky das Thema: »Was hat der Arzt gesagt? Der Tote im Bayerntrikot war zwischen zwanzig und dreißig Jahre alt und liegt seit etwa vier bis fünf Wochen in der Brandheide?«

Baumann schwieg. Er wusste, dass sein Chef keine Antwort erwartete.

Brischinsky drückte seine Zigarette im Aschenbecher aus und griff zur Schachtel, um sich sofort einen neuen Glimmstängel anzuzünden. »Erst ein Dortmunder und jetzt ein toter Bayernfan.« Der Hauptkommissar sog den Rauch tief ein. »Wann hat Schalke eigentlich zu Hause gegen Bayern gespielt, Heiner?«

Baumann zuckte mit den Schultern. »Keine Ahnung. Du weißt doch, dass ich mich nicht für Fußball interessiere.«

»Stimmt. Schon seltsam.«

»Was ist seltsam?«

»Dass es Männer gibt, die sich nicht für Fußball interessieren.« Brischinsky dachte nach. »Das Spiel ist doch noch gar nicht so lange her. Das war erst kürzlich, da bin ich mir sicher. Schalke hat gewonnen, wenn ich mich recht erinnere.« Brischinsky griff zum Telefonhörer. »Ist unser Fußballexperte Roslan zu sprechen?«

Jürgen Roslan arbeitete in der Personalabteilung des Polizeipräsidiums und galt als wandelndes Lexikon des Bundesligafußballs.

»Morgen, Herr Roslan. Ich hätte da mal eine Frage. Wann hat das letzte Heimspiel von Schalke gegen Bayern stattgefunden?« Der Hauptkommissar trank einen Schluck Kaffee. »Drei zu eins? Nee, das reicht mir. Danke.«

Brischinsky sah seinen Assistenten an. »Schalke hat im Parkstadion am 28. Februar gegen München gespielt. Das war vor etwas mehr als vier Wochen. Es spricht also einiges dafür, dass das Opfer kurz vor oder nach dem Spiel umgebracht worden ist. Also los, frag den Computer, ob eine männliche Person zwischen zwanzig und dreißig seit Ende Februar als vermisst gilt.«

Sein Telefon schellte.

Brischinsky nahm ab, hörte zu und sagte eilig: »Komme sofort.« Dann legte er auf. »Wunder will mich sprechen.«

Wunder war Kriminalrat und damit in der Hierarchie einige Etagen über dem Hauptkommissar angesiedelt.

Brischinsky stand auf und zog sein Sakko an. »Kümmere dich um die Vermissten«, sagte er im Hinausgehen. »Und wenn ich von der Audienz beim Kriminalrat zurück bin, besuchen wir unseren Freund Droppe in der Krümmede.«

Zwanzig Minuten später stürmte Brischinsky wieder in ihr gemeinsames Büro.

»Hat dich Kriminalrat Wunder durch die Mangel gedreht?«, fragte Baumann.

»Hm.« Sonst sagte Brischinsky nichts. Nur: »Hm.«

»Nun spuck's schon aus«, drängte Baumann.

»Es wird 'ne Sonderkommission gebildet. Soko ›Fußball‹ hat Wunder sie genannt. Zunächst zehn Kollegen und wir.«

»Und?«

»Was, und?«

»Wer hat die Leitung?«

»Hm.«

»Mann, Rüdiger. Nun sag schon …«

»Die Leitung habe ich.«

»Ist ja prima.«

»Wie man's nimmt. Wunder will täglich einen schriftlichen, ausführlichen Bericht.«

»Ach du Scheiße. Und den musst du schreiben?«, erkundigte sich Baumann besorgt.

»Nein.«

»Wieso nein? Du sagtest doch gerade …«

»Ja, ich weiß. Aber den Bericht wirst du verfassen.«

»Nein!«

»Doch. Und damit Schluss der Debatte. Hat der Computer was ausgespuckt?«, wollte der Hauptkommissar wissen.

»Hat er«, antwortete Baumann leicht verärgert. »Ich glaube, wir haben den Toten.« Er las vom Bildschirm ab. »Hubert Hasenberg, wohnhaft Hauptstraße 33 in München. Geboren am 12. August 1963. War mit Freunden beim Fußballspiel Schalke gegen München am 28. Februar. Ist aber nicht nach Hause zurückgekehrt. Zwei Tage später hat sein Bruder Vermisstenanzeige gestellt. Hasenberg ist 1,78 Meter groß, schlank und hat schwarze Haare. Sonst wurden an diesem Wochenende nur ein 16-jähriger Schüler aus Dresden und eine junge Frau aus Lüneburg als vermisst gemeldet.«

»Ziemlich ruhiges Wochenende. Du hast Recht, ich glaube, wir haben unseren Mann. Druck das aus.« Brischinsky zeigte auf den Bildschirm. »Und wenn der Obduktionsbericht endlich da ist, fax ihn zu den Kollegen nach München. Droppe besuchst du allein. Ich muss mich auf die Sitzung der Soko um zwei vorbereiten.«

16

Minutenlang schon stierte Rainer Esch auf den Computerbildschirm in seinem Büro. Er hatte den Kopf in beide Hände gestützt, den Mund leicht geöffnet und machte keinen besonders zufriedenen oder intelligenten Eindruck. Gedankenverloren zog er an seiner Zigarette, nur um festzustellen, dass er diese noch gar nicht angezündet hatte. Mit einem leichten Kopfschütteln holte er das Versäumte nach und sog den Rauch ein.

Dann wandte er seine Aufmerksamkeit wieder dem Bildschirm zu. Neben dem blinkenden Cursor las er nun zum vielleicht hundertsten Mal den Beginn seines anwaltlichen Schreibens an das Eheanbahnungsinstitut Harmonie: Unter Vorlage der mich legitimierenden Vollmacht zeige ich an, dass mich Herr Josef Bartelt, Castroper Straße 235 in 44627 Herne mit der Wahrnehmung seiner Interessen beauftragt hat.

Weiter war er noch nicht gekommen.

Schon seit Stunden, so erschien es ihm, hockte er vor seinem elektronischen Helfer und wartete auf eine Inspiration. Ironisch sollte sein Schriftsatz sein, trotzdem rechtlich einwandfrei und die Forderungen, die Harmonie an seinen 86-jährigen Mandaten stellte, eindeutig zurückweisend.

Plötzlich straffte sich Rainer, tippte mit Elan einige Wörter in die Tastatur und betrachtete seinen geistigen

Erguss auf dem Bildschirm. Der eben noch so schwungvoll geführte Zeigefinger seiner linken Hand erstarrte abrupt, näherte sich langsam der Tastatur, um dann erneut zu verharren. Einen Moment später sank Rainers Hand schlaff herunter. Ratlos löschte er das soeben Geschriebene und fiel zurück in seine Lethargie. Heute, das stand fest, war nicht sein Tag. Ganz und gar nicht.

Zum wiederholten Mal fiel sein Blick auf das Mahnschreiben des Ehevermittlers. Unterschrieben war der Brief von einer Frau oder einem Herrn A. Brender. Esch war die Namensgleichheit mit einem früheren Mitschüler von ihm sofort aufgefallen. Allerdings hieß dieser Klaus-Peter, nicht A. mit Vornamen.

Rainer erinnerte sich ungern und mit schlechtem Gewissen an diesen Schulkameraden. Seine damalige Clique und er hatten den kleinen und schmächtigen Klaus-Peter viele Jahre mit Hohn und Spott traktiert; erst recht, nachdem sich herausgestellt hatte, dass er wie seine Eltern Mitglied einer religiösen Sekte war.

Klaus-Peter wurde in den Wandschrank des Klassenzimmers eingeschlossen, durch das hoch liegende Fenster der Jungentoilette im strömenden Regen auf das Flachdach des Schulgebäudes verbannt oder an seinen altmodischen Hosenträgern an dem Kartenständer, der sonst eine Europakarte hielt, aufgehängt. Für Klaus-Peter mussten die ersten Jahre seiner Zeit auf der Realschule die reine Hölle gewesen sein. Erst später, mit der Pubertät und dem erwachenden Interesse für das andere Geschlecht, hatte sich das Verhalten der Clique geändert. Klaus-Peter war ihnen schlicht gleichgültig geworden.

Rainer konnte sich gut vorstellen, dass sich Klaus-Peter damals nachts in seinem Bett möglichst grausame Methoden ausgedacht hatte, wie er seine Quälgeister um die Ecke bringen konnte. Das wäre doch ein Krimiplot, spann Rainer seinen Gedanken weiter: Dreißig

Jahre später ermordet so ein Mensch frühere Mitschüler, um sich für die seelischen Grausamkeiten während der Schulzeit zu rächen. So etwas sollten Krimiautoren mal schreiben. Stattdessen langweilten sie ihre frustrierten Leser mit an den Haaren herbeigezogenen Storys über ...

Das Klingeln an seiner Bürotür verhinderte seine Fundamentalkritik an John Grisham und anderen.

Rainer öffnete die Tür. Vor ihm stand ein pickeliger Jüngling von höchstens zwanzig Jahren mit kurz geschorenem blondem Haar. Der Mann trug Jeans, die mindestens drei Nummern zu groß waren, halbhohe, unverschnürte Turnschuhe und ein Sweatshirt, das mehr einer Zeltplane ähnelte als einem Kleidungsstück. Am auffälligsten aber waren die vielen Ringe unterschiedlicher Größe, die sich der Besucher durch Nase, Ohren und Lippe hatte ziehen lassen.

»Tach«, sagte der Blondschopf. »Ich möchte zu Rechtsanwalt Esch.«

»Guten Tag«, antwortete Rainer. »Der bin ich. Und wer sind Sie?«

»Holger Müssler.« Der Ringträger streckte ihm die Hand zur Begrüßung entgegen. »Ich brauche Ihre Hilfe.«

Als Rainer die Hand seines potenziellen Mandanten schüttelte, fühlte er mit seinen Fingern eine Art Erhebung unter der Haut seines Gegenübers. Verstohlen schielte er auf den Handrücken Holger Müsslers. Tatsächlich! Unverkennbar zeichnete sich dort ein Kreuz ab.

»Bitte kommen Sie.« Esch führte Müssler in sein Arbeitszimmer und bot ihm einen Stuhl an. »Einen Kaffee kann ich Ihnen leider nicht anbieten ... Meine Sekretärin hat Urlaub. Was kann ich für Sie tun?«

»Zunächst mal, also ich meine, wollte ich fragen, also, was kostet das?«

»Was kostet was?«

»Ihr Honorar.«

»Aha.« Daher wehte der Wind. Esch war entschlossen, den elementarsten juristischen Lehrsatz eines selbstständigen Rechtsanwaltes anzuwenden: Ohne Schuss kein Jus. Ohne fünfhundert Schleifen Vorschuss lief hier nichts. »Das hängt vom Streitwert ab. Danach berechnen wir unsere Gebühren. Aber um was geht es denn? Dann kann ich Ihnen Genaueres sagen.«

»Darum.« Holger Müssler zeigte auf zwei Ringe, die seine Unter- und Oberlippe zierten. Der untere hatte etwa einen Durchmesser von einem Zentimeter, der obere war etwas kleiner. »Die hab ich vor etwa einem Monat machen lassen. Im Piercingstudio auf der Brückstraße in Bochum. Aber die sind zu nahe nebeneinander. Jetzt hab ich Probleme beim Essen.«

»Beim Essen?« Esch hätte mit zwei Ringen in der Lippe, einem in der Nase und drei in jedem Ohr noch ganz andere Probleme.

»Ja, beim Essen. Vor allem bei Spaghetti. Manchmal schieben sich einzelne Nudeln durch die Ringe. Und wenn ich dann die Tomatensauce, also ...«

Esch sah fasziniert auf den Schmuck und stellte sich pfundweise Spaghetti vor, die an den Ringen baumelten. »Was ist mit der Sauce?«, fragte er gespannt.

»Die ist das Problem. Das kleckert. Ich habe mir schon mein bestes Sweatshirt versaut. Das hier hat auch schon einen Fleck.«

Rainer wusste nicht, ob er lachen oder weinen sollte. Seine Mundwinkel zitterten und er sah skeptisch auf die Zeltplane. »Und Suppe?«, fragte er. »Was ist mit Suppe?«

»Suppe geht.«

Esch biss sich auf die Lippen und bewahrte mühevoll die Fassung. »Wie kann ich Ihnen jetzt helfen?«, fragte er mit gepresster Stimme. »Ich meine, Sie können ja auch was anderes essen, oder?«

»Spaghetti sind aber mein Lieblingsgericht«, erwiderte Holger Müssler trotzig.

»Das ändert den Sachverhalt natürlich völlig«, gluckste Rainer. Für einen Dienstleister ist der Kunde immer König. »Ähm, noch eine Frage. Warum nehmen Sie die Dinger nicht einfach raus?«

»Geht nicht. Sehen Sie hier.« Müssler beugte sich weit zu Esch herüber und zog am unteren Ring, so dass seine Unterlippe zwei, drei Zentimeter nach vorne kam. Dann sagte er, ohne den Ring loszulassen, etwas, das sich für Rainer wie »Kaverscheiß« anhörte.

»Wie bitte?«

»Kaverscheiß«

»Aha. Völlig klar. Könnten Sie vielleicht den Ring da ...« Esch zeigte auf den Mund Müsslers.

Der nickte und ließ los. Mit einem leisen Schmatzen schnellte die Unterlippe wieder in ihre natürliche Position zurück.

»Kaltverschweißt«, erklärte Müssler. »Genau genommen, verklebt. Die Ringenden sind verklebt. Keine scharfen Kanten, verstehen Sie?«

Das verstand Rainer. Nur nicht, wie ein anscheinend halbwegs vernunftbegabtes Wesen auf den Gedanken kommen konnte, sich dermaßen zu verunstalten.

»Logisch. Und jetzt möchten Sie, dass ich das Piercingstudio wegen handwerklichen Pfuschs auf Schadenersatz und Schmerzensgeld verklage? An was hatten Sie denn da so gedacht?«

»Nein, kein Schmerzensgeld.«

»Schade. Was sonst?«

»Ich hab gehört, da gibt es so was ... also, wenn eine Reparatur beim Auto nicht in Ordnung war, da muss dann doch die Werkstatt ...?«

»Sie meinen Gewährleistung?«

»Genau. Gewährleistung. Das Studio soll mir die Ringe wieder rausnehmen.«

Den Wunsch konnte Rainer nachvollziehen.

»Und dann wieder neu einsetzen. Nur weiter auseinander.«

Den nicht.

»Und zwar kostenlos.«

Den völlig. Nach Rainers Auffassung von Menschenrechten müsste eigentlich das Piercingstudio dafür bezahlen, dass ...

»Verstehe«, antwortete Esch. Dieser Prozess würde mit Sicherheit mit einem Artikel in der Neuen Juristischen Wochenschrift belohnt werden, das stand für Rainer fest. »Was, wenn ich fragen darf, kostet es denn, sich Ringe durch die Lippen ziehen zu lassen?«

»Fünfzig für die Löcher und 'nen Zwanni für jeden Ring.«

»Neunzig Mark?«, wunderte sich Rainer entgeistert.

»Ja, genau. Finden Sie das zu teuer? Kommt auch noch die Mehrwertsteuer drauf.«

Das beruhigte Esch nicht im Geringsten. Überschlägig kalkulierte er sein Honorar für ein außergerichtliches Verfahren auf gigantische dreiundvierzig Mark. Nichts mit dem Artikel in der NJW. Nichts mit dem Musterprozess vor dem Bundesgerichtshof. Neunzig Mark! Zuzüglich Mehrwertsteuer! Der Mindeststreitwert für ein Verfahren vor dem Landgericht lag bei 7.000 Mark. Also Amtsgericht Bochum. Dahin verirrte sich hin und wieder ein Journalist der Lokalredaktion der WAZ. Wenn überhaupt. Solche Mandanten wie Holger Müssler waren der Ruin jeder Anwaltskanzlei.

»Na gut«, resignierte Rainer. »Dann geben Sie mir mal Ihre Anschrift und die des Piercingstudios. Und unterschreiben Sie mir bitte die Vollmacht.« Er seufzte tief. »Machen Sie sich keine Gedanken wegen der Anwaltsgebühren. Die werden nicht sehr hoch sein. Wenn wir uns außergerichtlich einigen, so um die vierzig Mark.«

Müssler nickte. Und für einen kleinen Moment fragte sich Esch, ob es nicht besser gewesen wäre, den Beruf des Dauerstudenten beizubehalten.

Nach Erledigung der Formalitäten deutete Esch mitleidig auf die kreuzartige Erhebung am rechten Handrücken seines Kunden. »Sagen Sie, es geht mich ja nichts an, ein Unfall?«

»Unfall? Nee, der neueste Schrei. Kommt aus den USA. Implantate. Edelstahl. Direkt unter die Haut. Ohne Narkose. Geil, was? Wenn Sie wollen, ich habe die Adresse dabei ...«

»Danke«, wehrte Rainer entsetzt ab. »Vielen Dank. Vielleicht später. Sie hören dann von mir.«

Er bugsierte Holger Müssler aus dem Büro. Neunzig Mark Streitwert! Und Implantate! Das war mehr, als er an einem Tag ertragen konnte.

Er verschob die Fertigstellung des Briefes an das Studio Harmonie auf morgen und verließ wenig später sein Büro, um den Beweis für die Richtigkeit der Theorie des Anwalts-Einwohner-Quotienten im Recklinghäuser Drübbelken zu begießen.

17

Das Wichtigste waren die Heimspiele. Eine Orgie in Blau-Weiß. Und sie mussten gewonnen werden, um jeden Preis, egal, wie hoch das Opfer war. Der Fan war bereit, ein Opfer zu bringen, und er tat es.

Schon vor einigen Jahren hatte er, mit gespanntem Interesse und atemlos, Gespräche seiner Fanclubkameraden verfolgt, die sich darum drehten, wie wichtig für einen Heimsieg die ritualisierende Beschwörung des Fußballgottes war. Einige Schalke-Anhänger trugen immer das Trikot mit der Nummer zehn und gingen nicht zu einem Heimspiel, wenn das Shirt aus irgendeinem

Grund nicht greifbar war, so attraktiv der Gegner auch sein mochte.

Andere brachten ihren Vereinsausweis zum Spiel mit oder irgendein Maskottchen. Wieder andere gingen grundsätzlich immer nur mit denselben Leuten ins Stadion. Kam es, aus welchem Grund auch immer, zu einer Abweichung von dieser Regel, war es mehr als wahrscheinlich, dass Schalke verlor.

Auch der Vater des Fans hatte, vielleicht unbewusst, Rituale: der Besuch in der Kneipe vor dem Heimspiel. Der gemeinsame Aufbruch immer zur selben Zeit. Immer der gleiche Standort inmitten der Fans.

Rituale sind der Katechismus der Fußballfans.

Auch der Fan hatte Rituale. Und nur er war tatsächlich verantwortlich für Sieg oder Niederlage, während die anderen nur glaubten, dass sie es seien. Wenn er nicht ein Opfer brachte, verlor Schalke. Natürlich war auch ihm klar, dass die zweiundzwanzig Spieler auf dem Platz einen Anteil am Ausgang eines Spiels hatten. Wenn der Libero wegen einer Verletzung nicht aufgestellt werden konnte, der Torwart außer Form war oder der wichtigste Stürmer eine Sperre hatte, war die Schalker Mannschaft drastisch geschwächt und konnte verlieren. Das wusste auch der Fan.

Es ging aber um etwas anderes:

Warum, so fragte er sich, hebt der Schiedsrichterassistent in einer umstrittenen Abseitsstellung die Fahne und behält sie in einer anderen unten?

Warum trifft ein Spieler bei einem angeschnittenen Freistoß von halb links aus fünfundzwanzig Meter Entfernung einmal den Pfosten und der Ball trudelt ins Tor – und ein anderes Mal ins Aus?

Warum hält der Torwart den flachen Ball des Gegners, geschossen aus der Höhe des Elfmeterpunktes, in dem einen Fall souverän und in dem anderen Fall rutscht

der Ball unter dem fallenden Körper des Keepers ins eigene Netz?

Warum trifft der gegnerische Verteidiger einen Stürmer bei einer Grätsche einmal am Knie und ein anderes
Mal gelingt es ihm, über das ausgestreckte Bein hinweg-
zuspringen, so dass die Attacke des Gegners ins Leere
läuft?

Warum?

Die Antwort war für jeden wirklichen Fan einfach und
klar. Weil ein Ritual nicht begangen wurde. Irgendeines.

Und mag es auch noch so unwichtig, als noch so win-
ziges Detail erscheinen. Eine klitzekleine Abweichung
kann sich auswirken. Das nicht erkannte Abseits kann
so zum Tor für den Gegner führen. Die erfolgreiche Attacke kann einen viel versprechenden Angriff der Schalker vereiteln. Der verschossene Freistoß kann das Spiel
entscheiden.

Deshalb sind Rituale so wichtig. Lebenswichtig.

Und nicht wenige der durchschnittlich 40.000 Besucher eines Heimspieles befolgten Rituale. Was für welche auch immer.

18

»Tag, meine Herren, dann wollen wir mal ... Oh, Frau
Kostalis, Sie habe ich doch glatt übersehen«, entschuldigte sich Hauptkommissar Brischinsky für seinen Lap-
sus bei der Begrüßung der Mitglieder der Sonderkommission ›Fußball‹ im Sitzungszimmer eins des Polizeipräsidiums. Der Raum war spartanisch und zweckmä-
ßig eingerichtet. Die Beamten saßen an Tischen, die in
U-Form aufgestellt worden waren, vor den Wänden
standen Flipcharts und Metalltafeln.

»Das passiert öfter«, antwortete die junge Kriminalpolizistin griechischer Abstammung. »Aber auch Sie werden sich sicher noch an meine Anwesenheit gewöhnen.«

»Ja, natürlich.« Brischinsky blätterte etwas verlegen in seinen Unterlagen. »Also, fangen wir an. Im Anschluss an ein Heimspiel des FC Schalke 04 wurde während gewalttätiger Auseinandersetzungen rivalisierender Fangruppen in einem Zug nach Dortmund der 19-jährige Klaus Kröger ...«

Der Hauptkommissar fasste für die Anwesenden die bisherigen Erkenntnisse zusammen und schloss dann: »... und deshalb hat Kriminalrat Wunder entschieden, die Soko ›Fußball‹ einzurichten. Er hat mir die Leitung übertragen. Kommissar Heiner Baumann wird mich dabei unterstützen. Er wird auch die täglichen Berichte für den Kriminalrat anfertigen.«

Baumann, der links von Brischinsky saß, machte ein gequältes Gesicht.

»Deshalb bitte ich darum, dass alle Informationen nicht nur an mich, sondern auch an ihn weitergegeben werden. Klar?«

Einige der Soko-Angehörigen nickten. Andere sahen ihren Kollegen Baumann mitleidig oder mit kaum verhohlener Schadenfreude an.

»Wenn so weit alles geklärt ist, sollten wir unsere nächsten Schritte abstimmen.«

Erwartungsvoll blickten die Polizisten Brischinsky an. Jetzt war es an Baumann zu grinsen. Er wusste aus langer und manchmal leidvoller Erfahrung, was Brischinsky damit meinte, wenn er von ›Schritte abstimmen‹ sprach: Er stimmte ab, und zwar mit sich selbst. Ausschließlich mit sich selbst.

»Also gut«, fuhr Brischinsky fort. »Dann bitte ich zunächst den Kollegen Baumann, uns von seinem Gespräch mit dem inhaftierten Verdächtigen Droppe zu berichten.«

Baumann räusperte sich. »Droppe ist mit den Nerven ziemlich am Ende. Er behauptet nach wie vor, sich an absolut nichts erinnern zu können. Das tut er nach meiner Auffassung ziemlich glaubhaft. Möglicherweise ist er aber auch ein perfekter Schauspieler. Fest steht jedenfalls, dass er ebenso wie der Getötete volltrunken war. Ich habe ihn damit konfrontiert, dass wir einen zweiten Toten gefunden haben. Wieder einen Fußballfan, Tatzeit wieder nach einem Heimspiel von Schalke. Er war sichtlich erschrocken und hat vehement geleugnet, irgendetwas mit diesem Mord zu tun zu haben. Ich habe ihn gefragt, ob er für die Zeit, in der das Opfer vermutlich ermordet wurde, ein Alibi hätte, habe aber kein vernünftiges Wort mehr aus Droppe herausbekommen. Der Mann war einfach fertig. Hat nur noch geheult und gestammelt, dass er es nicht gewesen sei. Ich musste die Vernehmung abbrechen.«

»Danke, Heiner«, übernahm Brischinsky wieder. »Von den Hooligans, die die Schlägerei im Zug angezettelt haben, fehlt uns noch jede Spur. Außerdem haben wir keine Zeugen, die den Mord oder wenigstens einen Streit zwischen Droppe und Kröger gesehen haben. Es fehlt jeder Beweis, dass die Tatwaffe wirklich Droppe gehört hat. Und wir haben auch noch kein ...«

»Motiv«, unterbrach Sonja Kostalis den Hauptkommissar. »Warum sollte Droppe Kröger umbringen? Rivalität unter Fangruppen scheidet ja wohl aus. Ich meine ...«

»Ihre Meinung in allen Ehren, Frau Kostalis.« Brischinsky wirkte gereizt. »Aber wären Sie so freundlich, mir zunächst bis zum Ende zuzuhören? Sie haben dann später noch Gelegenheit, Ihre Auffassung kundzutun.«

»Entschuldigung.« Sonja Kostalis senkte den Kopf.

Einige der männlichen Anwesenden, die Brischinskys Auffassung von Teamarbeit kannten, setzten eine spöttische, überhebliche Miene auf. Sie schickte giftige Blicke zu diesen so genannten Kollegen.

»Frau Kostalis hat Recht. Es ist noch kein Motiv offensichtlich. Aber allein die Tatsache, dass Opfer und vermutlicher Täter beide BVB-Fans waren beziehungsweise sind, rechtfertigt natürlich noch nicht die Auffassung, dass sie sich deshalb so sehr lieb haben, dass sie einander kein Haar krümmen würden.« Die Runde lachte.   Brischinsky nickte zwei Beamten zu. »Peter Müller und Theo Kossler werden versuchen herauszubekommen, ob es eine Verbindung zwischen Kröger und Droppe gibt. Befragen Sie die Eltern, Freunde, Verwandte. Gehen Sie in die Kneipen, in denen Droppe und Kröger verkehrten. Ich will wissen, ob die beiden sich kannten. Und ob es etwas gibt, was Droppe dazu verleiten konnte, Kröger mit einem Messer abzustechen. Alles klar? Gut! Womit wir beim nächsten Thema wären. Der Tatwaffe. Kollege Pauly, Sie werden zunächst alle Geschäfte in Castrop und später in den angrenzenden Städten ausfindig machen, die solche Messer verkaufen.« Der Hauptkommissar hielt den Plastikbeutel mit der Tatwaffe hoch.

Uwe Pauly stöhnte hörbar.

Brischinsky ließ sich nicht irritieren und setzte seinen Monolog fort: »Herbert Junge und Willi Schwarz kümmern sich um die Hooligans, die die Schlägerei ausgelöst haben. Befragen Sie erneut die Zeugen, die Bahnbeamten, Beschäftigte in den umliegenden Geschäften, was weiß ich. Versuchen Sie, wenigstens einen der Schläger zu ermitteln. Ich weiß, dass das schwer wird. Machen Sie's trotzdem. Nun können wir zum nächsten Mord übergehen. Es ist zu vermuten, dass es sich bei dem Toten um einen Hubert Hasenberg aus München handelt. Die definitive Bestätigung der Münchner Kollegen steht aber noch aus. Sollte unsere Annahme stimmen, fahren Sie, Kollege Krawatzki, nach München und befragen Freunde und Angehörige. Wichtig sind vor allem diejenigen, die das Opfer nach Gelsenkirchen zum Fußballspiel begleitet haben. Vergessen Sie nicht, ein Foto von Droppe mitzunehmen. Möglicherweise erkennt ihn jemand wieder. Ist etwas unklar, Herr Krawatzki?«

»Warum bitten wir die Münchner nicht um Amtshilfe?«

»Personalmangel. Urlaub, Krankheit, das Abfeiern von Überstunden. Das Übliche halt. Gibt es weitere Informationen von der Spurensicherung, Heiner?«

»Ja, aber leider nur wenig und nichts Konkretes. In der Nähe des Fundortes der Leiche wurden Zigarettenkippen gefunden. Ob sie vom Täter stammen, wissen wir nicht. Das Ergebnis der gentechnischen Analyse steht auch noch aus. Ich schlage vor, von Droppe eine Speichelprobe zu nehmen. Sollten die Analyseergebnisse identisch sein, können wir sicher sagen, dass er am Tatort in der Brandheide war. Wenn nicht ...«, Baumann zuckte mit den Schultern, »... wissen wir nur, dass die Kippen nicht von Droppe stammen.«

»Sonst noch was?«

»Das Opfer war kaum noch bei Bewusstsein, als es ermordet wurde.«

»Das ist interessant. Betäubungsmittel?«

»Vermutlich. Wenn wir die Laborergebnisse haben, wissen wir Genaueres.«

»Gut. Weiter.«

»Die Spurensicherung geht davon aus, dass mit sehr großer Wahrscheinlichkeit der Fundort der Leiche auch der Tatort war.«

»Warum?«, wollte Brischinsky wissen.

»Eingetrocknetes Blut am Boden. Die Drahtschlinge hat den Hals aufgerissen und das Blut die Erde getränkt. Wäre das Opfer schon tot gewesen, bevor es an dieser Stelle abgelegt wurde, hätte es nicht mehr so stark oder gar nicht mehr geblutet. Es gibt auch keine Schleifspuren oder Ähnliches.«

»Aha. Irgendwelche Anhaltspunkte, wie das Opfer dorthin kam?«

»Die Spurensicherung vermutet, dass der oder die Täter ihr Opfer mit einem Wagen in die Brandheide gebracht haben, mit ihm in den Wald gegangen sind und es da ermordet haben. Reifenspuren oder so etwas sind nach so langer Zeit keine mehr vorhanden. Außerdem ist die Brandheide Naherholungsgebiet. An Wochenenden tummeln sich da manchmal Hunderte von Spaziergängern und Fahrradfahrern. Nach so langer Zeit bleibt von Spuren nicht mehr viel übrig.«

»Kollege Morrza, Sie betreiben etwas Aktenstudium. Haben wir in unserer Kartei jemanden, der eine solche Drahtschlinge schon einmal benutzt hat? Oder der eine Vorliebe für Fußballfans hat? Ungeklärte Morde ähnlichen Zuschnitts? Sie wissen, was ich meine?«

Der Angesprochene bejahte.

»Schön. Und Sie, Herr Richter, versuchen mehr über die Drahtschlinge herauszubekommen. Vielleicht kommen wir da weiter. Bleibt noch der Kollege Janssen: Sie gehen Klinken putzen. Am Herner Stadtrand. Besonders bei den Bewohnern der Häuser, die sich in der Nähe der Brandheide befinden. Vielleicht ist ja einem der Bewohner etwas aufgefallen. Noch Fragen?«

»Ja, ich habe noch eine Frage. Was soll ich tun?«

»Ach, Frau Kostalis, Sie habe ich doch glatt ...«

»... übersehen. Ich weiß. Ich möchte Sie nur darauf aufmerksam machen, dass die Brandheide auch vom Recklinghäuser Stadtgebiet angefahren werden kann. Der Täter muss doch nicht aus dem Herner Gebiet gekommen sein, nur weil Herne näher zum Fundort der Leiche liegt.«

»Stimmt«, stutzte Brischinsky. »Daran habe ich nicht gedacht. Vielen Dank für den Hinweis. Dann helfen Sie dem Kollegen Janssen beim Klinkenputzen. Und jetzt an die Arbeit. Vielen Dank.«

Die Polizeibeamten erhoben sich.

»Ach, eines noch. Morgen früh um elf ist eine Pressekonferenz. Ich nehme das zum Anlass, Sie ausdrücklich darauf hinzuweisen, dass Auskünfte an die Presse nur über Kriminalrat Wunder, die Pressestelle oder mich erfolgen.« Brischinsky machte eine Kunstpause und sah sich im Raum um. »Sollte einer von euch«, der Hauptkommissar benutzte jetzt die weniger offizielle Anrede, »irgendeinem Journalisten auch nur die kleinste Information geben, reiß ich ihm die Eier ... Entschuldigung, Frau Kostalis. Also, dann gibt es Ärger. Habe ich mich klar und unmissverständlich ausgedrückt?«

Zwanzig Minuten später saßen Brischinsky und Baumann wieder in ihrem Büro.

»Na, ist ja ganz gut gelaufen, oder?«, bemerkte der Hauptkommissar und ließ sich auf seinen Stuhl fallen.

»Unsere junge Kollegin hättest du nicht so abbügeln sollen«, kritisierte Baumann.

»Ach was«, wehrte Brischinsky den Einwand ab. »Das hat noch nie jemandem geschadet. Der Ton bei uns ist eben rau, aber herzlich.«

»Von Letzterem merkt man bei dir aber reichlich wenig.«

Es klopfte an der Tür. Ein Bote brachte mehrere Aktenordner.

»Sieh mal nach, was das ist«, grummelte Brischinsky, der Kritik an seiner Person nicht besonders schätzte, andererseits aber wusste, dass Baumann nicht ganz Unrecht hatte.

Baumann griff zu den Akten und blätterte sie durch. Mit einer Unterlage beschäftigte er sich länger. Dann sagte er: »Der endgültige Obduktionsbericht ist gekommen. Es gibt nur wenig Ergänzendes zu dem, was uns die Gerichtsmediziner schon Dienstag am Tatort mitgeteilt haben. Es wurden Spuren von Methyprylon gefunden. Das ist der Grundbestandteil der KO-Tropfen.«

»Ich weiß«, blockte Brischinsky säuerlich ab. Er erinnerte sich nur ungern an einen früheren Fall, den er eher hätte aufklären können, wenn er damals den Obduktionsbericht aufmerksamer gelesen hätte und ihm der Hinweis auf das Methyprylon nicht entgangen wäre. »Damit scheint ja auch die Frage beantwortet zu sein, wie der Täter das Opfer zum Tatort gebracht hat. Er hat es vermutlich mit KO-Tropfen betäubt, mit einem Auto in die Brandheide geschafft, aus dem Wagen gezerrt und das Opfer dann ...« Brischinsky stockte. »Wie hat er sein Opfer vom Wagen in den Wald gebracht? Getragen? Schleifspuren gibt es nicht. Oder nicht mehr. Was ist mit dem Wassergraben? Ich selbst habe mir da nasse Füße geholt. Wie wurde das Opfer da herübergeschafft? Steht was in dem Bericht der Spurensicherung über Schmutz an der Kleidung des Toten?«

»Warte.« Baumann kramte auf seinem Schreibtisch unter Papierbergen die Unterlage heraus. »Einen Moment.« Leise murmelnd überflog der Kommissar den Text. »Ja, hier. Erdspuren an den Schuhen und der Hose. Und an den Händen. Sie stammen tatsächlich nicht von dem Boden am Tatort.«

Der Hauptkommissar spekulierte weiter: »Es könnte ja sein, dass das Opfer noch in der Lage war, mit Hilfe des Täters mehr oder weniger selbstständig zu gehen. Möglicherweise hat der Täter sein Opfer gestützt. Und das, halb betäubt und unfähig, die Situation richtig einzuschätzen, ist in seinen sicheren Tod gestolpert. Lass Erdproben vom Wassergraben nehmen.«

»Schon passiert.« Baumann machte eine Notiz und blätterte weiter im Obduktionsbericht. »Das ist ja interessant. Der Tote hatte Gewebereste und Hautpartikel unter den Fingernägeln, die trotz gewisser Ähnlichkeiten nicht von ihm stammen, sondern vermutlich vom Täter. Die Genanalyse hat weiter ergeben, dass die Speichelreste auf den Zigarettenkippen nicht von der gleichen Person stammen wie die Gewebespuren unter den Fingernägeln des Toten.«

»Hm. Dann gibt es entweder zwei Täter oder die Kippen stammen von einem völlig Unbeteiligten«, folgerte der Hauptkommissar. »Egal. Wir brauchen Droppes genetischen Fingerabdruck. Dann sehen wir weiter.«

»Dauert aber ein paar Tage.«

»Das ist mir klar. Wir sind 'ne Behörde. Voll mit Beamten. Da dauert das immer ein paar Tage. Normalerweise. Aber du wirst dir jetzt einen Mediziner oder Sanitäter oder was weiß ich auch immer besorgen, mit dem zu Droppe in die Krümmede fahren und von dem Kerl eine Speichelprobe holen. Ich will das Ergebnis schnellstens haben. Klar?«

19

Rainer Esch quälte sich mit seinem Mazda über die völlig verstopfte Herner Straße in Bochum, um erneut zur Justizvollzugsanstalt zu gelangen. Halb Herne schien auf die Idee gekommen zu sein, just um diese Zeit in Bochum einzukaufen. Und da alle ihren fahrbaren Untersatz benutzten, kam die Fahrzeugkolonne nur stockend voran. Die Baustelle kurz vor dem Bergbaumuseum in Bochum trug auch nicht gerade zu einem zügigen Verkehrsfluss bei, so dass Rainer für die etwa zwölf Kilometer von seinem Büro bis zum Bochumer Ring gut fünfundvierzig Minuten benötigte.

»Verfluchte Scheiße!«, schrie er, als der Fahrer in dem Wagen vor ihm beim Anfahren an der Ampel seine Karre abwürgte und es bis zur Rotphase dauerte, bis der Motor wieder zündete. »Zu blöd zum Autofahren, was?« Ungeduldig trommelte Rainer mit den Fingern auf das Lenkrad. Als die Ampel Rot-Gelb zeigte, brüllte Esch los: »Nun fahr schon, du Pappnase! Ich habe noch was anderes vor, als hier rumzustehen.«

Seine Laune war nicht die beste an diesem Morgen. Erst hatte der Postbote eine Mahnung des Anwaltsversorgungswerkes, der Pflichtrentenversicherung für selbstständige Anwälte, gebracht. Trotz geringster Eingruppierungsstufe überstieg der ausstehende Betrag Rainers liquide Mittel ganz erheblich. Es war ihm bis zu diesem Zeitpunkt gelungen, jeden Gedanken an die Rentenversicherung und natürlich an das Schreiben des Finanzamtes über seine zu begleichende Umsatz- und Einkommenssteuer zu verdrängen. Das war nun nicht mehr möglich. Er musste sich wohl oder übel mit dem Gedanken befassen, Mandantenhonorare einzutreiben, um seine Schulden bei staatlichen und halbstaatlichen Gläubigern zu begleichen.

Dann hatte ihn ein hektischer Anruf seines Mandanten Droppe beim Frühstück in seinem Büro gestört. Droppe war völlig verstört und verlangte dringend, in einer Angelegenheit, die keinen Aufschub duldete, seinen Rechtsvertreter zu sprechen. Esch hatte hastig seinen Kaffee ausgetrunken, seine Verdauungszigarette entgegen allen Gewohnheiten im Wagen geraucht und war zum Amtsgericht Recklinghausen gefahren, um Richter Bleibtreu dazu zu bewegen, ihm noch heute eine Besuchserlaubnis für den Untersuchungshäftling Michael Droppe auszustellen. Die hielt er erst in den Händen, nachdem er über eine Stunde im Gerichtssekretariat gewartet und eine absolut blödsinnige Unterhaltung über Girliebands und Boygroups mit der Vorzimmerschreibkraft geführt hatte.

Und jetzt bog er auf den Nordring ein, nur um festzustellen, dass auch hier eine Baustelle lediglich einspurigen Verkehr zuließ. Rainer fragte sich nicht zum ersten

Mal, nach welchen Kriterien Bauämter Straßenerneuerungen durchführten. Rainer hatte sich schon vor Jahren eine Theorie zurechtgelegt. Entweder waren diejenigen, die über den Zeitpunkt der Durchführung der Aufträge entschieden, grausame Sadisten ohne Führerschein. Oder die Entscheidungen fielen auf der Grundlage von fiskalpolitischen Erwägungen, ganz nach dem Motto: Zufällig haben wir in diesem Haushaltstopf ein paar Milliönchen übrig, jetzt erneuern wir den Nordring. Esch hielt die erste Annahme für wahrscheinlicher.

Im Schneckentempo näherte er sich nun der JVA und schwor, zukünftig die U-Bahn zu benutzen. Glücklicherweise fand er sofort einen Parkplatz. Er wollte sich gerade Richtung Eingangspforte begeben, als ihm noch etwas einfiel. An einem Kiosk schräg gegenüber kaufte er drei Schachteln Filterzigaretten. Dann machte er sich daran, zum zweiten Mal in seinem Leben freiwillig den Weg hinter Gitter anzutreten.

»Gut, dat Se endlich da sind!«, begrüßte ihn Michael Droppe, nachdem der Häftling von einem Vollzugsbeamten in das Besucherzimmer geführt worden war. »Die woll'n mir noch wat anhängen. Abba dat sach ich Ihnen gleich, dat lass ich nich mit mir machen, dat nich. Ich war dat nich, Herr Anwalt, dat müssen Se mir glauben. Damit hab ich nix zu tun, damit. Dat könn die doch nich ...«

»Jetzt mal langsam, Herr Droppe. Alles der Reihe nach. Wer will Ihnen was noch zusätzlich anhängen?«

»Die Bullen. Da gibbet noch 'n Toten. Dat soll auch ich gewesen sein. Abba dat sach ich Ihnen ...«

»Noch einen? Was für einen Toten?«, wunderte sich Esch.

»Wat weiß ich. Den ham die Bullen in einem Wald da bei Recklinghausen gefunden.«

»In welchem Wald? Der ›Haard‹?«

»Nee, dat heißt anders. Irgendwat mit Heide.«

»Brandheide?«

»Jau. Dat war's. Brandheide. Genau.«

»Und da wurde ein Toter gefunden?«

»Ja. Un den soll ich auch alle gemacht ham. War ich abba nich.«

»Was ist denn das für ein Toter?«

»Bin ich Bulle? Woher soll ich dat denn wissen, wa?«

»Aber die Polizei hat Sie deshalb verhört?«

»Ja. Hat se.«

»Und warum?«

»Mann, ich glaub, ich spinne. Ham Sie studiert oder hab ich dat? Ich hab nich die geringste Ahnung. Nur weil der Kerl da auch 'n Fußballtrikot anhatte, war ich dat ...«

»Einen Moment«, unterbrach der Anwalt. »Der Tote war auch ein Fußballfan von Dortmund?«

»Nee, wieso?«

»Aber Sie sagten doch gerade ...«

»'n Trikot hatte der an. Vom BVB hab ich nix gesagt.«

»Stimmt. Also ein Fußballtrikot. Von welchem Verein?«

»Von den Scheißbayern. Stimmt, ich kann die nich leiden. Die sind so wat für'n Arsch, dat gibbet gar nich. Abba wenn jeder, der hier im Pott wat gegen die Bayern hätte, einen von den Bayernfans abmurksen täte, käme bei denen keiner mehr ins Olympiastadion, wa!« Droppe begann, hysterisch zu lachen.

»Und die Polizei verdächtigt jetzt Sie, auch diesen Mord begannen zu haben?«

»Genau. Gestern Nachmittag war einer von der Kripo hier. Mit 'm Doktor. Die ham mir mit sonne Art Q-Tips im Mund rumgefummelt und meine Spucke auf so 'n Stück Glas getan. Dat war für 'ne ..., für 'ne ..., also für 'ne Untersuchung, war dat. Die ham bei dem toten Bayern Haut oder so wat unter die Fingernägels gefunden. Un dat wollten die dann vergleichen.«

»Eine Genanalyse.«

»Genau. Dat war dat. Ich hab dat auch nur deshalb machen lassen, weil ich dat mit dem Bayern nich war, logo?«

»Klar.«

»Außerdem kann ich dat nich gewesen sein. Ich war da doch gar nich hier.«

»Wann waren Sie nicht hier?«

»Als se den platt gemacht ham. Ich war in Rostock.«

»Woher wissen Sie das denn so genau?«

»Der Bayer is am 28. Februar umgenietet worden. Dat ham mir die Bullen gesacht. Nach 'm Heimspiel von Schalke. Abba wenn Schalke zu Hause spielt, spielt Dortmund meistens auswärts. Und die war'n an dem Tag in Rostock. Un ich auch. War 'n Scheißspiel. Dortmund hat die Hucke voll gekricht. Abba ich hab die Eintrittskarte noch. Bei mir inne Bude. Ich heb alle Karten auf, wissen Se. Und meine Kumpels können dat bezeugen. Die war'n mit mir da.«

»Haben Sie das der Polizei erzählt?«

»Nee, leider nich«, meinte Droppe zerknirscht.

»Und warum nicht?«

»Mann, ich war doch total aufgeregt. Erst der im Zug und getz der im Wald. Wie würden Sie sich denn fühlen, wenn Ihnen jemand zwei Morde anhängen wollte, hä?«

Darauf wusste Esch keine Antwort.

»Sehn Se. Abba heute Nacht, da hatte ich Zeit zum Nachdenken. Da is mir dat wieder eingefallen. Und deshalb hab ich Se heute Morgen auch gleich angerufen. Damit Se dat den Bullen sagen.«

»Werde ich. Wenn die Genanalyse negativ ausfällt und Sie zweifelsfrei belegen können, dass Sie zur Tatzeit in Rostock waren, dürften Sie in dieser Sache nichts zu befürchten haben.« Esch zündete sich eine Zigarette an und reichte Droppe die drei Schachteln. »Als Reserve. Übrigens: Ich habe einen Haftprüfungstermin beantragt. Aber ich sage Ihnen gleich ...«

»Wat denn?«

»Das wird nicht leicht. Sie saßen dem Toten im Zug gegenüber. Ihre Fingerabdrücke waren auf der Tatwaffe und das Blut des Opfers auf Ihrer Kleidung. Diese Indizien sind ein Hammer. Kaum zu widerlegen. Selbstverständlich werde ich durch Gutachter prüfen lassen, ob bei der Analyse ein Fehler unterlaufen ist, aber ich sehe ziemlich schwarz.«

»Soll dat heißen ...«

»Ich befürchte, ja. Es wird sehr schwer werden. Natürlich wird das Gericht Ihren Blutalkoholspiegel berücksichtigen. Vorsätzlicher Vollrausch scheidet ja wohl aus?«

»Wat?«

»Vorsätzlicher Vollrausch.«

»Wat is denn dat?«

»Wenn Sie sich betrinken, um im Suff ein Verbrechen zu begehen.«

»Wer macht denn so wat? Dat is ja Alkoholmissbrauch«, empörte sich Droppe.

»Eben. Und, Herr Droppe ...«

»Ja?«

»Sie sind einschlägig vorbestraft.«

»Mann, dat is ja schon fast nich mehr wahr. Dat hab ich vor vier Jahren gemacht. Da bin ich ausgerastet, okay. Abba der Schalker hat mich damals regelrecht herausgefordert. Da musste ich dem sozusagen eine klatschen. Dat ging nich anders, verstehn Se?«

»Eigentlich nicht. Aber das spielt keine Rolle. Der Richter wird das jedenfalls nicht gerne sehen.«

»Abba ich war dat doch nich ... Sie glauben mir doch, oder?« Droppe sah Rainer verzweifelt und hoffnungsvoll zugleich an.

»Ich, ja. Aber das Gericht ...?«

»Scheiße.«

»Sehe ich auch so. Sicher bekommen Sie mildernde Umstände. Vielleicht waren Sie zur Tatzeit ja völlig unzurechnungsfähig. Ich werde mich auf jeden Fall bemühen, etwas zu Ihrer Entlastung zu finden. Herr Droppe ...«, begann er zögernd. »Wir müssen noch einmal über mein Honorar reden.«

»Abba dat zahlt doch der Staat, oder?«

»Ja, natürlich. Das zahlt der Staat. Ich meine nur ...«

Esch kam sich plötzlich beschissen vor. Da saß jemand im Knast und setzte seine ganze Hoffnung auf seine unzureichenden Fähigkeiten als Strafverteidiger – und er dachte vor allem an seine Knete.

Er straffte sich. Irgendwie würde er seine Schulden schon bezahlen können. Notfalls würde er das Drübbelken meiden. Nein, das nicht. Er könnte ja Cengiz fragen. Genau. Das war die Lösung. Cengiz Kaya konnte ihm sicher mit ein- oder zweitausend Schleifen aushelfen. Also sagte Rainer: »Vergessen Sie's. Es hat sich erledigt.«

20

Hauptkommissar Brischinsky war nervös. Seit etwa fünf Minuten wartete er auf seinen Vorgesetzten Wunder und seinen Mitarbeiter Baumann. Während dieser Zeit hatten schon etwa ein gutes Dutzend ihm teilweise persönlich bekannter Journalisten den Versammlungsraum am Fluranfang betreten, in dem Kriminalrat Wunder Pressekonferenzen abhielt. Brischinsky konnte Journalisten nicht ausstehen. Und er hasste Pressekonferenzen. Noch mehr hasste er aber Rutter, Chefreporter der Bildzeitung von der Redaktion Essen. Und genau dieser Rutter kam nun geradewegs auf ihn zu.

Brischinsky sah sich suchend um. Kein Kollege war in Sicht, zu dem er sich in eine intensive Unterhaltung hätte flüchten können. – ›Das tut mir jetzt aber wirklich

Leid, Herr Rutter, aber wie Sie sehen, bin ich in einer wichtigen und vertraulichen Besprechung.‹ – Wunder ließ sich ebenso wenig blicken wie Baumann. Da kam Brischinsky ein Gedanke: die Toilette.

Der Hauptkommissar drehte sich um, da sprach Rutter ihn schon an: »Das freut mich aber, dass ich Sie noch vor der offiziellen Pressekonferenz treffe.« Vertraulich rückte er näher an den Kriminalbeamten heran: »Sie wissen schon, ich bin immer auf der Suche nach aussagekräftigen Hintergrundinformationen.«

»Das weiß ich«, knurrte Brischinsky. »Und Sie sollten wissen, dass ich Ihnen solche Informationen nicht geben darf.« Und es auch nicht tun würde, wenn ich dürfte, fügte er in Gedanken hinzu.

»Immer der korrekte preußische Beamte, was?«, lachte Rutter.

Der Kripobeamte wurde wütend. Korrekte preußische Beamte standen auf seiner persönlichen Hassliste direkt unter korrupten Beamten. Aber noch weit unter Journalisten. Und noch weiter unter Rutter.

»Was wissen Sie schon von meiner Dienstauffassung?«, blaffte er den Reporter an. »Sie sind doch nur ...«

Glücklicherweise bog nun Baumann um die Ecke, gefolgt von Wunder. So konnte Brischinsky die Unterhaltung beenden, bevor er wirklich grob geworden war. »Ich habe keine Zeit mehr für Sie.« Brischinsky ließ den Reporter grußlos stehen und ging seinem Vorgesetzten und seinem Mitarbeiter entgegen.

»Wo bleibst du denn?«, ranzte der Hauptkommissar Baumann im Vorbeigehen an. »Lässt mich mit dem Arschloch da allein warten.«

Baumann blickte seinen Chef irritiert an. »Aber du hast mir doch gesagt, ich soll noch die Unterlagen hier fotokopieren und dann erst ...«

»Schon gut. Bring die Klamotten ins Zimmer. Guten Morgen, Herr Wunder«, begrüßte Brischinsky den Kriminalrat.

»Haben Sie das Material für die Presse vorbereitet, Herr Brischinsky?«

»Natürlich.«

»Gut. Dann wollen wir uns der Meute mal stellen.«

Wunder betrat das Versammlungszimmer als Erster. Lautes Stimmengewirr durchzog den Raum. Wunder und Brischinsky nahmen an einem Tisch vor den wartenden Journalisten Platz. Baumann setzte sich links daneben. Die Unruhe machte einer gespannten Aufmerksamkeit Platz.

»Guten Morgen, meine Damen und Herren«, begann Wunder. »Wir haben Sie heute zu dieser Pressekonferenz eingeladen, um Ihnen einige sicher interessante Details ...«

Plötzlich schrie alles durcheinander:

»Wissen Sie schon, wer der zweite Tote ist?«

»Haben Sie schon eine heiße Spur?«

»Stimmt es, dass beide von demselben Täter ermordet wurden?«

»Können Sie bestätigen, dass ...?«

»Warum wurde die Öffentlichkeit nicht schon eher ...?«

»Ist es wahr ...?«

Wunder hob beschwichtigend beide Hände und versuchte, das Getöse zu übertönen. »Meine Damen und Herren, ich bitte Sie. Meine Damen und Herren, bitte. Nicht alle durcheinander, ich bitte Sie ...«

Ein Blitzlichtgewitter prasselte auf die Beamten nieder.

»Hat der Verdächtige schon ein Geständnis abgelegt?«

»Wann erwarten Sie die Hauptverhandlung?«

»Wer ist der Verteidiger? Hat der schon eine Stellungnahme ...?«

»Jetzt seien Sie alle sofort ruhig!«, donnerte Brischinsky dazwischen. »Sonst brechen wir die Konferenz ab, ehe sie begonnen hat. Habe ich mich klar genug ausgedrückt?«, brüllte er weiter, das Stimmengewirr mühelos übertönend.

Schlagartig trat Ruhe ein. Kriminalrat Wunder blickte etwas erstaunt auf seinen Nebenmann, der versuchte, einen unbeteiligten Gesichtsausdruck aufzusetzen, und ergriff erneut das Wort. »Dann können wir ja einen erneuten Anfang wagen. Wie Sie wissen, wurden in den letzten Tagen zwei junge Männer ermordet aufgefunden. Den einen haben wir sehr kurz nach der Tat in einem Vorortzug von Dorsten nach Dortmund entdeckt, der andere lag gut vier Wochen in der Brandheide, einem Naherholungsgebiet zwischen Recklinghausen und Herne. Beide Männer waren Fußballfans, beide haben vor ihrem Tod ein Heimspiel des Fußballklubs Schalke 04 besucht. Es gibt eine weitere Gemeinsamkeit: Beide Opfer trugen das Trikots ihres Vereines. Den Toten im Zug konnten wir direkt nach seinem Auffinden zweifelsfrei identifizieren. Es handelt sich um den 19-jährigen Klaus K. aus Dortmund. Der Tote in der Brandheide stammt, wie wir seit gestern Abend definitiv wissen, aus München. Sein Name ist Hubert H. und er war 25 Jahre alt. Sicher haben Sie Verständnis dafür, dass wir Ihnen im Interesse der Angehörigen die vollen Namen vorenthalten. Wir haben einen Tatverdächtigen für den Mord im Zug festgenommen, der im selben Wagon wie der Tote schlafend aufgefunden wurde. Er saß dem Opfer direkt gegenüber. Die Tatwaffe, die noch in der Brust des Toten steckte, trug seine Fingerabdrücke. Außerdem war seine Kleidung mit dem Blut des Toten verschmutzt. Ob er auch als Täter für den Mord in der Brandheide in Frage kommt, wissen wir noch nicht. Wir haben eine Sonderkommission ›Fußball‹ gegründet, die mein Kollege, Hauptkommissar Brischinsky, leitet.« Er nickte dem Genannten zu. »Herr Brischinsky wird Ihnen jetzt alle weiteren Fragen beantworten, so weit es nach dem jetzigen Stand der Ermittlungen möglich ist. Vielen Dank.«

Als Erster meldete sich Rutter. »Rutter, Bild Essen. Stimmt es, dass der Verhaftete zu einer Gruppe gewaltbereiter Hooligans gehört, die in der Vergangenheit schon mehrmals unrühmlich auf sich aufmerksam gemacht hat?« Ehe der Hauptkommissar antworten konnte, setzte Rutter nach: »Wenn ja, warum wurden diese Hooligans nicht im Vorfeld der Fußballspiele aus dem Verkehr gezogen?«

Dieser Mistkerl, dachte Brischinsky. Dieser gottverdammte Mistkerl! »Richtig ist, dass der Tatverdächtige wegen schwerer Körperverletzung vorbestraft ist. Es entzieht sich unserer Kenntnis, ob er zu den Hooligans gehört hat. Selbst wenn, können wir Ihnen Ihre Frage nicht beantworten, da müssten Sie sich an die Gelsenkirchener Polizei ...«

»Herr Brischinsky«, fiel ihm Rutter ins Wort. »Wenn meine Informationen stimmen, dann heißt Ihr Verdächtiger Michael Droppe und wurde vor vier Jahren zu einem halben Jahr auf Bewährung verurteilt, weil er einen 16-jährigen Schalker Fan brutal zusammengeschlagen hat. Meinen Sie tatsächlich, solche potenziellen Mörder sollten weiterhin unbehelligt unsere Fußballstadien heimsuchen dürfen?«, fragte er scharf. »Und ist Ihnen nicht bekannt, dass beim Landeskriminalamt Düsseldorf eine ›Zentrale Informationsstelle Sporteinsätze‹ angesiedelt ist, die eine Datenbank mit bekannten Hooligans führt, in der diese, je nach Gefährlichkeit, mit A, B oder C klassifiziert werden? Und dass in der Kategorie C, das sind die zur Gewalt entschlossenen, über 3.000 Namen gespeichert sind? Ist einer dieser Namen Michael Droppe?«

Es entstand leichte Unruhe. Die Journalisten machten sich eifrig Notizen und sahen den Hauptkommissar neugierig an.

Sie wohnen einer Hinrichtung bei, dachte Brischinsky. Und ich bin das Opfer. »Zur Identität des Tatverdächtigen gebe ich keine Auskunft. Soweit mir bekannt ist, hat aber weder ein Gericht noch der Deutsche Fußballbund oder ein einzelner Verein dem Verdächtigen untersagt, ein Fußballstadion zu betreten. Meine persönliche Meinung, Herr Rutter, steht hier nicht zur Debatte. Das wissen Sie genau. Und natürlich ist mir bekannt, dass in Düsseldorf eine solche Datei existiert.«

Wunder, der die Vorwürfe Rutters mit zunehmender Besorgnis verfolgt hatte, wollte Brischinsky aus der Schusslinie nehmen. »Ja, Sie dahinten bitte ...«

»Einen Moment.« Rutter stand auf. »Ich bin noch nicht fertig. Haben Sie Einblick in die Hooligan-Datei genommen? Wie ist Droppe dort eingestuft? A, B oder C?«

Brischinsky begann zu schwitzen. Die Schlinge zog sich langsam zu. »Ich habe Ihnen doch eben gesagt, dass ich keine Auskünfte über die Person des Tatverdächtigen ...«

»Haben Sie die Datei eingesehen? Ja oder nein?«

Dir sollte der Arsch abfaulen, du sensationslüsterner Kretin, dachte Brischinsky. »Ich kann mit Rücksicht auf die laufenden Ermittlungen ...«

»Ja oder nein, Herr Hauptkommissar?«

Das war's, die Falltür ging auf. Und er fiel nach unten. »Ich sagte doch bereits, mit Rücksicht auf ...«

»Also nein!« Rutter wähnte sich auf der Siegerstraße.

»Das habe ich nicht gesagt. Ich sagte ...«

»Sie sagten nichts. Aber das reicht mir.« Rutter lächelte überlegen.

Der Hauptkommissar resignierte und wischte sich den Schweiß von der Stirn.

Ein Blitzlicht leuchtete auf. Auch das noch, dachte Brischinsky erschöpft.

»Danke für die überaus viel sagende Auskunft.« Triumphierend setzte sich Rutter wieder und lehnte sich entspannt zurück. Er hatte seine Schlagzeile. Um mehr war es ihm nicht gegangen. Und auch die anderen anwesenden Journalisten schrieben sich die Finger wund. Ein Versäumnis der Polizei. Das war die Story.

»Weitere Fragen bitte?« Wunder versuchte, die Situation zu retten.

»Ja, hier. Torlik, WDR, Studio Dortmund. Haben Sie Anlass zu der Vermutung, dass beide Opfer von demselben Täter ermordet wurden?«

Brischinsky schluckte und zwang sich zur Ruhe. »Herr Kriminalrat Wunder hat eben schon auf die Parallelen beider Taten hingewiesen. Aber der Tatverdächtige hat noch kein Geständnis abgelegt. Wir haben an dem zweiten Opfer Fremdgewebe gefunden und werden eine vergleichende Genanalyse mit einer Speichelprobe des Verdächtigen vornehmen.«

»Müller, WAZ Recklinghausen. Wie wurde das zweite Opfer umgebracht?«

»Nach unseren bisherigen Erkenntnissen wurde das Opfer zunächst mit KO-Tropfen betäubt. Wie, wissen wir noch nicht. Dann transportierte der oder die Täter ...«

»Gehen Sie von mehreren Tätern aus?«, unterbrach ihn Müller.

»Wir können es zumindest nicht ausschließen. Dann transportierten der oder die Täter ihr Opfer vermutlich in einem Wagen in die Brandheide, schleppten es über einen Graben in ein Waldstück und erdrosselten es von hinten mit einer Drahtschlinge. Das Opfer hat sich gewehrt, bei dem Kampf wahrscheinlich in Todesangst nach hinten gegriffen und dabei dem Täter einige Haare ausgerissen und Hautgewebe abgekratzt.«

»Dann hat der Täter also Narben?«

»Die Wunden dürften relativ klein gewesen sein. Auf jeden Fall haben sie nicht geblutet. Nein, Narben dürften nicht zu erkennen sein.«

»Ich hätte noch eine Frage, bitte. Kuslowski. Radio Funk im Vest. Wenn das Opfer mit einem Wagen zum Tatort transportiert worden ist, könnte es doch sein, dass Anwohner etwas gesehen haben. Gibt es da schon Anhaltspunkte?«

»Nein, aber Mitarbeiter der Soko führen zurzeit umfangreiche Befragungen der Anrainer durch.«

»Eine Zusatzfrage.« Rutter stand auf und blätterte in einem Notizblock. »Nach meinem Wissenstand hat Michael Droppe keinen Führerschein. Wie konnte er, wenn er der Täter ist, das Opfer zum Tatort schaffen?« Mit einem hinterhältigem, gemeinen Lächeln setzte sich der Bild-Mann wieder.

Wunder sah Brischinsky an und verdrehte die Augen. Der Hauptkommissar begann erneut zu schwitzen. Dann hatte er die Antwort. Mit mir nur einmal, du Arsch! Nur einmal.

»Herr Rutter«, begann Brischinsky leise und freundlich. »Ich habe Ihnen schon mehrmals gesagt, dass wir aus berechtigten Gründen den Namen unseres Verdächtigen nicht preisgeben. Wir wollen eine Vorverurteilung, wie sie in der Vergangenheit schon häufiger in großen deutschen Boulevardblättern stattgefunden hat, verhindern. Das dazu. Vielleicht wären Sie so freundlich, uns Ihre Quelle zu nennen. Dann können wir nämlich prüfen«, seine Stimme wurde lauter und schärfer, »ob Sie sich möglicherweise bei der Beschaffung Ihrer Informationen strafbar gemacht haben. Und noch ein Letztes: Glauben Sie im Ernst, dass jemand, der einen Mord begehen möchte, sich an die Straßenverkehrsordnung hält und nur mit Führerschein fährt?«

Einige Journalisten lachten auf. Rutter schwieg betreten. Touché, dachte Brischinsky.

Und Wunder sagte: »Meine Damen und Herren, wir haben Informationsmaterial vorbereitet. Kommissar Baumann wird Ihnen die Unterlagen aushändigen. Außerdem finden Sie dort Bilder, die die Opfer zeigen. Wir bitten Sie, diese zu veröffentlichen. Uns interessiert, ob jemand vor allem den Toten aus München nach dem Bundesligaspiel am 28. Februar in Begleitung eines Dritten gesehen hat. Vielen Dank.«

Kriminalrat Wunder bedeutete Brischinsky, ihm zu folgen. Baumann erwehrte sich einer Horde drängender Journalisten, die nach weiteren Auskünften lechzten. Wie hungrige Wölfe, dachte der Hauptkommissar beim Hinausgehen.

Vor der Tür nahm Wunder seinen Mitarbeiter zur Seite. »Das war nun keine Meisterleistung. Warten wir die Berichterstattung in den einschlägigen Zeitungen ab. Ein katastrophaler Auftritt, Brischinsky. Darüber werden wir noch sprechen müssen. Haben Sie mich verstanden?«

Brischinsky nickte schweigend. So etwas in der Art hatte er erwartet.

Scheißpressekonferenzen. Er hasste Pressekonferenzen.

21

Cengiz Kaya war wild entschlossen, Rainer die Liste vor die Füße zu werfen. Eine typische Rainer-Esch-Idee. Unausgegoren und sinnlos.

Seit neun Uhr versuchte Cengiz nun schon, an diesem verregneten Samstagvormittag in den verschiedenen Stadtteilen Dortmunds Zeugen zu finden, die den Mord in dem Eisenbahnwagon beobachtet hatten.

Cengiz sollte sich um die BVB-Fans kümmern, während sich Rainer den Schalkern widmen wollte. Rainer hatte das Cengiz gegenüber so begründet, dass er selbst als ausgewiesener Schalke-Anhänger ja wohl schlecht beim Intimfeind BVB recherchieren könne, das müsse Cengiz einsehen. Und da Cengiz nach Rainers Auffassung als Türke ohnehin nicht nachvollziehen konnte, warum sich jemand, dessen Wiege in Wanne-Eickel gestanden hatte, ausschließlich zu Schalke hingezogen fühlte, spielte es doch absolut keine Rolle, welche Fangruppe Cengiz aufsuchte. Cengiz' Einwand, er sei schließlich ebenfalls in Deutschland geboren und könne deshalb schon eine bestimmte Affinität zu deutschen Fußballklubs verstehen, spielte Rainer mit dem Hinweis herunter, dass sein türkischer Freund aber nicht in Wanne-Eickel, genau genommen in Wanne-Nord in der Nähe des Wanner Marktes, das Licht der Welt erblickt habe.

Damit war für Rainer die Angelegenheit erschöpfend ausdiskutiert und erledigt. Und da es Cengiz eigentlich wirklich egal war, ob er sich nun mit Schalkern oder Dortmundern herumschlug, akzeptierte er die Argumente seines Freundes, vor allem auch deshalb, weil die Liste weniger Adressen in Dortmund als in Herne oder Castrop-Rauxel enthielt.

Rainer hatte Cengiz geraten, seine Besuche auf den frühen Samstagvormittag zu legen, da dann – so seine Vermutung – mehr potenzielle Zeugen anzutreffen seien.

Beiden war aber die Tatsache entgangen, dass Dortmund an diesem Samstag auswärts beim VfB Stuttgart antreten musste. So traf Cengiz bei sieben der dreizehn Anschriften entweder nur auf Familienangehörige, oder auf sein Schellen erfolgte keine Reaktion. Nur einer der Fahrgäste, der bereits von der Polizei vernommen worden war, erklärte sich bereit, gegen eine Aufwandsentschädigung – er sagte tatsächlich Aufwandsentschädigung – von mindestens 150 Mark Auskunft zu erteilen, was Cengiz empört ablehnte. Drei weitere forderten zwar kein Geld, hatten aber nichts gesehen, was im Ergebnis auf dasselbe hinauslief. So blieben auf Cengiz' Liste schließlich nur noch zwei Namen übrig.

Peter Brubecky wohnte in der Münsterstraße, die sich im Dortmunder Norden befand, wie Cengiz nach längerem Suchen im Stadtplan feststellte. Er aber war gerade in Dortmund-Hörde im Süden und musste nun die halbe Stadt durchqueren.

Eine gute halbe Stunde später stand der junge Türke vor dem Haus mit der Nummer 73. Cengiz fand das Namensschild P. Brubecky und drückte den Klingelknopf. Eine halbe Minute später summte der Öffner. Cengiz machte die Tür auf und betrat einen dunklen und kühlen, etwas muffig riechenden Hausflur, in dem zerbeulte und teilweise aufgebrochene Briefkästen hingen. Er suchte den Lichtschalter. Eine funzlige Deckenleuchte erzeugte schemenhafte Schatten.

Im hinteren Bereich des Flures erkannte Cengiz zwei Fahrräder und einen Kinderwagen. Auf dem Boden unter den Briefkästen lagen Werbesendungen und Reklamezeitschriften. Der dunkelgrüne Ölanstrich auf den Flurwänden blätterte ab. Eine Wohnungstür war nicht zu entdecken.

Kaya begann, die knarrende Holztreppe hinaufzusteigen.

In der dritten Etage entdeckte er das gesuchte Namensschild an einer nur angelehnten Tür.

Cengiz klopfte und rief: »Hallo? Hallo?«

Einen Moment später erschien ein junger Mann Anfang zwanzig in der Tür und musterte seinen Besucher von oben bis unten. »Ja?«, fragte er.

»Mein Name ist Cengiz Kaya. Sind Sie Herr Brubecky?«

113

»Ja, warum?«

»Es dreht sich um die Schlägerei letzten Samstag im Zug nach Dortmund. Sie waren doch in diesem Zug, oder?«

»Sind Sie von der Polizei?«

»Nein, ich komme ...«

»Dann ist es mir egal, woher Sie kommen. Und jetzt«, Brubecky machte Anstalten, seine Wohnungstür zu schließen, »hab ich leider keine Zeit mehr.«

»Bitte warten Sie. Es ist wichtig.« Cengiz dachte fieberhaft nach. »Sind Sie ein Fan des BVB?«, fragte er dann hastig.

Brubecky ließ die Tür noch einen Spalt offen. »Bin ich. Was soll die Frage?«

»Vielleicht können Sie einem anderen BVB-Fan aus der Klemme helfen.«

»Aus der Klemme helfen? Wie meinen Sie das?« Die Tür wurde wieder etwas weiter geöffnet.

»Im Zug wurde ein Toter gefunden, der ...«

»Stand in der Zeitung.«

»Wir glauben, dass der Tatverdächtige, ein BVB-Fan wie der Tote, nicht der Täter ist.«

Brubecky machte die Tür nun ganz auf. »Wer ist wir?«, fragte er interessiert.

»Ich arbeite für den Anwalt des Tatverdächtigen. Wir suchen nach Zeugen, um seine Unschuld zu beweisen.«

»Sie meinen also, dass der ... was stand in der Bild, wie heißt der gleich?«

»Droppe. Michael Droppe.«

»... dass der Droppe unschuldig ist?«

»Ja, das glauben wir.«

»Und wer soll es sonst gewesen sein?«

»Das wollen wir ja gerade herausfinden. Vielleicht einer der Schläger? Das waren Dortmunder, oder?«

»Aber auch Schalker!«

»Gut. Erst Dortmunder, dann Schalker?«

»Sah so aus.«

»Dann waren Sie also im Zug?«

»Ja, war ich«, antwortete Peter Brubecky widerwillig. »Aber warum sollte ich ausgerechnet Ihnen, ich meine, ist der Anwalt auch ...« Er sprach nicht weiter.

Cengiz erahnte, was Brubecky meinte, und spürte Ärger in sich aufsteigen. »Was? Ausländer?«, fragte er barsch.

Brubecky nickte.

»Nein. Ist er nicht. Spielt das für Sie eine Rolle?«

Der Wohnungsbesitzer schüttelte den Kopf. »Eigentlich nicht.« Dann gab er sich einen Ruck. »Kommen Sie rein. Geht ja schließlich um einen von uns.«

»Eben«, bekräftigte Cengiz. »Es geht um einen BVB-Fan. Um was sonst?«

Brubecky schloss hinter Kaya die Tür, blieb aber in dem Wohnungsflur stehen. »Also, was wollen Sie wissen?«

»Der Tote saß etwa in der Mitte des Wagons. Wo waren Sie?«

»Etwa zwei Reihen dahinter. Als die Schlägerei losging, habe ich zunächst überhaupt nicht geschnallt, was da eigentlich abging. Bis einer der Mistkerle mir voll eine übergezogen hat. Mit dem Schlagstock. Hier«, Brubecky zeigte auf seinen Hals und oberen Brustkorb, »hat der mich getroffen. Da ist jetzt noch alles blau.«

»Und dann? Was passierte dann?«

»Ja, was passierte dann? Ich hab mich fallen lassen und zugesehen, dass ich mir nicht noch mehr Prügel einfange.«

»Haben Sie etwas davon mitbekommen, was um Sie herum passierte?«

»Absolut nichts. Ich sagte ja schon, ich habe versucht, mich selbst zu schützen. Das war ein solches Chaos, da versuchte jeder, in Deckung zu gehen.«

Cengiz war enttäuscht. »Sonst fällt Ihnen nichts ein?«

»Nee. Ich hab auch nur mit Ihnen geredet, weil Sie gesagt haben, ich könnte einem BVB-Fan helfen. Ich haue die eigenen Leute nicht in die Pfanne.«

»Wie meinen Sie das denn?«, wunderte sich Cengiz.

»Ach, während der Schlägerei im Zug, da war einer von unseren Leuten, der hat nicht nur auf die Schalker, sondern auch auf uns eingeprügelt. Selbst Schalker haben versucht, uns zu helfen, aber der ... Wenn ich den Arsch erwische, der kann sich auf was gefasst machen.«

»Noch mal ganz langsam. Da war ein BVB-Fan, der Dortmunder verprügelt hat?« Cengiz glaubte, sich verhört zu haben.

»Haben Sie Tomaten in den Ohren? Ja, der ist mit den anderen in den Wagon rein und hat hauptsächlich auf uns draufgekloppt.«

»Woher wissen Sie denn, dass das ein BVB-Fan war? Ich denke, viele hatten noch nicht mal einen Schal um?«

»Der hatte ein BVB-Trikot an. Das mit der Zehn. Von Möller.«

Cengiz schluckte. »Haben Sie noch mehr gesehen?«

»Das habe ich Ihnen doch gerade gesagt.«

»Sagen Sie, können Sie den Mann beschreiben?«

»Beschreiben? Eigentlich nicht. Aber ich würde den Mistkerl mit Sicherheit sofort erkennen, wenn ich ihn sehe.«

»Das ist ein Ding.« Cengiz war baff.

»'ne echte Sauerei, was?«, ereiferte sich Brubecky. »Auf die eigenen Leute. So was gibt es ja noch nicht mal in der Türkei, oder?«

Jetzt, fand Cengiz, war es Zeit zu gehen.

Zwei Stunden später wartete er wie verabredet in seiner Wohnung auf den Anruf seines Freundes, der zu seiner Überraschung sogar recht pünktlich erfolgte. Allerdings machte Rainer am Telefon nicht mehr den nüchternsten Eindruck.

»Cengiz, mein Freund«, meldete sich Esch. »Wo steckst du?«

»Zu Hause. Du hast mich angerufen.«

»Ich? Oh! Ja, stimmt. Hast du was rausbekommen?«

»Hab ich. Und du?«

»Wenig. Außerdem sind die meisten schon weg. Schalke spielt heute im Parkstadion gegen Hamburg. Da werden die den Hamburgern so richtig ...«

»Ein Heimspiel? Aber die hatten doch erst letzten Samstag Heimrecht?«

»Kluger Junge. Aber Mittwoch war auch ein Spiel – auswärts. Und deshalb heute wieder auf Schalke. Also, das müssen wir uns ansehen. Ich lade dich ein und wir ...«

»Rainer! Was ist mit dir los? Bist du betrunken?«

»Was soll schon los sein? Ich habe dir doch erzählt, dass mein Opa auf Erin in Castrop war und in der Teutoburgia-Siedlung gewohnt hat?«

»Ja, und?«

»Ich habe da früher als Knirps immer gespielt, wenn ich bei meinen Großeltern war. Und ich war oft bei meinen Großeltern, musst du wissen ...«

»Und?« Cengiz war nicht ganz klar, auf was Rainer hinauswollte.

»Ich hatte doch mehrere Adressen in Herne-Börnig, erinnerst du dich? Und eine davon war die von Kurt Schacklowski, stell dir das vor!«

Der Türke versuchte, sich diese Sensation vorzustellen, und fragte erneut: »Und?«

»Kurt Schacklowski kenn ich von früher. Wir haben oft in der Teutoburgia zusammen gebolzt. Dann haben wir uns aus den Augen verloren. Ich bin zur Penne, er auf 'n Pütt. Und jetzt haben wir uns wieder getroffen. Ist das was? Was sagst du nun?«

Cengiz sagte sicherheitshalber zunächst nichts. Dafür ahnte er etwas. Schließlich fragte er: »Und das Wiedersehen habt ihr gefeiert?«

»Worauf du einen lassen kannst. Kurt und ich, wir beide gehen übrigens gleich auf Schalke.«

Cengiz hörte durch den Hörer etwas, das einem zustimmenden Grunzen ähnelte.

»Ich habe da nur ein kleines Problem.« Rainer senkte seine Stimme auf eine Lautstärke, die ein Angetrunkener für leise, der Rest der Menschheit aber für eine Unverschämtheit hält.

»Kurt ist im Moment ein bisschen knapp. Arbeitslos, verstehst du? Deshalb musste ich ja das Bier bezahlen.«

»Du trinkst Bier? Seit wann tust du dir denn das an?«

»Nicht so laut, Cengiz. Sonst ist Kurt beleidigt. Aber wie sollte ich denn hier in der Schrebergartenkneipe an trockenen Wein kommen, hä? Da musste ich Bier trinken, klar?«, brüllte Rainer in den Hörer.

Diese Logik leuchtete Cengiz ein.

»Jetzt bin ich fast blank. Du müsstest mir mit etwas Geld ...«

»Nicht schon wieder!«

»Cengiz, bitte. Sonst fällt Schalke flach. Und ich hab's Kurt doch versprochen.«

Der Türke atmete tief durch. Zwar zahlte Rainer seine Schulden nicht immer pünktlich, dafür aber generell zurück. Trotzdem ging ihm dieser Rückfall Rainers in seine früheren Lebensgewohnheiten doch etwas auf die Nerven. »Gut. Ich leihe dir was. Wie viele von deiner Liste hast du erreicht?«

»Welche Liste?«, schrie Rainer. Kurt grunzte.

»Die Zeugen aus dem Zug«, antwortete Cengiz.

»Ach so.« Rainer schwieg.

»Wie viele, Rainer?«

»Tja, eigentlich nur Kurt.«

»Die anderen waren nicht da? Gehen die so früh schon zum Stadion?«, wunderte sich Cengiz.

»Das kann man so direkt nicht sagen. Es ist vielmehr so, also ... äh ... Kurt war der Erste, zu dem ich gefahren bin.«

Cengiz schnappte nach Luft. Dann brüllte auch er: »Rainer, soll das heißen, dass ich mir für dich den Samstagvormittag um die Ohren haue, während du dich in irgendeiner Kneipe voll laufen lässt?«

»Cengiz, bitte, reg dich nicht auf. Das war sozusagen höhere Gewalt.«

»Was war das?«, schrie Cengiz noch lauter. »Höhere Gewalt? Wenn du nicht aufpasst, bin ich die höhere Gewalt. Und die kommt über dich, hast du mich verstanden!« Dann zwang er sich zur Ruhe. »Schalke kannst du vergessen. Wenn du wieder nüchtern bist, kannst du mich anrufen. Wenn du Glück hast, rede ich mit dir. Bestell Kurt einen schönen Gruß. Und jetzt kannst du mich.« Wütend legte Cengiz den Hörer auf.

Am anderen Ende der Leitung wurde Rainer Esch trotz des seligen Alkoholnebels klar, dass er mal wieder den Bogen überspannt hatte.

22

Kommissar Kurt Krawatzki von der Sonderkommission ›Fußball‹ bekam am Hauptbahnhof München hautnah einen Eindruck von der Taktik seiner bayerischen Kollegen im Umgang mit bahnreisenden Fußballanhängern aus anderen Städten.

Der ICE Prinz Eugen, aus Richtung Ruhrgebiet kommend, war Samstagabend gegen 19 Uhr auf dem Hauptbahnhof am Gleis 2 eingelaufen. Kurt Krawatzki hatte den Zug verlassen und schon von weitem die Schlachtrufe der Bochumer Fans gehört.

Krawatzki, seit seiner Schulzeit bekennender VfL-Fan, näherte sich neugierig den Bochumer Anhängern, die sich am Treppenaufgang zum Gleis 4 sammelten.

Den ersten sprach er an: »Wie haben wir gespielt?«

Nach einem kurzen, prüfenden Blick antwortete der Fan: »Null zu null.«

Krawatzki widerstand der Versuchung, in die Triumphgesänge der Bochumer einzufallen. »Wie war das Spiel?«

»Klasse! Wenn der Kahn dat eine Ding nich noch aus der Ecke gefischt hätte, dann ...«

Krawatzki sollte nicht mehr erfahren, welche Glanztaten des Bayerntorhüters einen Bochumer Sieg verhindert hatten, denn plötzlich stürmten aus zwei Richtungen uniformierte Polizisten, mit Helm, Schild und Schlagstöcken bürgerkriegsähnlich ausgerüstet, auf die Fans zu. Die überraschten Fußballanhänger, unter die sich zahlreiche Reisende wie Krawatzki gemischt hatten, drängten zu den beiden Aufgängen. An dem einem mussten sie feststellen, dass der schon von der Polizei abgesperrt war.

Einige Fußballfreunde, die die Absperrung durchbrechen wollten oder den Aufforderungen der Polizisten nicht schnell genug Folge leisteten, machten schmerzhafte Bekanntschaft mit einem Polizeiknüppel. Den Fans blieb nichts anderes übrig, als über den einzigen noch freien Ausweg, der Treppe zum Gleis 4, auszuweichen. Wohl oder übel wurden Krawatzki und andere Unbeteiligte mitgerissen.

›Leberwursttaktik‹ wurde dieses Vorgehen genannt: auf zwei Seiten zumachen und dann in die Mitte hineinstechen.

Auf dem Bahnsteig klärten Lautsprecherdurchsagen die Bochumer darüber auf, dass sie in wenigen Minuten in einen Sonderzug verfrachtet würden, der ohne Halt bis Bochum fahren sollte. Krawitzki kam ins Grübeln, denn er war ja gerade erst angekommen. Der Kriminalpolizist kämpfte sich deshalb zum Rand der Absperrung durch und versuchte, an einem seiner uniformierten Kollegen vorbeizugelangen.

Der hob drohend seinen Schlagstock und brüllte im schönsten Bayerisch: »Z'ruck. Sonst setzt's wos!«

Krawatzki erwiderte ebenso schlagfertig: »Aber ich bin Polizist.«

»Und i der Kaiser von Kina«, kam die prompte Entgegnung.

Geistesgegenwärtig kramte Krawatzki in seiner Jackentasche, zückte seinen Dienstausweis und hielt ihn hoch.

»W'rum soagens des net glei?«, fragte der Kollege empört und nickte seinem Nachbarn zu. Vor Krawatzki tat sich eine schmale Gasse auf. Der Recklinghäuser Beamte schob sich an den beiden Uniformierten vorbei, murmelte etwas von »Unverhältnismäßigkeit der Mittel«, ignorierte das folgende »Wos host g'sogt?« und beeilte sich, den Ort des Geschehens zu verlassen.

Eine Stunde später saß Kurt Krawatzki seinem Münchner Kollegen Husenau in dessen Büro gegenüber.

»Sie hatten Recht mit Ihrer Vermutung. Ihre Leiche ist der vermisste Hubert Hasenberg. Hier, seine Akte.«

Husenau reichte Krawatzki einen dicken Schnellhefter. »Kein Verlust für die Menschheit, wenn Sie mich fragen.«

Krawatzki sah seinen Kollegen entgeistert an: »Wie soll ich denn das verstehen?«

»Hört sich hart an, aber Hasenberg war nun nicht gerade das, was man landläufig eine Stütze unserer Gesellschaft nennt.«

Husenau bequemte sich zu einer ausführlicheren Erklärung. »Hasenberg ist ein alter Bekannter von uns. Er gehörte zu einer Gruppe von Nachwuchszuhältern in den Münchener Vororten. Nicht die ganz große Unterwelt, aber immerhin. Schulmädchen einschüchtern und sie dann anschaffen schicken. So was in der Art. Etwas dealen mit Kokain oder auch Heroin. Manchmal auch Hehlerei, also alles, was so kommt. Hasenberg ist einschlägig vorbestraft. Unzucht mit Minderjährigen, Zuhälterei, schwere Körperverletzung, Diebstahl und Einbruch. Eine beeindruckende Liste, nicht? Insgesamt hat der seit seiner Geburt fast dreizehn Jahre gesessen, entweder im Knast oder in Heimen. Eine typische Karriere.«

»Was ist mit seinem Bruder? Der hat doch Vermisstenanzeige erstattet, oder?«

»Hat er. Heinz heißt der. Der ist fast zehn Jahre älter. Automechaniker oder so was. Bei uns liegt nichts gegen den vor.«

»Und die Eltern?«

»Vater unbekannt. Die Mutter ist vor einigen Jahren verstorben.«

»Könnte Hasenbergs Tod irgendetwas mit seinen Aktivitäten hier in München zu tun haben?«

Husenau zuckte mit den Schultern. »Schon möglich. Vielleicht ist er einem der Platzhirsche aus Russland in die Quere gekommen. Oder er hatte eine Auseinandersetzung mit seinen Kumpels aus der Gang. Wer weiß. Vielleicht hat er auch nur die falschen Leute übers Ohr zu hauen versucht. Wir haben unsere Informanten befragt, aber die wissen entweder nichts oder sagen nichts. Letzteres würde dann allerdings bedeuten, dass Hasenberg sich mit wirklich einflussreichen Gangstern angelegt hat.«

Krawatzki erhob sich. »Sie haben mir sehr geholfen. Wenn Sie etwas hören sollten ...«

»... informieren wir Sie sofort. Ist doch selbstverständlich.«

»Danke. Haben Sie an die Anschrift des Bruders ...«

»Natürlich. Bitte.« Husenau reichte Krawatzki ein Blatt Papier. »Dort finden Sie auch die Namen und Anschriften der Freunde, die mit in Gelsenkirchen waren. Die sind zwar nun auch nicht gerade ohne, aber nicht wirklich gefährlich. Die werden Sie vermutlich nicht in ihren Wohnungen antreffen. Ich habe Ihnen den Namen der Kneipe aufgeschrieben, in der sie sich meistens rumtreiben. Die Dicke Alte kennt in München jeder Taxifahrer. Eine ziemlich üble Kaschemme, wenn Sie mich fragen.«

»Vielen Dank. Ich werde Sie auch auf dem Laufenden halten.«

»Das wäre nett. Ach, soll ich Sie in Ihr Hotel bringen lassen?«

»Das ist nicht nötig.«

Etwas später stand der Recklinghäuser Kommissar unschlüssig vor dem Polizeipräsidium. Ein leichter Nieselregen veranlasste ihn, den Kragen seines Trenchs hochzuschlagen. Krawatzki sah auf die Uhr. Halb neun. Er nahm sein Handy, gab der Hotelrezeption Bescheid, dass er später als angegeben eintreffen würde, und machte sich auf die Suche nach einem Taxi.

Das Lokal Dicke Alte lag in einer der dunkleren Gegenden Schwabings an einer Straßenecke. Schon von draußen konnte Krawatzki Rockmusik hören. Er ging die drei Stufen zur Eingangstür hoch und öffnete. Bruce Springsteen begrüßte ihn mit Born in the USA. Die Luft war angereichert mit Rauch und Bierdunst.

An der Theke hockten drei Männer mit langen Haaren, die ihre Lederjacken lässig über die Schultern geworfen hatten. Ihre T-Shirts spannten sich über muskelbepackte Oberarme, die zahlreiche Tätowierungen schmückten. Weiter hinten im Raum spielten zwei weitere Gäste Poolbillard. Auch diese schienen ihre Freizeit überwiegend in Kraftstudios zu verbringen.

Krawatzki schluckte und hielt sich an seiner Umhängetasche fest. Dann gab er sich einen Ruck und ging festen Schrittes zur Theke.

»Ein Bier, bitte.« Er schaute auf seine Liste. »Und ich suche Kai Walther, Peter Bröhler oder Josef Stadder. Sie sollen hier Stammgäste sein. Kennen Sie sie?«, fragte er den Wirt, dessen Statur der seiner Gäste in nichts nachstand und der den Polizisten nur stumm musterte.

»Wer will das wissen?«, fragte eines der Muskelpakete links von Krawatzki mit einem drohenden Unterton.

»Ich will das wissen. Krawatzki. Kriminalpolizei.« Er hielt seinen Ausweis hoch.

»Ein Bulle«, sagte ein anderer eher verwundert als beeindruckt.

Die Billardspieler legten ihre Queues beiseite und sahen zur Theke hinüber. Die Bodybuilder von der Theke erhoben sich von ihren Barhockern. Und der Wirt stellte das Bierglas, das er mit Hingabe poliert hatte, zur Seite.

Krawatzki bekam eine Gänsehaut. Seine Dienstwaffe befand sich schwer erreichbar in der Umhängetasche. »Ich habe nur ein paar Fragen an die Herren«, versicherte er rasch und versuchte unauffällig, den Reißverschluss seiner Tasche zu öffnen. »Sonst nichts.«

»Was für Fragen?« Die Muskelpakete schoben sich bedrohlich näher.

»Es geht um den vermissten Hubert Hasenberg. Sie waren gemeinsam in Gelsenkirchen bei einem Fußballspiel.«

»Ach, die Sache.« Der Wirt begann wieder, sein Glas zu polieren. Die drei von der Theke wandten sich ihren Getränken zu. Und Bruce Springsteen begann seinen nächsten Song.

Der Kriminalbeamte aus dem Ruhrgebiet wartete einen Moment. Als ihm klar wurde, dass für alle anderen Anwesenden die Unterhaltung beendet war, startete er einen zweiten Versuch: »Also, was ist nun? Können Sie mir sagen, ob ...«

Der Wirt machte eine Kopfbewegung Richtung Billardtisch. Der Kommissar schnappte sich sein Glas und durchquerte das Lokal.

»Ich bin Stadder«, sagte einer der beiden Spieler unaufgefordert. »Und das ist Peter Bröhler. Was wollen Sie wissen?«

»Erzählen Sie mir bitte, was an diesem Nachmittag in Gelsenkirchen passiert ist.« Krawatzki zog sein Notizbuch aus der Tasche und sah die beiden aufmerksam an.

»Was sollen wir da schon groß erzählen?«, begann Stadder. »Wir haben uns das Spiel angesehen. Wir hatten Karten für die Tribüne, Gegengerade. Eigentlich wollte ja Huberts Bruder auch mit, der konnte dann aber nicht. Und nach dem Spiel sind wir nach Hause gefahren. Das war alles.«

»Ist Ihnen irgendetwas Besonderes aufgefallen?«, fragte der Kommissar. »Hat sich Hasenberg mit jemand anderem getroffen? Oder hat ihn jemand angesprochen? Der hier vielleicht?« Krawatzki zeigte den beiden ein Foto von Michael Droppe. »Haben Sie den Mann hier schon einmal gesehen? Es kann auch vor dem Spiel gewesen sein. Zum Beispiel hier in München.«

»Noch nie gesehen. Ist mir nicht aufgefallen. Dir?« Stadder sah seinen Freund fragend an. Bröhler schüttelte bekräftigend den Kopf.

»Und in der Halbzeitpause?«

»Da waren wir die ganze Zeit zusammen. Würstchen gegessen, etwas getrunken. Nein, ich kann mich nicht an ein Gespräch Huberts mit einem anderen erinnern.«

»Und dann? Was war nach dem Spiel?«

»Wir sind gemeinsam mit den übrigen Fans von der Tribüne runter und wollten nach draußen. Dann aber hat Hubert gesagt, dass er pinkeln müsse und ...«

»Wo war das? Im Stadion oder schon außerhalb?«

»Noch im Stadion. Wir konnten an der Treppe schlecht stehen bleiben, weil alle nach unten drängten. Wir haben dann verabredet, am Haupteingang auf ihn zu warten. Da ist er aber nicht mehr hingekommen.«

»Wie lange haben Sie gewartet?« Der Polizist schrieb eifrig mit.

»Wie lange? Vielleicht eine halbe Stunde. Peter ist zurück ins Stadion und hat nach Hubert gesucht. Dann mussten wir aber los. Unser Zug fuhr ja gegen sieben.«

»Und Sie haben Hasenberg auch danach nicht mehr gesehen?«

»Nee, der war auch nicht am Bahnhof.« Bröhler schaltete sich in das Gespräch ein. »Wir haben gedacht, dass wäre wieder eine seiner üblichen Macken.«

»Wieso Macken?«, wollte Krawatzki wissen.

»Ach, der Hubert war manchmal etwas seltsam. Der verschwand schon mal für zwei, drei Tage, ohne dass er seinen Freunden was gesagt hat.« Stadder warf einen schnellen, prüfenden Blick zur Theke. »Aber sonst weiß ich davon nichts.«

»Können Sie belegen, dass Sie tatsächlich an dem Abend zurück nach München gefahren sind?«

Stadder und Bröhler tauschten viel sagende Blicke. »Wollen Sie damit andeuten, dass wir was mit Huberts Verschwinden zu tun haben?«, fragte Stadder überrascht.

»Ich will gar nichts damit andeuten. Beantworten Sie meine Frage: Haben Sie vielleicht noch Ihre Fahrkarten? Hat Sie im Zug jemand gesehen?«

»Fahrkarten hab ich nicht mehr. Weggeschmissen. Noch am Hauptbahnhof in München. Warum sollte ich die aufheben? Hast du ...« Stadder sah Bröhler an.

Der schüttelte nur schweigend den Kopf.

»Und gesehen? Natürlich haben uns im Zug viele gesehen. War ja voller Bayern. Aber wir kannten von denen keinen ...« Stadder zögerte einen Moment. Dann fiel ihm etwas ein. »Aber in München, da hat uns meine Freundin vom Bahnhof abgeholt. Die kann das bezeugen.«

»Ihre Freundin? Das ist ja praktisch.« Krawatzki sah sein Gegenüber mit einem etwas spöttischen Grinsen an. »Können Sie mir bitte ihren Namen und die Adresse geben?«

Der Polizeibeamte notierte sich die Angaben Stadders. »Gut. Danke für Ihre Auskünfte. Hier haben Sie meine Karte. Wenn Ihnen noch etwas einfallen sollte, rufen Sie mich bitte an.«

23

Der Fan verabscheute Alkohol, besonders aber Kollektivbesäufnisse anlässlich von Spielen seines Vereines. Wie, fragte er sich häufig, konnten die anderen so genannten Fans völlig benebelt in der Lage sein, dem Spielverlauf zu folgen, fachkundig die Leistung der Mannschaft und die einzelner Spieler zu bewerten und im Anschluss auch noch die Fernsehberichterstattung über den Spieltag aufzunehmen? Der wahre Fan tat so etwas nicht. Das taten nur die anderen.

Auch Frauen waren für den Fan tabu. Diejenigen, die er bisher kennen gelernt hatte, konnten oder wollten nicht verstehen, dass sein Herz in erster Linie für Schalke 04 schlug und seine Wochenenden damit erfüllt waren, die Spiele seines Vereines zu besuchen. Frauen verstanden nichts von Fußball, konnten Schalke nicht lieben und die Anderen hassen wie er.

Hatte Schalke 04 am Samstag ein Auswärtsspiel, fuhr er meistens schon Freitagabend in die entsprechende Stadt, suchte sich ein preiswertes Hotel in Stadionnähe und ging zeitig zu Bett. Am nächsten Morgen stand er früh auf, frühstückte und fuhr dann zum gegnerischen

Stadion, um es in Augenschein und gedanklich in Besitz zu nehmen. Er prägte sich die Lage der Eingangstore ein, inspizierte die Umgebung bis ins kleinste Detail, machte sich sogar mit einem Bleistift Skizzen von der Außenansicht des Stadions in ein kleines Heft mit karierten Blättern.

Sobald die Tore – Stunden vor Spielbeginn – geöffnet wurden, betrat der Fan das Stadion. Er trug heute nur noch bestenfalls einen Schal in den Vereinsfarben, nie jedoch ein Trikot von Schalke. So konnte er vor dem Spielanpfiff das Stadion durchstreifen, die Atmosphäre aufnehmen und manchmal sogar, wenn er viel Glück hatte, in die für Zuschauer verschlossenen Bereiche gelangen. Bereiche, die normalerweise nur Spielern, Betreuern, Ordnern und Polizisten zugänglich waren.

Dort schlich er umher, versuchte einen Blick auf die vielleicht schon eingetroffene Schalker Mannschaft zu erlangen und nahm, im wahrsten Sinne des Wortes, Witterung auf. Er sog die Luft in diesem Teil des Stadions ein und schmeckte, prüfte, bewertete sie. Der Fan war sich sicher, dass jedes Stadion seinen eigenen, charakteristischen Geruch hatte.

Während des Spiels genoss er jede Sekunde. Der Fan berauschte sich an den Fahnen und Gesängen, am Kampf auf dem Platz. Am liebsten beobachtete er das Spiel vom Rand des Schalker Fanblocks aus, wie früher mit seinem Vater. Dort konnte er teilhaben an den Gesängen und Anfeuerungsrufen, musste sich aber selbst nicht daran beteiligen. Dort konnte er leiden, wenn sein Verein verlor, und sich freuen, wenn er gewann. Aber nur für sich. Der wahre Fan teilte seine Gemütsregungen nicht anderen, schon gar nicht den Anderen mit. Er trauerte allein und jubelte allein. Und er blieb allein. Wie ein einsamer Wolf.

Bei einem Auswärtsspiel Ende der Achtzigerjahre war es seit dem Ereignis seiner Kindheit zum ersten Mal wieder zu einer tätlichen Auseinandersetzung mit den Anderen gekommen. Er war wie üblich sehr früh im gegnerischen Stadion gewesen, als ihm, kurz nachdem er die Tribüne betreten hatte, drei Andere begegneten. Es war November, und da es nasskalt war und leicht nieselte, hatte er seinen Schalker Schal fest um seinen Hals geschlungen.

Einer der Anderen, er war etwa achtzehn und damit etwas jünger als er, stürzte auf ihn los, kaum dass er ihn als Schalker identifiziert hatte, und begann, auf ihn einzuschlagen. Zwei ungenaue Fausthiebe trafen den Kopf des Fans. Im ersten Moment war er zu verblüfft gewesen, um sich zu wehren. Dann zog er seine Faust, bewaffnet mit seinem Schlagring aus der Tasche und schlug zu, so fest er konnte.

Und er traf. Präzise und hart. Er hörte das Knacken, mit dem das Nasenbein seines Gegners brach, sah das Blut aus der aufgerissenen Augenbraue spritzen und blickte in das schmerzverzerrte Gesicht seines Gegenübers. Er sah die Angst in den Augen des Anderen, spürte sie schon fast körperlich. Erbarmungslos schlug der Fan ein zweites Mal zu. Und ein drittes Mal. Der Andere spuckte Blut und Zähne. Seine Freunde wollten ihm zu Hilfe eilen, aber der Fan sprühte ihnen eine Ladung Tränengas in die Augen. Fast blind irrten sie umher und waren so seinen brutalen Hieben und Tritten hilflos ausgeliefert.

Immer und immer wieder schlug und trat der Fan blind vor Hass auf die drei sich vor ihm am Boden windenden Anderen ein. Er hörte erst auf, als er vor Erschöpfung nicht mehr konnte. Unberührt starrte er noch einen Moment auf die wimmernden Körper und ging dann seelenruhig weiter auf Erkundungstour.

Im Spiel wie im Krieg oder in der Natur, dachte der Fan, gibt es Gewinner und Verlierer, Sieger und Besiegte, Jäger und Opfer. Er war der Wolf und nicht das Opfer.

Und auch Schalke gewann das Auswärtsspiel. Drei zu zwei.

24

Am nächsten Morgen frühstückte Kommissar Krawatzki gemütlich in seinem Hotel, nahm sich Zeit für die Lektüre der Sonntagszeitung und führte von seinem Zimmer aus ein Telefonat mit Heinz Hasenberg, um sich mit ihm zu verabreden.

Gegen zwölf wartete der Polizist aus Recklinghausen vor der Wohnung des Opfers auf dessen Bruder.

Heinz Hasenberg schleppte einen beeindruckenden Bierbauch vor sich her. Er blickte sich zunächst um, bemerkte dann den wartenden Kommissar und kam zögernd näher.

Krawatzki ergriff die Initiative. »Herr Hasenberg?«, fragte er.

»Ja, der bin ich.«

Der Beamte streckte seine Hand aus. »Krawatzki. Kripo Recklinghausen. Vielen Dank, dass Sie Zeit für mich haben. Zunächst möchte ich Ihnen aber mein herzliches Beileid aussprechen. Sie können sicher sein, wir finden den Mörder Ihres Bruders.«

Hasenberg nickte stumm. Der Blick seiner Augen wurde wässerig. »Wissen Sie, mein Bruder hat es in seinem Leben nicht leicht gehabt. Vielleicht hätte ich mich nach dem Tod unserer Mutter mehr um ihn kümmern müssen. Dann wäre das alles möglicherweise anders gekommen. Aber damals, ich war ja selbst fast noch ein Kind ...«

Krawatzki schwieg. Er kannte aus eigener, leidvoller Erfahrung diese Mischung aus Trauer, Wut und Selbstvorwürfen, die der Tod eines nahe stehenden Menschen auslöst. Da konnte keiner helfen. Angesichts des Gefühlscocktails, der Heinz Hasenberg durchspülte, hätten gut gemeinte tröstliche Worte und Ratschläge wie Platitüden gewirkt.

Deshalb brachte der Polizist das Gespräch wieder auf eine geschäftsmäßige Ebene und zeigte Hasenberg das Konterfei Droppes. »Haben Sie diesen Mann schon einmal gesehen, möglicherweise in Begleitung Ihres Bruders?«

Heinz Hasenberg schüttelte den Kopf.

»Ich bin Ihnen wirklich sehr dankbar, dass ich auch ohne Durchsuchungsbefehl einen Blick in die Wohnung Ihres Bruders werfen darf.«

»Suchen Sie etwas Bestimmtes?«, wollte Hasenberg wissen.

»Nein, eigentlich nicht. Ich möchte mich nur etwas umsehen.«

Hasenberg öffnete die Haustür und betrat den Flur. »Mein Bruder wohnt gleich hier rechts. Ich war seit seinem Tod noch nicht wieder in der Wohnung, ich habe es einfach nicht fertig gebracht. Aber irgendwann muss es ja sein.« Er seufzte. »Ich brauche seine Versicherungsunterlagen. Das Familienbuch habe ich, aber sonst ...« Hasenberg schluckte. »Ihre Kollegen hier in München haben mir gesagt, dass ich rechtzeitig Nachricht erhalte, wann mein Bruder ... Also ich meine ...«

»Wir werden Sie informieren, sobald die Leiche freigegeben ist. Das ist selbstverständlich.«

»Danke.« Hasenberg suchte mit zitternden Händen an einem Schlüsselbund. »Ich war noch nie ohne meinen Bruder in der Wohnung«, sagte er entschuldigend, als der erste Schlüssel nicht passte. »Er hat seinen Zweitschlüssel nur deshalb bei mir deponiert, weil er seinen eigenen häufiger hat liegen lassen. Und immer der Schlüsseldienst ...«

Knarrend sprang die Tür auf. »Bitte«, sagte Heinz Hasenberg und ließ dem Kommissar den Vortritt.

Krawatzki betrat die Wohnung. Das Erste, was ihm auffiel, war der tiefe Flor des dunkelroten Teppichbodens. An der Garderobe im Flur hingen verschiedene Jacken und Mäntel. Die erste Tür rechts führte in die Küche. Der Polizist warf einen Blick hinein. Einbaumöbel mit weißer Front, Geschirrberge und zwei leere Bierkisten. Es roch nach abgestandenem Rauch.

Auf der gegenüberliegenden Seite befand sich das Schlafzimmer. Auch hier der rote Teppichboden. In einer Ecke des Raumes standen ein Fernsehgerät und ein Videorecorder, davor lagen zahlreiche Filmkassetten auf dem Boden. Krawatzki hob eine der Kassetten hoch. Geile Jungs und heiße Bräute, las er. Nicht sein Ding.

Über der Kopfseite des französischen Bettes war ein großer Spiegel leicht schräg an der Wand befestigt. Es erforderte nur wenig Fantasie, um zu durchschauen, dass dieser Spiegel nicht zur Kontrolle des richtigen Sitzes der Krawatte diente. Das Bett war nicht gemacht. Krawatzki berührte das Bettzeug. Kein Satin, sondern schwarze Seide.

Dem Bett gegenüber stand ein großer Schiebetürenschrank. Der Polizist schob eine der Schranktüren zur Seite, die sich leichtgängig und fast lautlos öffnete und den Blick auf zahlreiche Anzüge und Sakkos der ein wenig teureren Produzenten von Herrenbekleidung freigab.

Das Wohnzimmer war etwa vierzig Quadratmeter groß. Eine Fensterfront an der gegenüberliegenden Wand ließ die Sicht auf eine große Terrasse und einen kleinen Steingarten frei. Links von der Tür befand sich eine Schrankwand aus Mahagoni. Krawatzki öffnete auch hier eine der Türen: einige Aktenordner und ein Papierberg. An der rechten Wand des Raumes stand ein Sideboard, welches die Stereoanlage enthielt. Über dem

Möbelstück hingen zwei Nachdrucke der berühmten Bilder Marilyn Monroes von Andy Warhol, in Rot und Dunkelblau. Weiter hinten lud eine Sitzgruppe aus schwarzem Leder ein.

»Nobel eingerichtet, Ihr Bruder«, bemerkte Krawatzki. »Seine ... hm ... Geschäfte scheinen ja nicht schlecht gegangen zu sein.«

»Dazu kann ich Ihnen nichts sagen«, entschuldigte sich Heinz Hasenberg. »Wir haben nie darüber gesprochen.«

»Schon klar. Hätten Sie etwas dagegen, wenn ich einen Blick in die Papiere dort werfe?« Krawatzki zeigte auf die geöffnete Schranktür.

»Nein, natürlich nicht. Und wenn Sie Versicherungsunterlagen finden ...«

Krawatzki nickte und griff nach den Akten. Er packte den Stapel auf das Sideboard und sah ihn durch. Alte Nebenkostenabrechnungen, Korrespondenz mit Autoreparaturwerkstätten, Urlaubsprospekte, nichts Ungewöhnliches. Dann blätterte der Polizist im ersten Aktenordner.

»Hier«, sagte er zu dem Bruder des ermordeten Wohnungsinhabers, »sind seine Versicherungsunterlagen. Und seine Kontoauszüge.«

Der Kommissar sah auf den letzten Bankauszug und pfiff leise durch die Zähne. »Nicht schlecht. Ihr Bruder hat fast 80.000 Mark auf seinem Girokonto.« Krawatzki reichte Heinz Hasenberg den Aktenordner und griff zum nächsten. Er überflog alte Arbeits- und Schulzeugnisse und wollte den Ordner schon wieder aus der Hand legen, als zwischen den Zeugnissen ein nur lose eingelegtes Blatt hervorrutschte.

Krawatzki las den Text, pfiff erneut durch die Zähne, diesmal aber etwas lauter und sagte zu Heinz Hasenberg: »Das muss ich mitnehmen. Haben Sie etwas dagegen?«

Hasenberg warf einen flüchtigen Blick auf den Wisch. »Wenn Ihnen so ein alter Schuldschein weiterhilft ...? Obwohl, ist schon recht viel Geld ...« Er zuckte mit den Schultern. »Ich bekomme den Schein doch zurück?«

»Selbstverständlich«, beeilte sich der Polizist zu versichern. Dann schnappte er sich sein Handy und versuchte erfolglos, seinen Kollegen Husenau anzurufen.

»Scheißwochenende«, stöhnte Krawatzki. Er tippte eine andere Nummer ein. Auch Brischinsky und Baumann waren nicht erreichbar.

Dann wandte sich der Polizist wieder an Hasenberg. »Ich muss so schnell wie möglich zurück nach Recklinghausen. Noch einmal vielen Dank für Ihre Mühen. Wir melden uns bei Ihnen.«

25

Die Beine auf dem Schreibtisch gelegt, kämpfte Rainer gegen den Schlaf an. Trotz mehrerer Becher Kaffee gelang es ihm nicht, die Augen offen zu halten. Mühsam fixierte er das übergroße gerahmte Erinnerungsfoto an der gegenüberliegenden Wand, das die Windmühlen von Mykonos zeigte. Mykonos, das war ...

Das Schrillen des Telefons riss ihn aus allen Träumen. Rainer brachte sich in eine halbwegs vertikale Lage, griff zum Hörer und meldete sich gähnend.

»Spreche ich mit Rechtsanwalt Esch?«

Der Akzent des Anrufers erinnerte ihn an seinen ersten und einzigen Toskana-Urlaub, der schon einige Jahre zurücklag. Der Gesprächspartner am anderen Ende der Leitung war eindeutig Italiener.

»Ja?«

»Sie vertreten den Mann, der verdächtigt wird, am vorletzten Samstag im Zug nach Dortmund einen Fußballfan erstochen zu haben?«

Für einen Moment war Rainer überrascht. »Woher wissen Sie ...«

»Die Zeitung. Es stand in der WAZ.«

»Ach so.« Esch griff zur Revalpackung. »Und?«

»Ich habe gelesen, dass die Polizei noch nach Zeugen sucht. Wären Sie auch interessiert?«

»Woran?«

»An Informationen. Ich könnte Ihnen einen Namen nennen.«

»Was für einen Namen? Namen habe ich jede Menge.«

»Von jemandem, der dabei gewesen ist.«

»Bei der Schlägerei im Zug?«

»Wovon reden wir? Der Mann, dessen Name ich kenne, war an einer Auseinandersetzung beteiligt, in der ein Messer eine gewisse Rolle gespielt hat. Außerdem gehört er zu den Hooligans, die die Schlägerei angezettelt haben.«

»Natürlich bin ich interessiert.« Rainers Gehirn kam langsam auf Touren. Möglicherweise war das der Hinweis, den er brauchte. Und er würde ihn bekommen, nicht die Kripo. Oder doch die Bullen? »Weiß die Polizei ...?«

»Würde ich dann Sie anrufen?«

Vermutlich nicht. »Wäre doch denkbar.«

»Sind Sie interessiert?«

»Immer.«

»Gut. Eintausend.«

Es dauerte eine Weile, bis der Anwalt begriff, was der Anrufer meinte. »Sie wollen eintausend für einen Namen?«

»Sie kapieren schnell.«

Jetzt verarschte ihn der Kerl auch noch. »Sie sind ja verrückt. Warum sollte ich so viel Geld bezahlen, nur um den Namen eines Zeugen zu erfahren? Irgendwann wird auch die Polizei ...«

»Möglich. Oder auch nicht. Wollen Sie so lange warten?«

»Ich zahle keine eintausend.«

»Wie Sie meinen.« Der Unbekannte klang nicht so, als ob er mit Rainer einen längeren Smalltalk führen wollte.

»Warten Sie … Lassen Sie uns darüber reden.«

»Worüber?«

»Über den Preis.«

»Herr Esch, verstehen Sie: Sie können nicht handeln. Wir haben einen Namen und Sie müssen unseren Preis bezahlen, wenn Sie diesen Namen haben wollen, capito?«

»Schon klar. Aber wer garantiert mir, dass Sie mich nicht bescheißen?«

Der Italiener lachte leise. »Niemand. Aber wir wickeln unsere Geschäfte im Allgemeinen zur gegenseitigen Zufriedenheit ab. Eine Frage der Ehre, wenn Sie verstehen.«

»Also eintausend ist Ihr letztes Wort?«

»Herr Esch, bitte.«

Rainer versuchte sich an seinen letzten Kontoauszug zu erinnern. Der Gedanke daran verursachte ihm Unbehagen. Dann hatte er einen Entschluss gefasst. »Einverstanden. Wie komme ich an den Namen?«

»Sie bringen heute Abend das Geld mit in die Eisdiele am Herner Hauptbahnhof. Wissen Sie, wo die ist?«

Esch bejahte.

»Gut. Sagen wir gegen acht? Ich habe das Handelsblatt vor mir auf dem Tisch liegen. Alles klar?«

Das Handelsblatt. Sehr originell. »Ich werde da sein.«

»Vergessen Sie das Geld nicht.« Der unbekannte Anrufer unterbrach die Verbindung.

Esch atmete tief durch. Er würde einen Zeugen der Schlägerei kennen lernen. Es gab da nur eine kleine Schwierigkeit …

Die blonde Bankangestellte in der Filiale der Deutschen Bank in der Herner Innenstadt schenkte ihm ein freundliches Lächeln, als er seinen letzten Euroscheck über eintausend Schleifen über den Tresen schob.

»Sie sind bei uns Kunde?«

»Nein, bei Ihrer Filiale in Recklinghausen.«

»Einen Moment, bitte.« Sie verschwand an einem der hinteren Schreibtische, griff zum Telefonhörer und begann ein Gespräch. Dabei blickte sie mehrmals auf Rainers Scheck. Dann legte sie auf und steuerte einen anderen Schreibtisch an, hinter dem ein höchstens Dreißigjähriger in einem dezent blauen Anzug thronte. Sie legte dem Yuppie den Scheck vor und warf dabei viel sagende Blicke auf den Anwalt, der nervös wartete. Nach endlosen Sekunden erhob sich der Blaugewandete und näherte sich Rainer mit dem Ausdruck tiefster Verachtung.

Esch schwante Übles.

»Herr Esch?«

Rainer nickte.

»Es tut mir Leid. Aber es gibt da ein Problem mit Ihrem Scheck. Unsere Filiale weigert sich, für den Betrag einzustehen.« Mit spitzen Fingern schob ihm der Banker das Papier wieder zu und ließ Esch ohne weitere Erklärung einfach stehen.

Rainer knüllte wütend den Scheck zusammen, verfluchte still die Arroganz und das Geschäftsgebaren spätkapitalistischer Bankkonzerne und schob sich frustriert an der Schlange der hinter ihm Wartenden vorbei nach draußen, wobei der eine oder andere Kunde ein leicht süffisantes Grinsen nicht unterdrücken konnte.

Auf der Bahnhofstraße bemühte sich Rainer, diesen Tiefschlag zu verdauen. Dann hatte er eine Idee. Wofür gab es Geldautomaten?

Er durchsuchte seine Taschen. Die Scheckkarte war und blieb verschwunden. Dann fiel es ihm wieder ein. Sie lag in seiner Wohnung auf dem Küchentisch.

Fluchend kämpfte sich Rainer in seinem Wagen durch den Nachmittagsverkehr nach Recklinghausen. Als er das Plastikgeld endlich wieder in seinen Besitz gebracht hatte, war es schon nach fünf Uhr. Die Geldinstitute hatten bereits geschlossen, aber die Automaten standen ja rund um die Uhr zur Verfügung.

Zielstrebig steuerte er die Bankfiliale rund zweihundert Meter südlich seiner Wohnung an. Geduldig harrte er hinter einer alten Frau aus, die zu seiner Verwunderung bereit war, sich durch die Eingabeaufforderungen der diversen Bildschirmanzeigen des Automaten zu hangeln. Nach etwa zehn Minuten hatte sie endlich ihr Geld entgegengenommen und stob mit einem triumphierenden Lächeln davon.

Rainer schob seine EC-Karte in den Schlitz, wartete, gab seine Geheimnummer ein, drückte die Taste für Auszahlung, wählte als Betrag ›Eintausend‹ und wartete erneut. Nichts passierte. Dann ratterte es im Inneren der Kiste. Gleich würde seine Karte wieder ausgespuckt werden und dann würden die Scheinchen folgen. Gelassen schaute Esch auf den Schlitz, bereit, Karte und Knete in Empfang zu nehmen. Nichts passierte. Nur der Automat gab weiter hektische Geräusche von sich. Auf einmal blieb es still.

Der Anwalt sah erst auf das Display, dann auf den Schlitz, in dem seine Karte verschwunden war, dann wieder auf den Bildschirm. »Scheiße«, stieß er hervor. »Das darf doch nicht wahr sein!«

Ungläubig las Rainer die Meldung zum zweiten Mal: Ihre Euroscheckkarte wurde einbehalten. Bitte wenden Sie sich an Ihr Geldinstitut. Er schluckte. Sein Vertrauen in die Segnungen der modernen Zivilisation war auf den Nullpunkt gesunken.

Der Anwalt stierte einen Moment fassungslos auf den Schirm, atmete dann tief durch und schlich niedergeschlagen zu seinem Wagen. Er zog sich die letzte Reval rein. Die leere Packung landete im Rinnstein. Esch warf einen Blick in seine Geldbörse. Gähnende Leere. Kein Heiermann, keine Reval. Kein Tausender, kein Zeuge. Nichts. Rainer war eindeutig am Ende.

Dann fiel ihm etwas ein, worauf er schon eher hätte kommen können. Er startete seinen Flitzer und machte sich auf in die Mont-Cenis-Straße, zur Wohnung seines Freundes Cengiz.

26

Rüdiger Brischinsky hatte darauf verzichtet, am Wochenende Zeitung zu lesen. Er wollte sich die zwei freien Tage, die er sich genehmigt hatte, nicht durch die Lektüre negativer Schlagzeilen versauen. Leider war er jetzt gezwungen, sich diesem Problem zu stellen.

Der Hauptkommissar atmete tief durch und warf einen skeptischen Blick auf den Zeitungsstapel, den Kriminalrat Wunder vor sich liegen hatte. Sein Vorgesetzter nahm die erste Zeitung und hielt sie hoch, so dass Brischinsky die Schlagzeile lesen konnte: Versagen bei der Polizei – Hätten Schalke-Morde verhindert werden können?

Mit einer theatralischen Geste knallte Wunder das Blatt vor Brischinsky auf den Tisch. »Hier. Das war die Bild vom Samstag.« Wunder schnappte sich die nächste. »Es kommt noch besser. Skandal! Warum wurde der Hooliganmob nicht gestoppt? Bild am Sonntag.« Er pfefferte die Zeitung auf den Schreibtisch.

»Und das: Hooligan-Datei. Wirkt das LKA im Geheimen? Im Geheimen, ha! Ich hatte eben deswegen schon einen Anruf aus Düsseldorf. Vom LKA. Von ganz oben.

Wie ich denn hier in Recklinghausen meine Dienststelle leiten würde. Das fragen die mich!«

Wumms! Die Zeitung landete bei den ersten zwei.

»Hier. Auch sehr schön. Die WAZ vom Samstag. Ich zitiere: Hauptkommissar Brischinsky machte nicht den informiertesten Eindruck, als er in der Pressekonferenz über die Zentrale Informationsstelle Sporteinsätze befragt wurde. Mensch, Brischinsky, was haben Sie sich eigentlich dabei gedacht?«

Wumms! »Und hier.«

Wumms! Wunder hielt die nächste Zeitung hoch.

»Und dann hier noch.« Wumms!

»Und sogar die hier.« Wumms!

Der Stapel vor Wunder war jetzt vollständig abgearbeitet und befand sich unmittelbar vor Brischinsky, der erst gar nicht versuchte, dahinter in Deckung zu gehen.

»Diese Berichterstattung ist wirklich das Letzte. Aber die Flanke haben Sie getreten, Herr Hauptkommissar!«

»Ich weiß.«

»Schwamm drüber. Was ist mit diesem Droppe? Hat der jetzt ausgepackt?«, fragte Wunder ungeduldig.

»Nein, der leugnet ...«

»Was, der leugnet? Immer noch? Wir brauchen ein Geständnis, einen schnellen Erfolg, um den Scheiß hier zu überspielen.« Er schlug mit der flachen Hand kräftig auf den Zeitschriftenstapel. »Und zwar bald, Herr Brischinsky!«

»Wir tun unser Möglichstes, Herr Wunder. Wir ...«

»Das reicht mir nicht, verstehen Sie? Erfolge müssen her. Weisen Sie Droppe die Morde nach und ...«

»Entschuldigung, Herr Wunder. Aber Droppe hat den Münchner wahrscheinlich nicht auf dem Gewissen.«

»Hat nicht ...?« Der Kriminalrat war verblüfft. »Aber dann ...«

»Wir haben heute Morgen ein erstes, vorläufiges Ergebnis der gentechnischen Analyse bekommen. Wie gesagt, vorläufig. Ich sage das deshalb mit der gebotenen Vorsicht. So wie es aussieht, stammen die Haarreste und Gewebepartikel unter den Nägeln des Bayernfans nicht von Droppe.«

»Vielleicht war er dabei?«, hoffte Wunder.

»Nein, war er mit großer Wahrscheinlichkeit nicht. Sein Anwalt hat Freitagnachmittag noch angerufen. Droppe hat ein Alibi, das Freunde bezeugen können. Er war zur fraglichen Zeit bei einem Auswärtsspiel des BVB in Rostock. Wir prüfen das gerade nach, aber mit dem Mord an Hasenberg scheint er wirklich nichts zu tun zu haben.«

»Scheiße. Und jetzt?«

»Haben wir zwei Morde. Und zwei Täter. Wahrscheinlich jedenfalls.«

»Wieso wahrscheinlich? Sie sagten doch gerade, dass Droppe ...?«

»Stimmt. Droppe hat mit dem Toten in der Brandheide nichts zu tun. Aber ...«

»Was aber?«

»Vielleicht hat ja ein anderer beide Morde verübt?«, spekulierte Brischinsky. »Mein Instinkt ...«

»Ein anderer? Beide Morde?«, echote Wunder. »Herr Brischinsky, Ihren Instinkt in allen Ehren, aber Indizien sind mir lieber. Und die weisen eindeutig auf Droppe als den Zugtäter hin.«

»Natürlich. Doch das ist mir irgendwie zu einfach. Wenn wir Droppe ein Motiv nachweisen könnten, dann wäre die Sache schon eindeutiger. Aber wir haben kein Motiv.«

»Dann suchen Sie danach.«

»Tun wir ja. Und zudem kenne ich keinen Mordfall, bei dem der Täter seelenruhig neben dem Opfer einschläft, statt sich dünne zu machen. Außerdem vergessen Sie nicht, Droppe war betrunken. So betrunken, dass wir ihn kaum wach bekommen haben. Für einen anderen wäre es ein Leichtes gewesen, Droppe das Messer in die Hand zu drücken, um ...«

»Eben.« Wunder unterbrach seinen Mitarbeiter mit Nachdruck. »Er war betrunken. Betrunkene handeln nun mal nicht immer logisch. Und hören Sie um Gottes willen mit Ihren wilden Mutmaßungen auf. Die Indizien sind eindeutig.«

»Aber die beiden Fälle weisen so viele Parallelen auf. Alles Zufall?«

»Vermutlich. Selbst wenn ich Ihrer Hypothese folgen würde, nur mal angenommen. Wie erklären Sie es sich, dass in einem vollbesetzten Eisenbahnwagon ein Mensch umgebracht werden kann, der Täter seelenruhig die Hand eines zufällig gegenüber sitzenden betrunkenen Unbeteiligten um den Messergriff legen, damit dessen Fingerabdrücke auf der Waffe sind, und dann auch noch die Kleidung mit dem Blut des Opfers beschmutzen kann, ohne dass es dafür einen Zeugen gibt?«

»Wenn ich mich vor Schlagstöcken und Schlagringen schützen muss, habe ich sicher andere Probleme, als die Ereignisse um mich herum zu beobachten«, entgegnete Brischinsky. »Und vielleicht gibt es ja einen Zeugen und wir haben ihn nur noch nicht gefunden?«

»Was meinen Sie denn damit?« Wunder beugte sich interessiert vor.

»Was wäre, wenn ein Zeuge gleichzeitig auch Täter wäre?«, gab Brischinsky vorsichtig zu bedenken.

»Auch Täter wäre?«

»Es wäre doch möglich, dass einer von den Schlägern, die die Fußballfans angegriffen und die sich in Castrop vor dem Eintreffen unserer Kollegen abgesetzt haben, etwas gesehen hat. Das war zumindest schwere Körperverletzung, wenn nicht versuchter Totschlag. Ein wichtiger Grund, nicht zur Polizei zu gehen, meinen Sie nicht?«

Für einen Moment stutzte der Kriminalrat. Dann sagte er: »Unsinn. Jagen Sie keinem Phantom nach. Weisen Sie Droppe den Mord an Kröger nach und finden Sie den oder die anderen Täter.« Erwartungsvoll schaute Wunder seinen Mitarbeiter an.

Brischinsky stand auf und wollte sich schon verabschie-den, als sein Vorgesetzter sagte: »Einen Moment noch.«

»Ja?«

»Wer von den Mitgliedern Ihrer Sonderkommission ist momentan im Haus? Außer Ihnen, natürlich.«

»Ich glaube, nur Kommissar Baumann. Warum?«

»Das trifft sich gut. Dann wird Herr Baumann die Stallwache übernehmen. Und Sie kommen jetzt in den Genuss eines Kurzvortrages über Hooligans und die Zentrale Datenbank über Gewalttäter im Sport, damit wir nicht noch einmal eine solche Pleite wie am Freitag erleben müssen.«

»Aber Herr Kriminalrat, ich muss doch …«

»Mit mir kommen. Ich werde Ihnen als dem Leiter der Soko ›Fußball‹ jemanden vorstellen, der Sie bei Ihrer Arbeit an diesen Fällen beraten wird.«

Brischinsky machte den Mund auf und für einen Moment sah es so aus, als ob er widersprechen wollte. Dann entschloss sich der Kommissar doch, die Klappe zu halten, und folgte Wunder durch dessen Büro in das angrenzende kleine Sitzungszimmer des Kriminalrates. Sein Vorgesetzter betrat vor Brischinsky den Raum.

Das Sitzungszimmer war lediglich mit einem großen Tisch möbliert, an dessen Längsseiten je vier schwere, lederbezogene Stühle standen. Auf dem Tisch standen Kaffee und Konferenzgetränke. Eine Frau, die Brischinsky auf Anfang vierzig schätzte, studierte interessiert die Artikel, die Wunder eben noch zitiert hatte.

Bei dem Eintreten der Männer legte die Frau die Bild am Sonntag beiseite und schaute auf. Sie trug ein dunkelgraues Kostüm und eine weinrote Bluse.

»Ich möchte Ihnen Frau Doktor Elisabeth Großkopf-Schmittdellen vorstellen, Diplompsychologin beim Landeskriminalamt Düsseldorf und Expertin auf dem Gebiet der Hooligans. Frau Doktor Großkopf-Schmittdellen, das ist Hauptkommissar Brischinsky.«

Die Frau musterte den Vorgestellten kühl und reichte ihm die Hand zur Begrüßung. »Guten Tag«, sagte sie mit einer warmen Stimme, die nicht recht zu ihrem etwas unterkühlten Habitus passen wollte. »Herr Kriminalrat Wunder hat mir schon einiges von Ihnen erzählt.«

Auch das noch, dachte Brischinsky. Großkopf-... wie? Das war kein Name, das war eine Kurzgeschichte! Eine Sternstunde der Bindestrich-Doppelnamen. Und wahrscheinlich kannte diese LKA-Zicke seine Personalakte besser als er.

»Freut mich, Frau Doktor ...«, murmelte der Hauptkommissar und drehte ab, um einen taktischen Rückzug anzudeuten.

»Großkopf-Schmittdellen«, ergänzte die LKA-Frau.

»Habe ich mich eben unklar ausgedrückt, Herr Hauptkommissar?«, griff Wunder ein und stoppte so Brischinskys Bewegung. »Sie werden sich jetzt mit Frau Doktor Großkopf-Schmittdellen etwas unterhalten und anfreunden. Sie wird Sie bis zur Aufklärung der Fälle in allen Fragen, die auch nur im Entferntesten etwas mit Hooligans zu tun haben, psychologisch beraten. Frau Großkopf-Schmittdellen wird an den Sitzungen Ihrer Sonderkommission teilnehmen und mir darüber ihrerseits berichten.« Damit ließ Wunder die beiden allein.

Brischinsky war bedient. Ein Spitzel des LKAs und Wunders in seiner Soko. Das hatte ihm gerade noch gefehlt. Die Psychologin begann, in ihrer Tasche zu kramen. Dann hatte sie gefunden, was sie suchte. Elisabeth Großkopf-Schmittdellen legte einen Schnellhefter auf den Tisch und sagte: »Bitte setzen Sie sich doch.«

Brischinsky nahm am äußersten Ende des Tisches Platz. Die Doktorin nahm diese demonstrative Ablehnungsgeste mit einer hochgezogenen Augenbraue zur Kenntnis. »Vielleicht interessiert es Sie, dass ich mich seit meinem Studium mit dem Phänomen der Gewalt bei Sportereignissen beschäftigte, natürlich vor allem bei Fußballspielen.«

»Klar. Bei Schachturnieren schwappt die Begeisterung sicher nicht so schnell über«, meinte Brischinsky ironisch.

»Wie? Ach so, wirklich komisch. Aber Sie haben schon Recht. Wie kaum eine andere Mannschaftssportart ist Fußball geeignet, Aggressionen freizusetzen«, dozierte die Wissenschaftlerin. »Das hat was mit der Geschichte dieser Sportart zu tun. Fußball ist Jahrhunderte alt und wurde früher vor allem in Schottland gespielt. Es gab damals keine Regeln. Ein Ball wurde durch das freie Gelände, über Wiesen oder durch Straßen getrieben, die Benutzung von Händen und Füßen war erlaubt. Körperlicher Einsatz wie Treten, Beinstellen und Würgen der Mitspieler gehörte dazu. Zuschauer im heutigen Sinn gab es nicht, da sich alle an der Holzerei beteiligten.«

Das interessierte Brischinsky nun doch. Mord und Totschlag waren eben seine Profession. »Dann gab's damals schon Verletzte?«

»Natürlich. Ich habe gelesen, dass schon 1631 vor dem englischen König eine Komödie über einen Spieler namens Hammershin aufgeführt wurde. Das Theaterstück erzählt, dass Hammershin beim Fußball reihenweise Arme und Beine seiner Mitspieler gebrochen habe und von allen Ärzten in der näheren Umgebung dafür entlohnt wurde. Alle Versuche, den Leuten die Begeisterung für das Spiel auszutreiben, blieben fruchtlos. Erst das Einzäunen der Ländereien und natürlich die industrielle Revolution schafften Abhilfe.«

»Wie denn das?« Brischinsky begann widerwillig, sich immer mehr für das Thema und Frau Doktorin Elisabeth Großkopf-Schmittdellen zu erwärmen.

Er musterte die Psychologin genauer. Sie trug halb lange, schwarze Haare mit dezenten, kastanienbraunen Strähnchen, die ihr dauernd in die rechte Gesichtshälfte fielen, so dass sie ständig damit beschäftigt war, ihre Haarsträhnen hinter dem rechten Ohr festzusetzen. Erstaunlicherweise blieben die Haare hinter ihrem linken Ohr ohne ihr Zutun an ihrem Platz.

Ehe sich Rüdiger Brischinsky gedanklich weiter mit diesem Phänomen weiblichen Outfits beschäftigen konnte, setzte die von ihm verstohlen Gemusterte fort: »Zum einen fehlte es an Platz, zum anderen hatten die Fabrikarbeiter nach ihrem Achtzehnstundentag andere Sorgen, als hinter einem Ball herzurennen. Nur in den Eliteschulen wie Eton überlebte das Spiel, wurde allerdings immer mehr durch Regeln seines anarchischen Ursprungs beraubt. Dafür wurde das gewalttätige Moment des Spiels von den Akteuren auf die Zuschauer übertragen. Schon 1890 beschwerte sich die Londoner Times über die Hooligans.«

»Was heißt das eigentlich genau?«

»Der Begriff Hooligans?«

»Ja.«

»Ganz sicher ist man sich darüber nicht. Dieser Begriff kann vermutlich auf die Abkömmlinge einer irischen Familie namens Houligan oder Houlihan zurückgeführt werden, die zu ihrer Zeit als Raufbolde berüchtigt waren. Ein amerikanischer Comic-Zeichner hat diese Geschichten dann um die Jahrhundertwende herum zum Vorbild für seine Comicstrips namens ›Happy Hooligan‹ genommen. Später gab es unter diesem oder ähnlichen Titeln noch einige Zeichentrickfilme in den USA.

Sogar in Russland unter Nikolaus dem Zweiten gab es ›Chuligany‹. Damit waren aber keine Fußballfans, sondern junge, politische Krawallmacher gemeint.«

Brischinsky war beeindruckt. Von Fußballgeschichte verstand Großkopf-Schmittdellen scheinbar eine Menge. »Und heute? Sind Hooligans politisch motiviert?«

Die Psychologin blätterte in ihren Unterlagen. »Die wenigsten. Wir schätzen, dass nur etwa sieben Prozent der B- und C-Kategorie, also derjenigen, die bei Gelegenheit zur Gewalt neigen oder zur Gewalt entschlossen sind, dem rechten Lager zuzuordnen sind. In unserer Datei haben wir rund 7.800 Namen, die wir als B- oder C-Täter einordnen. Das wären dann etwa 500 gewaltbereite Hooligans mit mehr oder weniger ausgeprägter rechter Gesinnung, die meisten von ihnen stammen aus dem Osten Deutschlands.«

»Und sind alle Hooligans tumbe Saufkumpane?«

»Ach was. Das sind Vorurteile. Sie finden Betriebswirtschaftsstudenten, Bankkaufleute in den Gruppen; alle Berufe, jede Schulbildung. Der echte Hooligan kleidet sich gepflegt, er hebt sich ab von der Masse der Fußballfans. Ihm geht es um den ultimativen Kick, den Adrenalinstoß, das Machoimage. Die Polizei ist nicht der Feind, sondern Gegner, genauso wie andere Hooligangruppen. Hooligans treffen teilweise ganz friedlich Verabredungen, um sich dann Dutzende von Kilometern vom Fußballstadion entfernt gegenseitig die Schädel einzuschlagen. Da geraten nicht zufällig Fangruppen aufeinander und prügeln sich im Alkoholrausch, sondern die Auseinandersetzung wird geplant und nach einfachen Regeln durchgeführt. Mundschutz und mit Kreppband bandagierte Hände gehören als Mindestausstattung zu den Schlägereien. Mehr und mehr auch Kokain, Ecstasy und Speed. Und natürlich modernste Kommunikationstechniken.«

»Und was können wir dagegen tun? Härter durchgreifen?«

»Bei den echten Hools hilft das wenig. Denken Sie daran, was ich eben gesagt habe: Die Polizei gehört zum Spiel. Und das Spiel ist die Prügelei, wie im alten Schottland. So, Herr Brischinsky«, beendete Frau Dokotor Elisabeth Großkopf-Schmittdellen ihre Unterhaltung unvermittelt und packte den Ordner zurück in ihre Tasche. »Ich denke, wir werden uns in der nächsten Zeit öfter sehen.« Sie stand auf.

»Das würde mich freuen.« Brischinsky meinte es ehrlich. Auch wenn er diesen verdammten Doppelnamen schon wieder vergessen hatte.

Trotzdem noch immer ziemlich schlecht gelaunt betrat der Hauptkommissar sein Büro. Baumann hockte am Schreibtisch, zerkaute das Ende eines Kugelschreibers und wirkte ziemlich unglücklich.

»Was ist?«, fragte Brischinsky.

Baumann sah auf und zeigte auf die vor ihm liegenden Papiere. »Eben gekommen. Das Neueste vom BKA. ›Viclas‹.«

»Viclas?« Brischinskys Blick sprach Bände.

»Ich lese es dir vor.« Der Kommissar blätterte in den Unterlagen. »Violent Crime Linkage Analysis System.«

»Aha. Und was heißt das?«

»So was wie: Analysesystem zur Feststellung von Verbindungen zwischen Gewaltdelikten.«

»Klar.« Brischinsky wartete einen Moment auf weitere Erläuterungen. Als Baumann aber keine Anstalten unternahm, ihn weiter aufzuklären, sah er sich zu weiteren Fragen gezwungen. »Mensch, lass mich doch nicht dumm sterben. Was haben wir mit diesem ...«

»Viclas.«

»Sag ich ja. Was haben wir damit zu tun?«

»Die Kollegen vom BKA haben sich bei den Kanadiern bedient. Dort wird schon seit längerem mit diesem System gearbeitet. Bei Morden müssen wir zukünftig diese Fragen hier beantworten und der Computer überprüft dann anhand von verschiedenen Merkmalen, ob es zwischen einzelnen Verbrechen Zusammenhänge gibt. Serientäter sollen so schneller erkannt und durch Austausch der Ermittlungsergebnisse eher gefasst werden können.«

»Und das funktioniert?«

»Keine Ahnung. Aber Anordnung ist Anordnung.«

»Wie wahr. Was wollen die wissen?«

»Sieh selbst.« Baumann reichte Brischinsky eines der Blätter. »Welche Spuren, welcher Tathergang, Auffälligkeiten und so weiter.«

»Hm. Wie viele Fragen?«

»Einhundertsechsundachtzig.«

»O Mann! Auch das noch. Und wenn du alles beantwortet hast ...«

»Hoffe ich, dass ich an den Computer des Kollegen Meier darf.«

»Warum gibst du die Daten denn nicht gleich in unseren Rechner ein?«, wunderte sich der Hauptkommissar.

»Geht nicht. Für das neue Netzwerk reichen die Kapazitäten der Kiste hier nicht aus.« Er schlug mit der flachen Hand auf den Computermonitor. »Zu wenig Arbeitsspeicher und ein alter Prozessor. Und die neuen Rechner kommen erst im Laufe des nächsten Jahres. Haushaltssperre. Alles klar?«

Brischinsky war gar nichts klar. »Weshalb gehst du dann nicht sofort zu Meier und arbeitest den Fragebogen an seiner Maschine ab?«

»Weil dann die Standleitung zu lange blockiert wäre. Meier ist momentan unsere einzige Verbindung zur schönen weiten Polizeicomputerwelt.«

Brischinsky schüttelte verständnislos den Kopf und sah dann auf die Uhr. »Ich muss was essen. Soll ich dir etwas mitbringen?«

»Nee, danke.«

»Na dann. Und viel Spaß mit Viclas.«

Hauptkommissar Rüdiger Brischinsky hatte gerade seine Arbeitsstelle verlassen und wollte auf den Herzogswall einbiegen, da zwang ihn ein schwarzer BMW mit Essener Kennzeichen zu einer Notbremsung. Der Wagen musste die Kreuzung bei Dunkelorange passiert haben. Brischinsky setzte kopfschüttelnd seine Fahrt fort und ordnete sich hinter dem BMW ein, der zwanzig Sekunden später, rund hundert Meter vor ihm, links auf das Gelände der Feuerwache abbog und den Wagen im absoluten Halteverbot abstellte.

»Verkehrsrowdy«, schimpfte Brischinsky. Im gleichen Moment erkannte der Beamte den Fahrer des schwarzen BMW. Es war der rasende Skandalreporter Rutter der Bildzeitung aus Essen.

Dem Hauptkommissar kam ein boshafter Gedanke, den er sofort in die Tat umsetzte. Er griff zu seinem Funkgerät, ließ sich über die Zentrale mit der Polizeiwache Mitte verbinden und verlangte dort den stellvertretenden Leiter zu sprechen, der ihm noch einen sehr, sehr großen Gefallen schuldete.

Brischinsky selbst stellte seinen Wagen in der nächsten Querstraße ab und ging bis zur Ecke, um das Schauspiel aus nächster Nähe verfolgen zu können. Er steckte sich in aller Ruhe eine Zigarette an.

Drei Minuten, nachdem Brischinsky seinen Beobachtungsposten bezogen hatte, erreichte ein Streifenwagen den Parkplatz vor der Feuerwache, dem weitere fünf Minuten später ein schwerer Abschleppwagen folgte, der Rutters ganzen Stolz auf den Haken nahm.

In dem Moment, als sich der Abschleppwagen in Bewegung setzen wollte, kehrte Rutter von seinen Besorgungen zurück. Der Reporter ruderte hektisch mit den

Armen und schrie: »Halt! Stehen bleiben! Bleiben Sie stehen, Sie können doch nicht ...«

»Was können wir nicht?« Breitbeinig baute sich der Streifenpolizist vor Rutter auf.

»Das da ...«, Rutter ruderte immer noch, »... ist mein Wagen.«

»Schön zu hören.« Gelassen gab der Polizist dem Fahrer des Abschleppwagens ein Zeichen, der unmittelbar darauf mit Rutters Karre vom Parkplatz rollte. »Führerschein, Fahrzeugpapiere bitte.«

Wütend kramte der Journalist das Gewünschte aus seiner Tasche. »Bitte. Das grenzt ja schon an Amtsanmaßung.«

»Was sagten Sie gerade?« Der Uniformierte sah nicht so aus, als ob er sonderlich zu Scherzen aufgelegt wäre.

»Äh, nichts«, antwortete Rutter klugerweise.

»Sie haben hier im absoluten Halteverbot geparkt«, dozierte der Beamte. »Sie haben die ungehinderte Ab- und Zufahrt der Feuerwache behindert. Das wird Sie ein Bußgeld kosten. Dazu kommt das Überfahren der roten Ampel an der Reitzensteinstraße. Noch einmal vier Punkte in Flensburg. Und so um die hundert Mark. Ach ja, die Abschleppkosten kommen auch noch auf Sie zu.«

»Warum das denn?«, brauste der Bild-Mann auf. »Sie haben den Wagen doch abschleppen lassen, obwohl ich bereits hier anwesend war«, beschwerte er sich.

»Tatsächlich?«, griente der Beamte. »Da haben Sie aber Pech gehabt. Schließlich war Ihr Auto ja schon am Haken. Dann werden die Gebühren des Abschleppdienstes in voller Höhe fällig.«

Brischinsky meinte, das Wutschnauben des Reporters bis zu seinem Beobachtungsposten hören zu können, und konnte seine Schadenfreude nicht verbergen. Breit grinsend und zutiefst befriedigt kehrte er zu seinem Fahrzeug zurück, freute sich darüber, dass auch ein Polizist manchmal Gutes tun kann, und fuhr hupend und winkend an Rutter vorbei.

27

Der Bahnhaltepunkt Castrop Süd lag am Rande der Einkaufszone der Altstadt von Castrop-Rauxel.

Die beiden Kommissare Herbert Junge und Willi Schwarz traten an diesem Montag nun schon zum neunten Mal in der Umgebung der Bahnstation über eine Schwelle, die zu einem Geschäft, einer Kneipe oder einer Imbissbude führte, um sich nach den Ereignissen des vorletzten Samstages zu erkundigen – bisher ohne jeden Erfolg.

Langsam kam es den Beamten so vor, als würden ihre Lippen fransig. Achtmal die gleichen Fragen. Achtmal die gleichen Erklärungen. Achtmal gelangweilte, uninteressierte Gesichter. Achtmal stereotype Antworten: »Leider hatte ich an diesem Tag keinen Dienst.« – »Ich hab was anderes zu tun, als aus dem Fenster zu gucken.« – »Erkennen konnte ich keinen.« – »Ich weiß nichts und habe auch nichts gesehen.« – »So lange haben wir nicht geöffnet.«

Und jetzt das ganze Spiel noch einmal von vorne. Die beiden Kommissare öffneten die Tür zu einer Pommesbude. Links im Raum standen einige Stehtische. An der Wand hingen zwei Geldspielautomaten, die mit regelmäßigen Lauflichtern und melodischen Lautfragmenten Opfer lockten. An der Rückwand über den Fritteusen hing ein Schild, welches die lukullischen Spezialitäten dieses Fastfood-Tempels offerierte. Auf einem Spieß drehte sich vor einer Heizspirale ein Gyrosbraten und auf einer Elektroplatte brutzelten einige Bratwürste.

In einer Kühltheke, die den Herstellungsbereich vom Verzehrraum trennte, präsentierte die Bude Kartoffel-

und andere Salate, frisch aus dem Eimer, sowie panierte Schnitzel und Hackfleischbällchen, deren Haltbarkeitsdatum Willi Schwarz lieber nicht wissen wollte. Einmal essen und dann sterben. Die Bude sah genau so aus, wie sich der Kommissar einen Übungsort für angehende Lebensmittelhygieniker im Außendienst des Gewerbeaufsichtsamtes vorstellte.

Vor der Kühltheke stand ein Kunde und bezahlte seine Bratwurst. Als dieser das Geschäft verlassen hatte, holte Herbert Junge seinen Dienstausweis aus der Tasche, stellte sich und seinen Kollegen vor und erklärte: »Wir ermitteln wegen des Toten in der Bahn am vorletzten Samstag. Dürften wir fragen, wer Sie sind?«

Der Verkäufer hinter dem Tresen war etwa fünfzig und hatte schütteres, silbergraues Haar. Er trug eine graue Stoffhose und ein weißes Hemd mit dunkelblauer Krawatte. Darüber schmückte er sich mit einem weißen Kittel, der zahlreiche Fettflecken aufwies und dringend einer Kochwäsche bedurfte.

Der Mann fixierte den Dienstausweis gründlich, atmete tief aus und sagte mit einer hohen, piepsigen Stimme: »Legowsky. Mir gehört das Geschäft.«

»Herr Legowsky, waren Sie an dem fraglichen Abend auch hier im Laden?«

»Natürlich. Ich bin immer hier. Das ist meine Existenz. Ich kann mir keinen Urlaub erlauben. Bin ja schließlich kein Beamter, oder?«

Die Polizisten ignorierten die Spitze. »Können Sie uns schildern, was Sie an diesem Abend auf der Straße beobachtet haben?«, fragte Junge.

In diesem Moment öffnete sich die Tür und ein junges Paar betrat den Laden.

»Einen Moment.« Legowsky wandte sich an seine neuen Kunden. »Ja, bitte, was darf es sein?«

»Einmal Pommes rot-weiß. Für unterwegs«, sagte das Mädchen.

»Un für mich einmal Currywurst. Abba schaaf.«

Legowsky warf mit einer Schaufel Pommes frites in eine Fritteuse, so dass das heiße Öl aufschäumte. Ein etwas eigentümlicher Geruch durchzog den Raum. Dann schnappte sich der Imbissbudenbesitzer mit einer Zange eine der halb verbrannten Bratwürste, zerlegte sie mit einer Haushaltsschere in handliche Teile und deponierte sie auf einem weißen Pappschälchen. Danach bestäubte er die Wurststücke mit einem mittleren Berg Curry und Paprika und goss schließlich etwas Rotes, Undefinierbares über die Wurst. Dabei tropfte ein wenig von der Sauce auf den linken Finger des Kochs, den er mit einer schnellen Bewegung ableckte.

Willi Schwarz erschauerte.

»Kann ich Ihnen auch etwas anbieten«, piepste Legowsky, nachdem seine Kunden, anscheinend glücklich, die Imbissbude wieder verlassen hatten.

»Nein, danke«, riefen Schwarz und Junge wie mit einer Stimme. »Wir haben schon gegessen«, setzte Willi Schwarz hinzu und hoffte, dass sich diese Befragung nicht zu lange hinziehen mochte. Den Geruch alten Frittieröls würde er Tage nicht aus seinen Klamotten bekommen.

»Um auf unser Anliegen zurückzukommen«, fuhr Junge das Verhör fort. »Was können Sie uns über den fraglichen Abend sagen?«

»Ja, also, das war so: Kurz bevor Ihre Kollegen hier mit Blaulicht und Martinshorn um die Ecke bogen, sind da drüben«, Legowsky zeigte durch das Fenster Richtung Bahnhof, »etwa zehn junge Männer die Straße runtergerannt. Zehn Meter weiter sind die plötzlich wieder ganz normal gegangen. Da vorne am Busbahnhof sind sie dann in Busse rein, die kurz darauf abfuhren.«

»In Busse?«, schaltete sich Schwarz ein, der sich Notizen gemacht hatte. »Wissen Sie, in welche Linien?«

»Um die Zeit fahren nur zwei. Das ist die 311 nach Herne und die 237 nach Recklinghausen. Wenn ich aber genau überlege, war das die 311. Oder doch die 237?« Der Mann machte ein Gesicht, als ob er gerade über die Lösung eines ungemein schwierigen Problems nachdachte. Dann sagte er mit gewichtiger Miene: »Nein, es war die 311. Jetzt bin ich sicher.«

»Können Sie die Männer beschreiben?«, wollte Herbert Junge wissen.

»Beschreiben? Nee, das nun gerade nicht. Ich habe die doch nur für einen Moment gesehen. Ich war damit beschäftigt, meine gefüllten Schnitzel zu machen. So 'ne Art Cordon bleu, nur nicht mit Käse und Schinken, sondern mit Zwiebeln und Paprika. Paniert und frittiert. Eine Spezialität von mir. Wenn Sie sie versuchen wollen, ich lass Sie Ihnen billiger.«

»Nein, danke.« Junge verneinte entsetzt und Schwarz schüttelte heftig mit dem Kopf. Ihm war schon schlecht.

»Sie würden sie also nicht wieder erkennen?«

»Völlig ausgeschlossen. Tut mir Leid.«

Mir auch, dachte Schwarz. »Ist Ihnen sonst etwas aufgefallen?«

»Nein, sonst nichts.«

»Hm. Es ist möglich, dass wir Sie noch einmal belästigen müssen. Dann bitten wir Sie aber ins Präsidium.«

»Bekomme ich denn meinen Arbeitsausfall erstattet? Ich meine, wenn ich ...«

»Wiedersehen, Herr Legowsky«, sagte Willi Schwarz und beeilte sich, seinem Kollegen ins Freie zu folgen.

»Das war mal wieder ein Schuss in den Ofen. Mist«, maulte Herbert Junge.

»Das kannst du laut sagen«, bekräftigte sein Kollege. »Und jetzt?«

»Jetzt geht's zur Bahn. Wir befragen die Beamten. Und dann zur Verwaltung der Straßenbahn Herne-Castrop-Rauxel. Wir brauchen die Namen der beiden Busfahrer.

Vielleicht kommen wir ja da weiter.« Junge seufzte. »Als ich vor zwölf Jahren zur Polizei gekommen bin, hieß es in den Werbebroschüren: Dienst am Bürger, interessante Aufgaben, verantwortungsvolle Tätigkeit. Wenn mir damals jemand gesagt hätte, dass Polizeiarbeit zu achtundneunzig Prozent aus Routine und zwei Prozent Zufall besteht, wäre ich gleich in die Verwaltung gegangen. Dann hätte ich wenigstens jedes Wochenende frei und meine Überstunden würden bezahlt und nicht auf einem Konto gutgeschrieben, das ich sowieso nie abfeiern kann. Scheißjob.«

»Wem sagst du das. Aber es nützt nichts. Komm, ab zum Bahnhof. Verbrecher jagen.«

28

»Du hast doch einen Sprung in der Schüssel.« Cengiz stellte empört die Mokkakanne zurück auf die Herdplatte. Der kochende Kaffee blubberte leise. »Ich soll dir tausend Mark geben?« Er tippte sich mit dem rechten Zeigefinger an die Stirn. »Ich war ja schon häufiger bescheuert. Aber so bekloppt kann ich gar nicht sein, nee!« Sein Freund widmete sich wieder dem Mokka und rührte vorsichtig Zucker in das heiße Gebräu.

»Nicht geben. Leihen.« Rainer unternahm einen erneuten Anlauf. »Ich zahl es dir ja zurück.«

»Das kenne ich. Nach mehrfachen Erinnerungen in Form von Miniraten. So um die zwanzig Mark.«

»Nein, alles auf einmal. Wahrscheinlich schon in den nächsten Tagen. Ich erwarte die Zahlung eines Mandanten. Spätestens, wenn ich mein Honorar für die Pflichtverteidigung bekomme.«

Cengiz setzte die heiße Kanne auf einem Holzbrettchen ab, griff zu Rainers Tasse und schenkte ein. »Wie hoch ist eigentlich das Honorar in einem solchen Fall?«, erkundigte er sich.

»Da gibt es Vorschriften, das ist alles geregelt«, wich Rainer aus.

»Wie hoch?«, insistierte Cengiz.

»So genau ...«

»Wie hoch?«

»Nicht ganz eintausend.«

Der Türke verschluckte sich fast. »Du bekommst weniger Honorar, als du für diesen vagen Hinweis ausgeben willst? Du bist wirklich total verrückt, das steht fest.«

»Werte das doch als eine Investition in die Zukunft. Wenn ich den Droppe da rauspauke, habe ich doch einen Riesenschritt hin zu einer Karriere als Strafverteidiger gemacht. Die Chance kann ich mir doch nicht entgehen lassen.«

Cengiz sah nicht sehr überzeugt aus. »Woher weißt du eigentlich, dass nicht irgendein geschäftstüchtiger Schlauberger dir auf diesem Weg einen Riesen aus der Tasche ziehen will?«

»Weiß ich nicht«, gestand Rainer widerstrebend ein.

»Siehst du. Unterstellen wir, dass der Anrufer tatsächlich einen Namen kennt, dieser Zeuge aber nichts sagen kann oder will, was für deine Verteidigung wichtig wäre?«

Rainer zog es vor, nicht zu antworten.

»Wenn deine Vermutung stimmt, dass es sich um die Mafia ...«

»Na ja, vielleicht nicht ganz das, was wir so unter Mafia verstehen. Ich stelle mir das eine Nummer kleiner vor, so mit ...«

»Von mir aus auch eine Minimafia. Dürfen Anwälte eigentlich für Informationen von solchen Leuten bezahlen? Es gibt doch da so einen Ehrenkodex ...«

»Du meinst das Standesrecht?«

»Das meine ich. Hindert dich das nicht an solchen Aktionen? Oder musst du nicht die Polizei informieren?«

Darüber hatte Rainer selbst schon nachgedacht. Aber die Lektüre der Fachzeitschriften und des Strafgesetzbuches hatte ihm fast Gewissheit verschafft.

»Nein.« Er nahm einen Schluck Kaffee. »Muss der eigentlich immer so süß und stark sein?«

»Er muss. Du kannst ihn ja stehen lassen.«

»Also was ist. Leihst du mir das Geld?«

»Ich tue es zwar nicht gerne, aber meine Antwort ist und bleibt: nein.«

»Cengiz, wann habe ich dich das letzte Mal um etwas gebeten?«

Jetzt verschluckte sich der Türke tatsächlich. »Du erwartest doch keine Antwort, oder?«

Rainer erwartete nicht.

»Keinen Pfennig!«

»Dein letztes Wort?«

»Das ist es.«

»Das finde ich ... Ach, lassen wir das. Ich jedenfalls würde meinen besten Freund nie so hängen lassen.«

»Du hast leicht reden bei deiner chronischen Geldknappheit. Hier hast du einen freundschaftlichen Rat. Den gibt es sogar umsonst. Ruf Brischinsky an und steck ihm die ganze Geschichte. Und dann fahr in dein Büro und mach Schriftsätze.«

Rainer stand auf. »Dass du ein solcher Geizkragen bist ...«

Scherzhaft drohte ihm sein Freund mit der Faust.

»Cengiz, könntest du mir wenigstens mit einem Fünfer für Zichten ... Ich bin momentan etwas klamm.«

Kurz vor acht Uhr stand Rainer vor der Eisdiele am renovierten Herner Hauptbahnhof. Er war schon seit fast einer halben Stunde im fußläufigen Teil der Einkaufsstraße spazieren gegangen, um sich über sein weiteres

Vorgehen klar zu werden – erfolglos. Er war sich ohnehin nicht mehr sicher, ob er einen Riesen, selbst wenn er ihn gehabt hätte, für eine Information einsetzen wollte, deren Gebrauchswert möglicherweise gegen null tendierte. Trotzdem wollte er diesen Italiener und seine Geschichte kennen lernen, Mafiastrukturen hin oder her.

Rainer versuchte möglichst unauffällig auszusehen, schlenderte am Eingang der Eisdiele vorbei und riskierte einen vorsichtigen Blick durch die große Fensterscheibe daneben. In seiner Blickrichtung links befand sich die Theke, hinter der ein Barkeeper vor einem Regal mit einer imponierenden Anzahl an Spirituosen mit Andacht Gläser polierte. Rechts davon standen hintereinander aufgereiht kleine Tische. Die ersten vier von ihnen waren unbesetzt, dann verhinderte der Lichtvorhang der Halogenbeleuchtung weitere Einblicke.

Rainer atmete tief durch, straffte sich und betrat den Laden. Der Barkeeper schenkte ihm nur ein kurzes Begrüßungsnicken und widmete sich dann wieder mit Inbrunst seinen Gläsern. Gianna Nannini übte sich im Hintergrund an Kris Kristoffersons Me and Bobby McGee. Und am letzten Tisch, ganz hinten im Lokal, entdeckte Rainer die hochgehaltene erste und letzte Seite des Handelsblattes, hinter der sich ein Kopf verbarg.

Er trat an den Tisch.

»Guten Abend, Herr Esch«, meinte eine Stimme mit italienischem Akzent und die Zeitung senkte sich.

Rainer sah einem Mann unbestimmbaren Alters ins Gesicht, der die Zeitung zusammengefaltet neben sich auf den Tisch legte.

»Wollen Sie etwas trinken?«

Esch schüttelte gegen jede Gewohnheit den Kopf.

Der Italiener hob andeutungsweise sein Glas in Richtung Barkeeper. »Schade. Der Vernaccia di San Gimignano hier ist für eine einfache Eisdiele wirklich empfehlenswert. Sehr weich, sehr dicht. Der Wein duftet nach Oliven und perlt kribbelnd auf der Zunge.« Er sah Esch fragend an. »Nein? Schade. Ihnen entgeht etwas.« Er nahm das Glas, welches ihm die Bedienung wortlos servierte, entgegen und hielt es gegen das Licht. »Sehen Sie? Diese Farbe! Grüngelb. Einfach herrlich! Übrigens, haben Sie das Geld?« Er schlürfte etwas Wein, kaute genussvoll und fixierte sein Gegenüber aufmerksam.

Rainer dachte fieberhaft nach. Erst über den Vernaccia, dann über die Frage. »Für einen Riesen müssen Sie mir schon etwas mehr erzählen.«

Der Italiener zögerte einen Moment. Dann antwortete er ruhig: »Sie haben Recht. Ich würde auch nicht die Katze im Sack kaufen. Ich war in dem Zug, in dem Ihr Mandant diesen Klaus – stand nicht Klaus K. in der Zeitung? – umgebracht haben soll. Ich habe drei Dortmunder Fans gesehen, die sich, sagen wir, gestritten haben. Einer von ihnen hantierte mit einem Messer. Und dann wird ein Dortmunder in diesem Zug erstochen. Wie oft, meinen Sie, fuchteln Fußballfans mit Messern in einem Eisenbahnwagon herum?« Der Italiener erwartete keine Antwort. »Ich weiß nicht, wer von den dreien das Messer in der Hand hatte. Aber ich habe einen von ihnen einige Tage später zufällig wieder gesehen. Und wie der Zufall so spielt, habe ich hier auch dessen Namen und Adresse.« Vincente Lambredo zückte ein kleines Stück Papier. »Mir fiel dieser Mann auf, weil er sich anders verhielt als die anderen Schläger. Irgendwie gehörte er nicht richtig zu den Hooligans, obwohl er mit diesen den Zug betreten hat. Fragen Sie mich nicht warum, aber dieser Mann hat mir eine Gänsehaut verursacht. Dieser Blick ... Sind Sie interessiert?« Er wedelte mit dem Zettel.

Esch war interessiert. Sehr sogar. Leider fehlte es ihm an Mitteln ...

Der Buchhalter interpretierte Rainers Schweigen richtig. »Sie befinden sich in einem finanziellen Engpass?« Lambredo nickte verstehend. »Das hatte ich fast erwartet. Na gut. Wir wären bereit, Ihnen entgegenzukommen.«

»Wie viel?«

»Sie beleidigen mich.« Er nippte mit demonstrativer Langsamkeit an seinem Weinglas. »Unter Freunden redet man nicht über Geld, capito?«

Das sah Rainer genauso.

»Ich sehe, Sie können sich in die Prinzipien unserer Geschäftsbeziehungen hineinversetzen.«

»Sie geben mir den Namen unentgeltlich?«

»Selbstverständlich.«

Rainer fiel ein Stein vom Herzen. Er streckte die Hand aus, um den Zettel in Empfang zu nehmen.

Der Italiener zog das Papier zurück. »Natürlich erwarten wir von Ihnen als Gegenleistung zukünftig auch die eine oder andere Gefälligkeit.«

Esch schluckte. »Was meinen Sie damit?«

Der Zettel mit dem Namen wanderte lockend in Rainers Richtung. »Rechtlichen Rat. Vielleicht in einigen Fällen Unterstützung bei Vertragsverhandlungen. Sie müssten nur vieles von dem, was Sie hören, schnell wieder vergessen. Vielleicht auch einmal eine Strafverteidigung. Wegen Alkohol am Steuer oder so etwas in der Art. Selbstverständlich werden Sie gemäß Ihrer Gebührenordnung bezahlt.«

In Rainers Kopf machte es Klick. »Sie wollen mich kaufen?«

»Was für eine unfreundliche Formulierung.«

Rainer hatte zwar so seine Schwierigkeiten mit den Rechtsprinzipien, denen er durch Eid verpflichtet war, aber er würde sich nicht prostituieren. Niemals! Und wenn doch, dann nicht für schnöden Mammon. Ehrlicher Zorn kroch in ihm hoch. Er taxierte den vor ihm Sitzenden. Wenn er mit der Linken kräftig in dessen Fresse schlagen würde, könnte er mit seiner Rechten vielleicht den Zettel …

Rainer erhob sich langsam aus seinem Stuhl.

»Daran sollten Sie nicht einmal denken.« Vincente machte eine angedeutete Kopfbewegung nach rechts. Esch schaute in die angegebene Richtung und erschrak. Neben ihm wuchs unverhofft eine Kreuzung aus Arnold Schwarzenegger und dem Alien in die Höhe und blickte wenig humorvoll auf ihn herab.

»Salvatore rät zur Mäßigung«, bemerkte Vincente mit einem angedeuteten Lächeln. Er hob erneut den Wisch mit dem Namen. »Zu unseren Bedingungen?«

Esch ließ sich zurück auf den Stuhl fallen. Er schüttelte seinen Kopf. »Könnte ich jetzt vielleicht einen Wein …?«

»Natürlich.« Lambredo winkte dem Barkeeper. »Ihr letztes Wort?«

»Ich habe auch meine Prinzipien.«

»Das verstehe ich. Wirklich. Schade. Sehr schade.« Er kramte in seiner Tasche und zauberte eine Packung Zigarillos hervor. Er befeuchtete das Ende eines Glimmstängels mit seiner Zunge, griff zu einem Feuerzeug, nahm den Zettel und zündete sich mit diesem das Teil an. Dann griff er in seine linke Jackentasche und gab Rainer eine Karte, auf der eine rote Weinrebe aufgedruckt war. Sonst nichts.

»Wenn Sie es sich anders überlegen sollten, geben Sie das dem Wirt hier. Wir rufen Sie an.«

Rainer steckte das Ding in die Tasche. Als der Barkeeper den Vernaccia brachte, sah Esch seine glanzvolle Zukunft als Strafverteidiger zu Asche zerfallen.

29

Fünfzehn Kilometer weiter südlich war der Polizeibeamte Uwe Pauly damit beschäftigt, den Verkäufer des Messers zu suchen, das in der Brust des toten Klaus Kröger gesteckt hatte.

Es war nicht schwierig gewesen, den Hersteller des Klappmessers ausfindig zu machen, eine Firma in Hongkong. Zwei Faxe später kannten die Recklinghäuser Kripobeamten auch den Importeur, der den deutschen Markt belieferte. Und einen Tag später verfügten sie über eine Liste der Geschäfte, die Modelle wie die Tatwaffe in ihrem Sortiment führten. Leider umfasste diese Liste bundesweit etwa 580 Geschäfte, darunter rund achtzig im engeren Ruhrgebiet. Das einzige Gute war, dass das gesuchte Modell erst seit sechs Monaten im Handel war. So gab es eine gewisse Chance, dass sich ein möglicher Verkäufer noch an den oder die Kunden erinnern konnte.

Pauly hatte sich einen Ruhrgebietsplan geschnappt und um Castrop-Rauxel mit dem Zirkel Kreise geschlagen. Den ersten bei fünf, den zweiten bei zehn, den dritten bei zwanzig und den vierten bei dreißig Kilometern Durchmesser. So hoffte er schneller zum Ziel zu kommen. Sollte der Käufer des Messers Droppe heißen, würde er es ja wahrscheinlich in der Nähe seiner Heimat erworben haben. Wenn Droppe allerdings die Tatwaffe von einem Freund gekauft oder etwa gestohlen hatte, war Paulys Mühe für die Katz.

Innerhalb des Kreises Nummer eins, quasi dem Innenstadtbezirk von Castrop, befanden sich nur zwei Geschäfte, denen der Beamte einen erfolglosen Besuch abstatten musste. Innerhalb des zweiten Kreises holte er sich in fünf Läden eine Abfuhr und jetzt war er damit beschäftigt, die zwölf Adressen innerhalb des dritten Kreises abzufahren.

Geschäft Nummer acht lag an der Provinzialstraße in Bochum-Langendreer, ganz in der Nähe des Opel-Werkes. Pauly öffnete die Tür und ein Gong informierte darüber, dass ein potenzieller Kunde das Geschäft betreten hatte. Der Laden bestand aus einem etwa dreißig Quadratmeter großen Verkaufsraum, der ein Sammelsurium von Schreckschusspistolen, Messern aller Größe und Länge, Angel- und Jagdbedarf, elektronischen Bauteilen und Geräten sowie eine recht ansehnliche Sammlung von Militaria enthielt.

Da ein Verkäufer nicht zu entdecken war, schaute sich der Kommissar etwas um. In einer verschlossenen Glasvitrine befanden sich Jagdwaffen, überwiegend Schrotgewehre. Daneben standen Angeln unterschiedlicher Größe. An der Wand hingen Käscher, Angelschnüre und Angelhaken. Ein Regal in der Mitte des Raumes enthielt Köder und Angelliteratur. Die Verkaufstheke war verglast, in ihr lagen die Messer.

In einem Glashängeschrank stapelten sich Orden und Ehrenabzeichen der Reichswehr, auch aus den Jahren nach 1933. Pauly schüttelte indigniert den Kopf. Weiter hinten in einem Regal entdeckte er eine Art Antiquariat, bestückt ausschließlich mit nationalsozialistischen Machwerken.

Der Polizist nahm eines der Bücher zur Hand und blätterte darin, als ihn eine sanfte Stimme von hinten leise ansprach: »Interessieren Sie sich für diese Art Literatur?«

Erschrocken drehte sich der Kommissar um. Vor ihm stand ein schmächtiger Mann von vielleicht vierzig Jahren, der eine runde Hornbrille trug und mit einer Jeans, schwarzem Hemd und einem grauen Sakko bekleidet war.

»Nicht wirklich. Mein Name ist Pauly. Kripo Recklinghausen.« Er zeigte seinen Ausweis, den der Mann kaum beachtete.

»Rüders. Was kann ich für Sie tun?«

»Sind Sie der Inhaber?«

»Ja, der bin ich.«

»Verkaufen Sie solche Messer?« Der Beamte hielt seinem Gegenüber ein Foto der Tatwaffe hin.

Rüders warf einen kurzen Blick darauf und erwiderte: »Das ist ein Springmesser Marke Bison. Wird in Hongkong gefertigt. Gute Qualität. Kostet im Verkauf 39,90 Mark. Das habe ich noch nicht sehr lange im Angebot, vielleicht ein halbes Jahr. Wenn Sie das genau wissen möchten, müsste ich ...«

»Nein, das ist nicht nötig. Können Sie feststellen, wie viele Messer Sie davon schon verkauft haben?«

»Selbstverständlich. Einen Moment, da muss ich eben im Computer nachsehen.«

Der Verkäufer verschwand durch einen Vorhang, der einen Durchgang zu einem Hinterzimmer verbarg. Zwei Minuten später hörte Pauly das unverwechselbare Geräusch eines Nadeldruckers und einen Moment später kehrte Rüders mit einem Computerausdruck zurück.

»Eins im Februar und vier im März. In diesem Monat noch keines.«

»Können Sie sich an die Kunden erinnern, die so ein Messer gekauft haben?«

Rüders sah den Kommissar schweigend und mit einem kalten Blick an. Dann sagte er ruhig: »Ich sehe mir meine Kunden nie genau an, Herr Kommissar. Das Messer ist waffenscheinfrei und damit an jeden, der volljährig ist, frei verkäuflich. Da kann ich Ihnen nicht helfen.«

Pauly zückte Droppes Foto. »Schauen Sie mal, das könnte der Käufer sein. Erkennen Sie ihn wieder?«

Für einen kurzen Moment meinte der Polizist, ein Flackern in den Augen Rüders erkannt zu haben.

Dann hatte sich der Waffenhändler wieder in der Gewalt. »Nein, tut mir Leid, ich sagte Ihnen ja bereits ...«

»Herr Rüders«, unterbrach ihn der Beamte. »Ich ermittle in einem Mordfall. Und ich kann Ihnen versichern, dass wir wenig, um nicht zu sagen überhaupt kein Verständnis dafür haben, wenn unsere Ermittlungen behindert werden.« Pauly beschloss zu bluffen: »Ich könnte mir vorstellen, dass sich einige meiner Kollegen Ihre Literatursammlung gerne etwas genauer ansehen würden. So ganz koscher scheint mir das nicht zu sein. Bestimmt haben Sie auch noch eine Reichskriegsflagge, wenn nicht Schlimmeres in Ihrem Keller. Sie wissen doch sicher, dass das Zeigen und Tragen nationalsozialistischer Symbole in der Öffentlichkeit verboten ist, oder? Und der Verkauf natürlich auch«, setzte er hinzu.

Rüders wurde blass.

»Ich würde Ihnen vorschlagen, dass Sie sich das Bild doch noch einmal ansehen.«

Der Ladenbesitzer nahm das Foto und schob seine Brille auf die Stirn. »Es könnte sein, dass ich ...«

»Was heißt das?«, forderte Pauly barsch.

»Ja, ich meine schon ...«

»Ich habe nicht ewig Zeit. Haben Sie den Mann nun schon einmal gesehen?«

Rüders schwieg einen Moment. Feiner Schweiß perlte auf seiner Stirn. »Ja«, sagte er dann mit gesenkter Stimme. »Ich kenne den Mann. Der hat so ein Messer gekauft.«

Kommissar Pauly atmete tief durch. Volltreffer. Der Kandidat hat hundert Punkte.

»Warum wollten Sie mir das nicht sofort sagen? Sie haben ihn doch gleich wieder erkannt, oder?«, fragte er.

»Ja, das habe ich. Ich kann mich noch gut an die Situation erinnern. Es war im März, am ...«, er sah auf den Computerausdruck, »... fünften. Der Mann kam kurz vor Feierabend. Er war ziemlich betrunken und wollte eine Gaspistole und das Messer. Irgendein Klappmesser. Welches war ihm egal. Ich habe ihm dann noch ein Schulterhalfter für die Waffe und drei Ersatzmagazine verkauft. Eigentlich ...«

»... hätten Sie die Waffen an einen so stark alkoholisierten Kunden nicht verkaufen dürfen, stimmt's?«

Rüders nickte und wischte sich mit dem Taschentuch den Schweiß von der Stirn. »Das Geschäft lief nicht so besonders. Und da habe ich gedacht ... Es hätte ja schließlich keiner gemerkt.«

»Wie man sich doch irren kann. Ich gebe Ihnen einen guten Rat. Sollten Sie, was ich vermute, mit noch anderen Dingen handeln als denen, die hier zu sehen sind, würde ich das zukünftig lassen. Und sehen Sie sich Ihre Kundschaft genauer an, man kann ja nie wissen ... Morgen um acht kommen Sie ins Polizeipräsidium Recklinghausen. Wir benötigen Ihre schriftliche Aussage. Und vergessen Sie den Termin nicht. Ich habe keine Lust, Sie abholen zu lassen.«

»Das werde ich nicht, Herr Kommissar«, beeilte sich Rüders zu versichern. »Ganz bestimmt nicht. Und Ihren Rat ...«

Den letzten Satz hörte Kommissar Uwe Pauly schon nicht mehr. Er war bereits draußen auf dem Weg zu seinem Dienstwagen. Dieser Erfolg würde ihm einige Pluspunkte bei Kriminalrat Wunder einbringen. Und die Beförderung zum Hauptkommissar ein Stück wahrscheinlicher werden lassen.

30

Spielte Schalke an einem Samstag im Parkstadion – für mittwochs und freitags galten andere Regeln – stand der Fan grundsätzlich um halb neun Uhr auf. Er frühstückte, las die Vorberichterstattung der WAZ, duschte und zog sich an. Aber nicht irgendetwas, sondern die Kleidung, in der der Fan am 16. Juni 1991 das Heimspiel gegen den SV Darmstadt 1898 gesehen hatte, das Schalke mit eins zu null gewonnen hatte, was dem Verein den Wiederaufstieg aus der zweiten Bundesliga in die höchste deutsche Spielklasse ermöglicht hatte. Es war ihm in der Winterhälfte der Saison allenfalls gestattet, zusätzlich eine gefütterte Jacke über den Pullover zu ziehen. Diese Bekleidung wurde nur für Heimspiele benutzt, ansonsten blieb sie im Schrank.

Dann packte der Fan seinen Rucksack. Er besaß einen kleinen, sehr leichten Rucksack aus schwarzem Segeltuch. Der wurde gefüllt mit einem Vereinswimpel mit den Unterschriften von Charly Neumann und Günther Siebert, die diese vor Jahren bei einem Besuch in ihrem Fanklub jedem Mitglied übergeben hatten, einer im Durchmesser etwa zehn Zentimeter großen Plastiknachbildung der Meisterschaftsschale, einer Dose für Kleinbildnegative, gefüllt mit Erde der Glückaufkampfbahn, und, als ganz besonderer Fetisch, einer kompletten Sportgarnitur des jeweiligen gegnerischen Vereines, bestehend aus Stutzen, Hose und Trikot.

Im Laufe der Jahre hatte der Fan sich diese Utensilien zusammengekauft oder anderen Fans gestohlen. Bevor er den Trikotsatz jedoch ordentlich zusammengefaltet in den Rucksack packte, wurde er auf seinem Wohnzimmerteppich ausgebreitet. Zuerst das Trikot nach oben, dann die Hose und, abgehend von jedem Hosenbein, die Stutzen. Anschließend zog der Fan seine Schuhe aus, legte das Schalker Vereinslied auf und marschierte zu den Klängen von ›Blau-Weiß, wie lieb ich dich!‹ – quasi stellvertretend für alle Schalker Spieler – über den am Boden liegenden Gegner. Besiegt! Der Gegner war besiegt! Schon vor dem Spiel!

Gegen elf verließ der Fan seine Wohnung. Er ging die fast sieben Kilometer immer zu Fuß. Immer. Egal bei welchem Wetter. Er passierte den Ruhr-Zoo und machte einen Umweg über die Cranger Straße. Dort blieb er vor dem Haus, in dem er als Kind mit seinen Geschwistern und Eltern gewohnt hatte, dort, wo sein Bruder gestorben war, stehen. Er hatte dafür keinen speziellen

Grund, dachte dabei auch kaum an seine Verwandten. Er machte das nur einfach immer.

Hinter der Autobahnbrücke wartete auf der rechten Straßenseite eine Imbissbude auf Kunden. Dort aß der Fan schweigend eine Bratwurst. Und lief dann weiter zum Parkstadion, das er immer zur gleichen Zeit erreichte. Der Fan wartete vor dem Eingang für die Dauerkartenbesitzer, betrat als einer der ersten Zuschauer das Stadion und machte sich auf zu seinem Platz in der Nordkurve am Rande des Fanblockes. Dort wartete er geduldig auf den Anpfiff.

Und wenn sich alle anderen zigtausend Zuschauer ebenfalls an ihre Regeln hielten, konnte Schalke an so einem Tag einen großartigen Sieg verbuchen.

31

Der Buschfunk hatte die Neuigkeit schon vor der Sitzung der Soko verbreitet: Kommissar Uwe Pauly hatte einen Zeugen gefunden, der Michael Droppe als den Käufer der Tatwaffe wieder erkannt hatte. Und so stand Pauly mit dem Das-war-doch-keine-große-Sache-das-hätte-doch-jeder-von-uns-herausbekommen-Gesicht im Kreis seiner Kollegen im Sitzungszimmer und erzählte nun schon zum zweiten Mal mit zunehmend unverhohlenerem Stolz, wie er den Verkäufer Rüders mit untrüglichem kriminalistischen Instinkt zu seiner Aussage bewegt hatte.

Um kurz vor sieben am Montagabend waren alle Mitglieder der Soko, mit Ausnahme der Kommissare Baumann und Krawatzki, im Sitzungsraum versammelt. Hauptkommissar Brischinsky, der mit einer groß gewachsenen Schwarzhaarigen das Zimmer betrat, wurde Zeuge, wie Uwe Pauly einen erneuten Anlauf unternahm, um auch dem Letzten der Kollegen seine Erfolgs-story vorzutragen.

Brischinsky stellte sich schweigend und leicht amü-siert neben seinen Platz, wartete einen Moment, räus-perte sich dann und sagte: »Wenn Kollege Pauly fertig ist, können wir ja anfangen.«

Pauly stammelte ein hastiges »Entschuldigung« und ging zu seinem Stuhl.

»Danke. Baumann und Krawatzki kommen später. Ich möchte Ihnen zunächst Frau Doktor Elisabeth Groß-kopf- ... äh ... äh ...«

»Schmittdellen«, sekundierte die Psychologin.

»Entschuldigung, Großkopf-Schmittdellen vorstellen. Frau Doktor Großkopf-Schmittdellen ist als psychologi-sche Beraterin beim LKA in Düsseldorf tätig. Sie be-schäftigt sich seit Jahren mit Hooligans und wird uns sicher eine wertvolle Hilfe sein.« Brischinsky zeigte auf einen freien Stuhl.

Die Psychologin nickte zur Begrüßung in die Runde. Brischinsky geduldete sich einen Moment, bis die LKA-Beamtin Platz genommen hatte, und fuhr dann fort: »Sie haben ja sicher schon gehört, dass wir einen ersten Er-mittlungserfolg aufzuweisen haben, den wir Kollege Pauly verdanken.«

Der Angesprochene erhob sich geschmeichelt und sah Brischinsky erwartungsvoll an.

Dieser sagte jedoch nur: »Ich denke, jeder von Ihnen durfte bereits an der Arbeit des Kollegen Pauly teilhaben und kennt den Sachverhalt.« Er nickte Pauly zu. »Ein erneuter mündlicher Bericht ist nicht erforderlich.«

Enttäuscht setzte sich der Kommissar wieder.

»Wir können also mit ziemlicher Sicherheit davon aus-gehen, dass Droppe die Tatwaffe gekauft hat«, zog Bri-schinsky Resümee. »Aber war er wirklich im Fall Kröger auch der Täter? Und was ist mit dem Mord an Hasen-berg?« Brischinsky blickte seine Mitarbeiter langsam einzeln an. »Was ist bei Ihren Recherchen herausgekommen?«

Willi Schwarz ergriff als Erster das Wort: »Die Befragungen der Bahnbeamten haben nichts Brauchbares ergeben. Die meisten von ihnen haben einige Schläger nur von hinten beim Weglaufen gesehen. Auch Droppe und Kröger waren ihnen unbekannt. Etwas anders sieht es bei den Geschäftsleuten aus. Einer von ihnen, der Besitzer einer Pommesbude, hat ausgesagt, dass ein Teil der Hooligans in einen Bus der Linie 311 eingestiegen ist. Der fährt vom Münsterplatz in Castrop zum Herner Hauptbahnhof. Wir konnten den Fahrer feststellen, der zur fraglichen Zeit Dienst hatte. Ein Dieter Schulz aus Herne. Den habe ich bereits vernommen. Er konnte sich noch gut an den Mordtag erinnern. Einer der Fahrgäste, die in letzter Minute in den Bus gestürmt sind, war ein Nachbarsjunge. Wohnt mit ihm im selben Haus, zwei Treppen tiefer. Leider war gestern Abend dort keiner anzutreffen. Aber ich habe den Namen und die Anschrift: Ingo Frühsel, Mont-Cenis-Straße 290. Die Jugendlichen haben im Bus lautstark mit ihren Heldentaten geprahlt.«

Trotz vorwurfsvoller Blicke der meisten Mitglieder der Sonderkommission steckte sich Brischinsky eine Zigarette an. »Waren sonst noch Fahrgäste in dem Bus?«, wollte der Hauptkommissar wissen.

»Nein, nur die Jugendlichen und der Fahrer«, antwortete Schwarz. »Insgesamt so sechs bis acht Personen.«

»Bleibt an dem ... Wie heißt der gleich?«

»Frühsel.«

»Bleibt an dem dran. Holt ihn euch ins Präsidium und verhört ihn. Und lasst ihn erkennungsdienstlich behandeln. Wenn er tatsächlich einer der Angreifer war, erkennt ihn sicher eines der Opfer wieder. Gute Arbeit.« Brischinsky sah zufrieden aus. »Weiter. Was ist mit Droppe und Kröger? Kannten die beiden sich?«

171

»Bis jetzt Fehlanzeige.« Kommissar Peter Müller, der Brischinsky direkt gegenüber saß, hustete demonstrativ. »Wir waren bei Krögers Eltern, seinen Freunden und Schulkameraden. Nichts. Auch in Droppes Stammkneipe und von seinen BVB-Kumpels kannte keiner Kröger. Wenn Sie uns fragen – es gibt zwischen den beiden keine sichtbare Beziehung. Aber wir haben da noch einige Leute auf unserer Liste, die wir morgen früh befragen wollen.«

»Tun Sie das. Was ist mit der Drahtschlinge im Fall Hasenberg? Sind wir da weiter?«

»Leider auch nicht.« Gerd Richter blätterte in einem Schnellhefter. »Der Draht ist einfacher Gärtnerdraht mit einem Durchmesser von 0,5 Millimetern. Sehr stabil. Wird zum Binden von Kränzen und so etwas genommen. Die beiden Griffe sind vermutlich aus einem handelsüblichen Rundholz gesägt. Die Längen der Griffe betragen 10,5 und elf Zentimeter, die Durchmesser je zwei Zentimeter. Die Sägekanten wurden geglättet und die Rundhölzer mit Bohrungen versehen, um den Draht ...«

»Das kann ich alles im Bericht der Spurensicherung nachlesen«, unterbrach der Soko-Leiter den Mitarbeiter barsch. »Wer hat den Draht produziert? Wer das Holz vertrieben? Wer den Draht verkauft und wer gekauft? Das will ich wissen«, forderte Brischinsky ungeduldig.

»Herr Hauptkommissar«, antwortete Gerd Richter leicht pikiert. »Es gibt in der Bundesrepublik etwa dreißig Produzenten solcher Drähte. Weitere fünfzig Firmen importieren solche Produkte. Wir haben zigtausend Bau- und Supermärkte, in denen solche Drahtrollen verkauft werden. Und bei dem Holz ist das auch nicht viel besser. Da den richtigen Produzenten zu finden, dürfte schwierig, sogar sehr schwierig werden. Unmöglich aber erscheint es fast, den Verkaufsort zu bestimmen. Und den Käufer ...« Richter schüttelte beleidigt den Kopf. »Tut mir Leid, dass ich nicht mehr bieten kann.«

»Entschuldigen Sie, wenn ich Sie angeblafft habe«, lenkte Brischinsky ein. »Aber Wunder und die Presse sitzen mir im Nacken. Wir brauchen Ergebnisse. Am besten gestern. Herr Morrza, hat es eigentlich Reaktionen der Bevölkerung auf die Veröffentlichung der Fotos gegeben? Und wie sieht die Aktenlage aus?«

»Nichts Greifbares. Natürlich haben wir die üblichen Anrufe von angeblichen Zeugen erhalten, die Kröger und Hasenberg gesehen haben wollen.« Der Angesprochene griff zu einem Blatt Papier. »Da ist die alte, schon etwas verwirrte Dame aus Herten, die immer anruft, wenn Menschen verschwunden sind, und den Kollegen am Telefon erzählt, dass es sich bei dem Vermissten oder Toten nur um ihren Sohn handeln kann. Die Frau möchte einfach nur jemanden haben, der ihr einige Minuten zuhört. Ihr Sohn kam vor fünfzehn Jahren bei einem Verkehrsunfall ums Leben. Ein Anrufer will Hasenberg vor dem Spiel in Begleitung von zwei jungen Männern gesehen haben, die eine Fahne von Bayern München schwenkten. Es könnte sich dabei um seine Freunde gehandelt haben. Ein anderer Mann behauptet, Hasenberg sei auf dem Parkplatz am Autokino in der Nähe des Parkstadions in einen Wagen mit Münchener Kennzeichen eingestiegen. Der Zeuge will sich deshalb so genau an den Vorfall erinnern können, weil er beim Öffnen seiner Autotür den Wagen aus München leicht berührt habe. Obwohl nicht der geringste Kratzer zu sehen gewesen sei, habe ihn der Beifahrer – der Zeuge sagt, es habe sich um Hasenberg gehandelt, – beschimpft und als ›Saupreiß‹ bezeichnet.«

»Kann der Zeuge sich an die Autonummer erinnern?«, fragte Brischinsky nach.

»Ach was. Er wusste noch nicht einmal, um welchen Wagentyp es sich gehandelt hat. Irgendwas Dunkles.

Ein VW vielleicht, ein Opel, es könne aber auch ein Benz oder ein Audi gewesen sein.«

»Großartig.«

»Wird noch besser. Wieder ein anderer glaubt, Hasenberg zur selben Zeit in einer Kneipe am Hauptbahnhof gesehen zu haben. Angetrunken und in einen Streit mit drei Rockern verwickelt. Den Streit habe Hasenberg angefangen.«

»Wie nahe ist der Zeuge dieser Auseinandersetzung gekommen?«, erkundigte sich der Leiter der Sonderkommission.

»Er war einer der Rocker.«

»Aha. Und?«

»Nichts und. Der Wirt der Gaststätte konnte zwar bestätigen, dass sich zur fraglichen Zeit Rocker in seiner Kneipe aufgehalten haben, die sturzbetrunken waren, an einen Streit jedoch konnte er sich nicht erinnern. Und schon gar nicht an einen, an dem ein Bayern-Fan im Trikot beteiligt war. Dann haben wir noch die üblichen Wichtigtuer: eine Hellseherin, die ihre Dienste anbietet, einen Ufologen, der behauptet, Hasenberg in einem Raumschiff gesehen zu haben und deshalb nun auch von Außerirdischen mit dem Tode bedroht werde, einen Mann, der Stimmen hört, und ...«

»Danke, das reicht. Und unsere Computerakten?«

»Mörder, die bevorzugt junge Männer in Fußballtrikots umbringen, sind bisher nicht in Erscheinung getreten. Aber das heißt nichts. Alles passiert irgendwann zum ersten Mal.«

»Wie wahr«, stöhnte einer der Kollegen.

»In den letzten zehn Jahren sind drei Mordfälle bekannt geworden, bei denen der Täter seine Opfer mit Bindedraht stranguliert hat«, ließ sich Morrza nicht aus der Ruhe bringen. »Alle drei Täter sitzen hinter Gittern. Ich habe das überprüft. Keiner von ihnen hat Freigang oder Ähnliches gehabt. Ungeklärte Todesfälle, bei denen

Drahtschlingen benutzt wurden, sind uns nicht bekannt. Tja, das war's. Leider nicht sehr ergiebig.«

»Hm.« Brischinsky steckte sich erneut eine Zigarette an. »Stört doch keinen, oder?«, fragte er die Anwesenden mit unschuldiger Miene.

»Doch, mich.«

Alle Köpfe drehten sich in die Richtung, aus der der Einwand gekommen war. Doktor Elisabeth Großkopf-Schmittdellen lächelte Brischinsky gewinnend an. »Wenn Sie rauchen möchten, Herr Hauptkommissar, sollten Sie vielleicht eine Pause einlegen.«

Der Gescholtene drückte seine Kippe aus. »Schon gut, schon gut. Muss ja nicht sein.« Verärgert schob Brischinsky den Aschenbecher zur Seite. »Was ist mit den Anwohnern der Brandheide? Gibt es da was Neues?«

»Absolut nichts«, antwortete Knut Janssen. »Kollegin Kostalis und ich grasen seit mehreren Tagen die Häuser ab, bis jetzt nichts. Keiner hat was gesehen, keiner hat Hasenberg oder Droppe auf den Fotos erkannt, keiner hat ein verdächtiges Fahrzeug beobachtet. Ich befürchte, das ist vergebliche Liebesmüh. Wir sollten vielleicht eher ...«

»Was Sie sollten und was nicht, bestimme immer noch ich, Herr Janssen.«

Der Widerspruch der Psychologin hatte Brischinsky mehr getroffen, als er sich eingestehen wollte. Widerworte war er nicht gewöhnt. Doktorin hin oder her. Er brauchte ein Ventil. Und er hatte eins gefunden. »Sie hören erst auf, wenn Sie den letzten Anwohner befragt haben, klar?«

Janssen nickte eingeschüchtert.

»Freut mich, wenn wir uns verstehen. Freut mich wirklich.« Der Hauptkommissar legte eine Kunstpause ein. »Eigentlich wollte uns Kollege Krawatzki noch etwas berichten, aber er ist ja leider noch nicht eingetroffen.

Wir machen jetzt eine kleine Raucherpause und werden uns dann in fünfzehn Minuten wieder hier treffen.«

Einige Mitglieder der Sonderkommission sahen erst ungläubig auf ihre Armbanduhren und sich dann gegenseitig an.

»Herr Hauptkommissar«, wagte Sonja Kostalis einen Vorstoß. »Es ist jetzt gleich acht. Wenn wir uns erst um ...«

»Ich weiß, wie spät es ist, Frau Kostalis«, brauste Brischinsky auf. »Und wenn Sie sich um Ihre Aufgaben so sorgfältig kümmern würden wie um die Uhrzeit, wären wir möglicherweise schon ein Stück weiter.«

Die junge Beamtin schwieg verschreckt.

»Herr Brischinsky«, meldete sich die LKA-Psychologin zu Wort. »Da Sie anscheinend der einzige Raucher in dieser Runde sind, schlage ich vor, auf die Pause zu verzichten. Ich möchte auch noch einige Bemerkungen zu den beiden Mordfällen machen, wenn Sie gestatten. Und um Zeit zu sparen, können wir ja auch ohne die Pause ...«

Der Soko-Chef kochte. Er wollte gerade losbrüllen, als er sich an die Worte seines Vorgesetzten, Kriminalrat Wunder, die der über die Zusammenarbeit mit der Beamtin des LKA von sich gegeben hatte, erinnerte. Außerdem war die Psychologin Brischinsky trotz oder gerade wegen ihres Auftretens nicht wirklich unsympathisch. Ungehalten biss sich der Hauptkommissar auf die Lippen.

Die anderen Mitglieder der Sonderkommission ›Fußball‹ warteten noch gespannt auf seine Reaktion, als Doktor Großkopf-Schmittdellen ruhig weitersprach: »Ich möchte Ihr Augenmerk auf etwas lenken, was bisher meines Erachtens nicht ausreichend berücksichtigt wurde. Ich meine das Profil des oder der Täter. Gehen wir einmal hypothetisch davon aus, dass es sich um einen Täter handelt, und vernachlässigen wir zunächst den Tatverdächtigen Droppe. Was wissen wir von dem Täter? Zunächst einmal hat er eine besondere Beziehung zum Fußball, augenscheinlich zu Schalke 04. Beide Taten wurden nach Heimspielen verübt, immer waren die Opfer Anhänger der gegnerischen Mannschaft. Was sagt uns das? Alles spricht dafür, dass es sich um einen Schalke-Fan handelt. Kröger könnte möglicherweise im Affekt, während eines Streits getötet worden sein. Dann wäre es eher Totschlag als Mord. Aber Hasenberg? Nein, das war keine Affekttat. Das war kaltblütig geplanter Mord. Damit scheidet eine übliche Rangelei unter gegnerischen Fans aus. Und damit war es wahrscheinlich auch keine Tat von Hooligans. Nach all unseren Erfahrungen planen diese Leute keinen Mord, sondern sind nur, und ich sage das mit der gebotenen Vorsicht, nur auf Schlägereien aus. Ein Sport, gewissermaßen.«

Großkopf-Schmittdellen sah in die Runde und dozierte weiter. »Sicher haben Sie schon von den Ritualen gehört, denen sich Fußballfans unterwerfen. Sie ziehen zu den Spielen ihres Vereines immer dieselben Kleidungsstücke an, benutzen immer identische Anfahrwege, treten immer mit denselben Freunden auf und so weiter. Was wäre, wenn ein Schalke-Fan seine Zuneigung zu seinem Verein so internalisiert hat, dass er Rituale entwickelt, die außerhalb des Denkbaren liegen? Die alle Normen sprengen? Die nicht nur einen körperlichen Angriff auf die Anhänger des gegnerischen Vereines einkalkulieren? Nicht nur die verbale Zerstörung durch Sprechchöre – ich denke da an Schlachtrufe wie: ›Tod der schwarzen Sau‹ oder ›Hautze, hautze, immer auf die Schnauze‹ – bedeuten? Ein Ritual, das die Möglichkeit der physischen Eliminierung nicht nur akzeptiert, sondern bewusst vorsieht?« Elisabeth Großkopf-Schmittdellen war sich des Eindrucks völlig bewusst, den sie bei den Anwesenden hinterließ, und sah triumphierend in die Runde.

»Wenn Droppe nicht der Täter war, wie kommen Ihrer Meinung nach die Fingerabdrücke auf das Messer?«, fragte Herbert Junge skeptisch.

»Droppe war betrunken, sehr betrunken. In dem Durcheinander war es durchaus möglich, dass ein Dritter Kröger das Messer in die Brust gestoßen und dann die Finger des betrunkenen Droppe um den Messergriff gelegt hat, oder etwa nicht?«

Brischinsky kam diese Argumentation bekannt vor. So ähnlich hatte er selbst bei Wunder ...

»Möglich schon. Aber es war Droppes Messer. Wie ist der Täter an die Waffe gekommen?« Junge war noch nicht überzeugt.

»Bisher wissen wir nur, dass Droppe das Messer gekauft haben könnte – nach Aussage des Verkäufers. Das muss ja nicht stimmen. Und wenn: Möglicherweise hat der Täter einfach die Gunst der Stunde genutzt und Droppe das Messer entwendet, als der schlief.«

»Möglicherweise.« Brischinsky versuchte, die Sitzungsleitung wieder in die Hand zu bekommen. Die Ausführungen der LKA-Doktorin hatten zwar etwas für sich, aber trotzdem ... »Ich halte mich lieber an Fakten. Tief schürfende psychologische Erklärungsansätze mögen bei der Arbeit im Landeskriminalamt vielleicht hilfreich sein, hier aber ... Wir sollten jetzt ...«

Brischinsky wurde durch Baumann und Krawatzki unterbrochen, die endlich den Sitzungsraum betraten. »Habt ihr das endgültige Ergebnis der Genanalyse?«

Baumann schwenkte einen Papierbogen. »Eben gekommen. Mit neunundneunzigprozentiger Wahrscheinlichkeit passen die Gewebepartikel, die wir unter den Fingernägeln Hasenbergs gefunden haben, nicht zu der Probe, die wir von Droppe genommen haben. Das gilt auch für die Speichelreste auf den Zigarettenkippen, die wir in der Nähe des Tatortes gefunden haben. Außerdem haben wir die Aussage Droppes überprüft, dass er zur Tatzeit in Rostock gewesen sei. Zeugen bestätigen das. Die Eintrittskarte für das Spiel Dortmund gegen Rostock lag neben der Stadionzeitung von Hansa Rostock unter einem Papierstapel auf seinem Schreibtisch. Ich glaube, Droppe hat Hasenberg nicht ermordet.«

Elisabeth Großkopf-Schmittdellen lächelte Baumann wissend an.

»Hm. Dann gibt es also tatsächlich einen zweiten Täter.« Brischinsky nickte. Er hatte mit seiner Vermutung, die er gegenüber Wunder geäußert hatte, Recht gehabt.

»Oder nur einen«, warf die Psychologin ein. »Aber einen anderen.«

»Auch möglich«, knurrte der Hauptkommissar. Er dachte erneut an sein Gespräch mit Wunder und dessen Warnung, keinem Phantom nachzujagen. »Bevor wir uns aber weiter in Spekulationen ergehen, möchte ich Sie alle, auch wenn ich mich wiederhole, daran erinnern, dass wir uns an die Fakten zu halten haben. Ein Fakt ist immer das Motiv. Und da kann uns Kollege Krawatzki von seinem Kurztrip nach München etwas berichten, was Sie sicher alle interessieren wird. Bitte, Herr Kollege.«

Krawatzki informierte die Anwesenden über das Gespräch mit Husenau und das Verhör von Bröhler und Stadder. Schließlich erzählte er von seiner oberflächlichen Untersuchung der Wohnung des Getöteten. »In einem Ordner, der Hasenbergs private Finanzunterlagen enthielt, habe ich das hier gefunden.« Er legte ein Schreiben auf den Tisch. »Es handelt sich um einen Schuldschein. Peter Bröhler und Josef Stadder schuldeten ihrem Freund Hubert Hasenberg Geld. Viel Geld sogar. Jeder 75.000 Mark.«

Im Sitzungszimmer hätte man eine Stecknadel fallen hören können. Die Soko-Mitglieder blickten sich überrascht an. Brischinsky grinste. Elisabeth Großkopf-Schmittdellen schwieg.

»Krawatzki hat sich verspätet, weil er bis eben noch versucht hat, unseren Kollegen Husenau telefonisch in München zu erreichen, leider erfolglos. Er hat ihm ein Fax geschickt mit der Bitte, von Stadder und Bröhler Speichelproben nehmen zu lassen und diese mit den Proben zu vergleichen, die wir bei Hasenberg gefunden haben. So, und jetzt wünsche ich Ihnen allen einen schönen Feierabend.« Brischinsky stand auf und überlegte einen Moment, ob er Frau Doktor Elisabeth Großkopf-Schmittdellen trotz ihres Disputes noch auf ein Bier einladen sollte, verwarf diesen Gedanken jedoch wieder. In zwei, drei Tagen konnte der Fall abgeschlossen sein. Und dann würde sich die Psychologin in Düsseldorf wieder mit den Profilen von Hooligans beschäftigen, während er weiter Totschläger und Mörder jagte.

Er wollte den Raum verlassen, als ihn Baumann ansprach: »Chef ...«

»Was denn noch?«

»Ich wollte erst mit dir sprechen, bevor ich es den anderen sage.«

»Was willst du den anderen sagen?«

»Wir haben Nachricht von Viclas.«

»Von wem?«

»Du weißt schon, das Computersystem, von dem ich dir erzählt habe. Die einhundertachtundsechzig Fragen.«

»Ja, stimmt. Und?«

»Viclas meint, dass die Morde mit einer Wahrscheinlichkeit von über siebzig Prozent von demselben Täter verübt wurden.«

Brischinsky verdrehte die Augen. Jetzt mischten sich nicht nur LKA-Psychologinnen in seine Ermittlungen ein, sondern auch Computerprogramme gaben ihm Ratschläge. Langsam wurde er für diesen Job zu alt.

»Toll!«, stöhnte er. »Und jetzt bestell diesem Viclas oder wem auch immer einen schönen Gruß und sag ihm, er könne sich seine Hinweise irgendwo hinstecken.«

32

Kurt-Georg Uhliger war seit seiner frühesten Jugend begeisterter Angler. Jede freie Minute nutzte er, um seinem Hobby nachzugehen. Seine Frau hatte ihn vor mehr als dreißig Jahren auch deshalb geheiratet. Ein Hobbyangler brachte sein Geld nicht in Kneipen oder mit anderen Frauen durch. Ein Angler hatte auch nichts dagegen, wenn seine Frau gemeinsam mit ihm still auf einem Klapphöckerchen am Kanal- oder Flussufer auf den schönen Moment wartete, wenn nach Stunden geduldigen Schweigens endlich ein Fisch anbiss. Die Kosten für Angelruten, Käscher und ähnliche Utensilien fielen, auf lange Sicht betrachtet, gegenüber anderen Hobbys kaum ins Gewicht. Dies galt auch dann, wenn man berücksichtigte, dass Kurt-Georg immer häufiger dafür sorgte, dass ein Flachmann mit Hochprozentigem bei seinen Angelausflügen mit von der Partie war.

Uhligers Frau war immer noch zufrieden mit ihrer Wahl. Denn zum einen brachte Kurt-Georg Uhliger von seinen Angeltouren, die er allerdings mittlerweile ohne seine Frau unternahm, von Zeit zu Zeit einen Fisch mit, der den Speiseplan extrem preisgünstig erweiterte. Zum anderen war Kurt-Georg, und das war noch ausschlaggebender für ihre Zufriedenheit, Postbeamter im mittleren Dienst und stand mit siebenundfünfzig kurz vor der vorzeitigen Pensionierung.

Während der letzten Jahre hatten seine Leberbeschwerden rapide zugenommen und ihr gemeinsamer Hausarzt richtete bei jedem Arztbesuch mahnende Worte an ihn, an die sich Kurt-Georg allerdings nicht hielt. Karla Uhliger rechnete sich also gute Chancen aus, ihren preußisch korrekten Ehemann um einige Jahre zu überleben und so in den Genuss einer zwar nicht hohen, dennoch für eine genügsame Person absolut ausreichenden Beamtenwitwenpension zu kommen.

Natürlich ahnte Kurt-Georg Uhliger nichts von diesen Gedanken seiner Angetrauten, als er sich an diesem Dienstagvormittag aufmachte, um zum ersten Mal in seinem Leben gegen das Gesetz zu verstoßen.

Nordöstlich der Mülldeponie Emscherbruch, teils auf Herner, teils auf Gelsenkirchener Stadtgebiet gelegen, befand sich ein kleines Waldgebiet. In diesem Waldstück, verborgen hinter hohem Schilf, lag ein kleiner See, der als Folge des Kohleabbaus durch Bergsenkungen entstanden war und sich im Laufe der Zeit zu einem Biotop entwickelt hatte. Dieser See und seine Umgebung waren als Landschaftsschutzgebiet ausgewiesen. Angeln war daher bei Strafandrohung verboten.

Einer seiner Angelfreunde nun hatte Kurt-Georg Uhliger unter dem Siegel der Verschwiegenheit verraten, dass sich in dem von Ortskundigen ›Ewaldsee‹ genannten Gewässer eine wachsende Population von Karpfen tummeln würde. Kurt-Georg Uhliger schwankte monatelang zwischen Angelleidenschaft und Treue zum Staat. Schließlich entschied er sich schweren Herzens für sein Hobby und gegen seinen Dienstherrn. Erleichtert wurde ihm dieser Entschluss durch die Privatisierung großer Teile der früheren Bundespost in die Telekom und die Umwandlung des Restes in die Post AG, was sein Vertrauen in die eherne Richtigkeit staatlicher Entscheidungen schwer erschüttert hatte. Wenn schon eine hoheitliche Aufgabe wie das Abstempeln von Postwertzeichen mit Billigung der Volksvertreter in privatwirtschaftliche Hände überging, durfte sich die Legislative nicht wundern, wenn selbst die Beamtenschaft als Stütze des Staates den Gesetzen nicht mehr Folge leisten wollte.

Und so schlich der deutsche Postbeamte Kurt-Georg Uhliger an diesem Dienstagvormittag bewaffnet mit Angelrute, Käscher, Eimer, Klapphocker, Ködern und Flachmann durch das Unterholz, um im Ewaldsee illegal Karpfen zu fangen.

Rund um den See verlief ein Fußweg, der nicht gesondert angelegt, sondern durch die dauernde Benutzung erholungssuchender Spaziergänger freigetreten worden war. Der ungehinderte Blick auf das Wasser war nur an einigen Stellen möglich, da hoher Bewuchs das Ufer säumte.

Uhliger wurde, je mehr er sich dem Wasser näherte, von freudiger Erregung ergriffen. Dieses Gefühl hatte er zuletzt vor mehr als dreißig Jahren in einer dunklen Ecke in der Nähe der Wohnung seiner späteren Frau verspürt, als er zum ersten Mal Karlas Brust berührte. Er tat damals wie heute etwas Verbotenes und er tat es gern.

Der Postbeamte suchte sich eine Stelle, an der sich der Weg wieder etwas weiter vom Wasser entfernte und die durch dichte Büsche vor der Einsicht neugieriger Spaziergänger geschützt war. Es war still am See. Nur vereinzeltes Vogelgezwitscher und das weit entfernte Brummen der Fahrzeuge auf dem Autobahnzubringer störten die Ruhe.

Kurt-Georg Uhliger warf die Angelschnur in das trübe Wasser und setzte sich auf seinen Hocker.

Nach mehr als zweistündiger Wartezeit hatte immer noch kein Fisch angebissen. Er wechselte Köder und Haken und wartete geduldig eine weitere Stunde, ohne Ergebnis. Langsam begann er an der Glaubwürdigkeit seines Anglerkollegen zu zweifeln. Könnte es sein, dass er einer besonders perfiden Variante von Anglerlatein aufgesessen war? Ehrlicher Zorn erfasste den Postbeamten. Das würde bedeuten, seinen Treueid quasi grundlos, ohne Legitimation, gebrochen zu haben.

Er war gerade dabei, seine Angel ein letztes Mal auszuwerfen, als er Stimmen hörte, die sich schnell näherten.

Wortfetzen drangen an sein Ohr: »... sollten überlegen, den See einzuzäunen ...« Und: »... Vorlage an das Gartenbauamt ...«

Uhliger wurde angst und bange. Vertreter der Stadt! Wenn sie ihn hier entdeckten, angelnd in einem Landschaftsschutzgebiet ...

Zitternd vor Angst presste er sich zwischen das Schilf, ohne sich um den feuchten und schlammigen Untergrund zu kümmern. So verharrte er einige Minuten in halbliegender Stellung, bis die Stimmen leiser wurden und schließlich nicht mehr zu hören waren.

Schnell schnappte er sein Anglergerät, lief gebückt und orientierungslos durch das Unterholz, bis starke Seitenstiche ihn innehalten ließen. Schwer atmend lehnte er sich an einen Baumstamm. Als er sich etwas erholt hatte, wurde ihm ein unangenehmer Geruch bewusst. Suchend sah er sich um. Er erstarrte.

Zehn Meter von ihm entfernt baumelte etwa zwei Meter über dem Boden ein menschlicher Körper.

Vor Schreck ließ Uhliger alles fallen, was er in der Hand hielt. Nach einer Zeit, die ihm wie Stunden vorkam, zwang er sich, zwei Schritte nach links zu gehen, um den Toten besser in Augenschein nehmen zu können, ohne sich ihm weiter nähern zu müssen. Einige Minuten blickte er dem toten Mann in das Gesicht. Fast erschien es dem Angler, als würden dessen glanzlose Augen seinen Blick erwidern.

Dann, als würde ihm erst jetzt bewusst, was er da eigentlich entdeckt hatte, drehte er sich um und lief, so

schnell er konnte, in die Richtung, in der er den Autobahnzubringer vermutete.

33

Bei seinem Arbeitgeber war der Fan beliebt. Zwar machte er während der Bundesligasaison an den Wochenenden grundsätzlich keine Überstunden und bat auch immer dann, wenn Schalke an einem Mittwoch oder einem
anderen Wochentag auf internationaler Bühne spielte,
um zwei oder drei Tage Urlaub. Dafür war er aber zu
den anderen Zeiten stets zur Mehrarbeit bereit.
    Außer Schalke hatte der Fan keine Verpflichtungen.
Während der Jahre, in denen Schalke nicht im interna-
tionalen Fußball mitgemischt oder gar in der zweiten
Bundesliga gespielt hatte, war der Fan nicht ins Aus-
land gefahren. Fremde Städte oder Länder interessierten ihn nicht besonders. Den Fan beschäftigten nur die
fußballerischen Fertigkeiten der Spieler und die Stadien
der Heimmannschaften. Hautfarbe und Sprache waren
ihm völlig egal. Deshalb hatte er auch kein Verständnis
für das rassistische Gebrüll einiger Schalker Fans,
wenn der Gegner farbige Spieler aufstellte. Nur die Farbe des Trikots, das der gegnerische Spieler trug, war
entscheidend. Spieler und Fans anderer Mannschaften
waren schlicht die Anderen. Und die galt es zu bekämp-
fen. Egal, aus welchem Land sie kamen.
    Kurz nach dem Bezug seiner eigenen Wohnung trat
der Fan einem Schalker Fanklub bei. Doch mit den gemeinsamen Fahrten zu den Auswärtsspielen konnte er
nichts anfangen; sie passten nicht zu den Ritualen, die
er zu befolgen hatte. Auch die monatlichen Treffen in
der Eckkneipe interessierten ihn nicht mehr, nachdem
er festgestellt hatte, dass er weit mehr als alle anderen
Mitglieder über Schalkes Fußballgeschichte wusste. An-

fangs reizte es ihn, seine Klubkollegen mit Ergebnissen und Mannschaftsaufstellungen von Spielen zu überraschen, die dreißig Jahre und mehr zurücklagen. Doch es kam immer häufiger vor, dass sie ihn unterbrachen oder ihm einfach nicht zuhörten.

Der Fan zog daraus den Schluss, dass auch in einem Fanklub nicht alle Mitglieder echte Fans waren. Von da ab ging er nicht mehr zu den Klubabenden. Den Mitgliedsbeitrag überwies seine Bank auch nur deshalb noch, weil er vergessen hatte, den Dauerauftrag zu kündigen. Dann und wann wurde er noch angesprochen, wenn er bei Heimspielen auf seinem Stammplatz am Rand des Fanblocks in der Nordkurve stand, irgendwann hörten auch diese kleinen Unterredungen auf. Er wurde als Sonderling geduldet, aber nicht akzeptiert. Den Fan interessierten die Meinungen der anderen nicht. Das war ihm egal.

Einladungen seiner Arbeitskollegen zu privaten Feiern hatte er in der Regel nicht wahrgenommen. Wenn er trotzdem hingegangen war, hatte er nur still in einer Ecke gesessen und war nicht lange geblieben. Nach einiger Zeit war er auch nicht mehr eingeladen worden. Der Fan wusste schon bald nicht mehr, wann er das letzte Mal auf einer Fete gewesen war. Auch das war ihm egal.

Schließlich lebte er völlig zurückgezogen und ohne nennenswerte soziale Kontakte. Er existierte nur für Schalke.

Einmal, der Fan erinnerte sich nur sehr ungern an diesen Abend, war er mit einem Taxi nach einem Auswärtsspiel von Schalke in Bochum in das dortige Bordellviertel rund um die Gußstahlstraße gefahren. Er war stundenlang an den Fenstern vorbeigeschlichen, hinter denen die Prostituierten ihre Dienste anboten. Aufgeregt hatte er auf die spärlich bekleideten Frauen gestarrt, es aber zunächst nicht gewagt, eine der Offerten anzunehmen. Schließlich hatte er seinen ganzen Mut zusammengenommen und war an einem der Fenster stehen geblieben. Er akzeptierte den Preis, den ihm die Prostituierte nannte, und fand sich kurze Zeit später in einem Zimmer wieder, das trotz der schummerigen, rötlichen Beleuchtung eine Atmosphäre ausstrahlte, die an eine Bahnhofstoilette erinnerte. Der Fan bezahlte den vereinbarten Betrag, zog seine Schuhe, Hose und Unterwäsche aus und vor lauter Aufregung und Angst ejakulierte er vorzeitig, kaum dass die Liebesdienerin bei ihm Hand und Präservativ angelegt hatte. Den spontanen Heiterkeitsausbruch der Frau würde er nie vergessen. Hastig hatte er seine Kleidung wieder angezogen und fluchtartig das Zimmer verlassen, verfolgt vom Gelächter der Prostituierten.

Der Fan empfand auch keine Befriedigung, wenn er sich mit den Anderen prügelte. Darin unterschied er sich seiner Meinung nach von den Hooligans, für die ein Fußballspiel lediglich vorgeschobene Legitimation für Gewalttätigkeit war. Die Auseinandersetzung mit den Anderen war notwendiges Übel, sie musste sein.

Im Laufe der Zeit hatte er sich eine erfolgreiche Taktik angeeignet.

Den gekauften oder erbeuteten Trikots der gegnerischen Bundesligavereine kam bei seinen Streifzügen gegen die Anderen eine Schlüsselrolle zu. Nach dem Ende eines Heimspieles streifte sich der Fan in einem stillen Winkel das Trikot des gegnerischen Vereines über und wartete in der Nähe einer der Ausgänge des Parkstadions auf Nachzügler der Anderen.

Diese Minuten waren immer mit einem gewissen Risiko verbunden, da der Fan Gefahr lief, von anderen Schalker Fans angegriffen zu werden. Einmal hatte er den Einsatz für Schalke mit einem blauen Auge und einem lockeren Schneidezahn bezahlt, als er sich ohne

Gegenwehr von drei Schalkern zusammenschlagen ließ. Aber das war ein Preis, den er zu zahlen gewillt war.

Sobald maximal zwei der Anderen das Stadion verließen, folgte der Fan ihnen in einem sicheren Abstand. Wenn keine Polizei oder weitere Andere zu sehen waren, ging er zum Angriff über. Er rief seine Opfer von hinten und bat sie um Unterstützung. Dabei stöhnte er und krümmte sich scheinbar voller Schmerzen.

In der Regel waren die Anderen sofort bereit, ihm – als einem vermeintlich Gleichgesinnten – zu Hilfe zu kommen. Der Fan wartete, bis sich seine Gegner in unmittelbarer Nähe befanden und sprühte ihnen dann Tränengas in die Augen. So kamen die Überraschten gar nicht auf die Idee, sich zu wehren. Der Fan prügelte mit seiner schlagringbewehrten rechten Faust hart und erbarmungslos in die Gesichter der hilflosen Anderen, bis diese zu Boden gingen. Einige heftige Fußtritte gegen den Kopf ließen im Allgemeinen deren ohnehin geschwächte Widerstandsbereitschaft völlig erlahmen. Seine Opfer waren dann meist nur noch damit beschäftigt, sich vor weiteren Schlägen und Tritten zu schützen oder sich auf allen vieren kriechend in Sicherheit zu bringen.

Der Fan entriss seinen Gegnern üblicherweise Schal oder Fahne und entfernte sich ohne Hast. Dann zog er das Trikot aus und packte es mit der Beute in seinen Rucksack.

Es war ihm egal, welche Verletzungen seine Opfer davontrugen. Er spürte kein Bedauern, aber auch keinen Triumph. Er konnte nicht anders handeln, er hatte keine Alternative. Die Arbeit musste erledigt werden. Sorgfältig und gründlich. Und das konnte nur der Fan tun.

34

Rüdiger Brischinsky hatte es sich gerade mit der aktuellen Ausgabe des Feinschmeckers und einer Currywurst auf seinem Bürostuhl bequem gemacht, als das Telefon schellte.

»Gehst du bitte dran?«, fragte er mit vollem Mund und widmete sich weiter mit Genuss der Wurst und einem Artikel über die Gefahr der Ernährung durch Fastfood-Produkte. Er musste so über das Geschreibsel lachen, dass er sich beinahe mit der köstlichen Sauce bekleckert hätte.

Baumann meldete sich. »... kann gerade nicht. Was ist los?«, fragte er mit einem Blick auf seinen Vorgesetzten, der ihm wohlwollend zunickte und weiterkaute.

»Was?« Baumann machte ein erschrockenes Gesicht. Dann, nach einer kurzen Pause, sagte er: »In Ordnung. Ich habe verstanden. Wir kommen sofort.« Er knallte den Hörer auf das Telefon. »Schmeiß dein Essen in den Müll. Wir müssen los. Sofort.«

Brischinsky machte ein erstauntes und vor allem ungehaltenes Gesicht. »Warum? Ich esse gerne, wie du weißt.«

»Es gibt eine weitere Leiche. Wieder ein Fußballfan.«

Brischinsky sprang auf. Dabei tropfte Currysauce auf seine Hose.

»Scheiße, verdammt«, fluchte er, stopfte sich noch einige Pommes frites in den Mund und warf die Essensschälchen in Richtung Papierkorb, traf aber nicht. Die restlichen Bestandteile seiner Mahlzeit tropften und fielen auf den zwar nicht mehr ganz neuen, aber dennoch ansehnlichen Teppichboden.

»Echte Scheiße«, schimpfte Brischinsky wieder und beeilte sich, seinem Mitarbeiter im Laufschritt über den Flur zu folgen.

Als sie ihr Fahrzeug auf dem Hof des Polizeipräsidiums erreicht hatten, war Brischinsky völlig außer Atem und knallrot im Gesicht. »Wer verlangt eigentlich von einem Polizeibeamten, der kurz vor der Pensionierung steht, dass er den Europarekord im Fünftausendmeterlauf unterbietet?«, keuchte der Hauptkommissar.

»Wessen Pensionierung? Du bist noch keine fünfzig.«

Mit quietschenden Reifen schoss ihr Passat vom Hof.

»Leider. Sonst gäbe es in meinem Leben etwas, auf das ich mich freuen könnte. Also, was ist los?«

»Ich weiß auch nichts Genaues. Nur, dass am Ewaldsee ein Toter gefunden wurde. Und da der ein Fußballtrikot anhat, haben die Kollegen uns sofort verständigt.« Baumann stellte das Blaulicht auf das Fahrzeugdach und schaltete das Martinshorn ein.

»Schlaue Jungs.«

Der Kommissar lenkte den Wagen mit schleuderndem Heck über die Wälle, Richtung Autobahnauffahrt Recklinghausen/Herten.

»Langsam!«, schrie Brischinsky erschrocken auf. »Willst du uns umbringen? Ich sprach eben von meiner Pensionierung, die ich noch unversehrt erleben möchte.«

Baumann erwiderte nichts. Seine Aufmerksamkeit wurde vom Nachmittagsverkehr in Anspruch genommen. Er überholte einen LKW unmittelbar vor der stark befahrenen Kreuzung Westring, die er bei roter Ampel passierte. Der Fahrer eines mit vier Personen besetzten Audis sah das Polizeifahrzeug erst spät und konnte im letzten Moment bremsen. Dennoch war Baumann zu einem waghalsigen Ausweichmanöver gezwungen.

»Puh, das war knapp«, kommentierte der Kommissar sein fahrerisches Kunststück, das jedem Formel-Eins-Piloten zur Ehre gereicht hätte.

Brischinskys Gesichtsfarbe war von rot zu weiß gewechselt. »Man könnte fast den Eindruck gewinnen, dass du nur zur Polizei gegangen bist, um deine animalischen Triebe auf innerstädtischen Straßen ungeahndet auszuleben. Pass auf!«, schrie er, als Baumann zwischen zwei Fahrzeugen hindurch auf die Auffahrt zur Autobahn schoss. »Nicht so schnell, verdammt noch mal! Wir haben es nicht so eilig. Toter als tot geht nicht. Und ich möchte dem armen Kerl am Ewaldsee im Jenseits nicht unbedingt Gesellschaft leisten.«

Zehn Minuten später stoppte Baumann den Wagen schräg gegenüber der Autobahnabfahrt Herten. Einige Streifenwagen mit Blaulicht waren bereits eingetroffen. Brischinsky ging zu den Uniformierten, die an der Straße standen, hielt seinen Dienstausweis hoch und fragte: »Wo ist die Leiche?«

»Etwa zwei Kilometer in südlicher Richtung«, antwortete einer der Polizisten.

»Habe ich mich verhört oder sagten Sie zwei Kilometer?«

»Richtig, Herr Hauptkommissar. Zwei Kilometer.«

»Kann man da nicht ranfahren?«

»Leider nein. Der Fundort der Leiche ist mitten im Wald. Da gibt es nur Trampelpfade.«

»Na toll! Spurensicherung? Notarzt?«

»Der Arzt ist schon da. Die Spurensicherung auch.«

»Wer zeigt uns den Weg?«

»Das kann ich machen«, antwortete der junge Streifenpolizist.

»Dann mal los.«

Nach einem zwanzigminütigen Fußmarsch erreichte die Gruppe den Fundort der Leiche. Der Tote trug Turnschuhe, Jeans, eine Regenjacke und darunter ein Trikot des Hamburger Sportvereines. Unter der Leiche und in der näheren Umgebung des Fundortes steckten im Boden sechs, sieben kleine weiße Schilder, die mit Zahlen beschriftet waren.

Brischinsky näherte sich dem Erhängten, sah nach oben und fragte in die Runde: »Fotos gemacht?« Ohne eine Antwort abzuwarten, zeigte der Hauptkommissar auf die Schilder und ergänzte: »Alles gesichert?«

Einer der Umstehenden bejahte. »Wir haben nur auf Sie gewartet.«

»Gut. Dann holt ihn da runter.«

Zwei Mitarbeiter der Gerichtsmedizin schleppten eine Leiter herbei und stellten sie neben dem HSV-Fan auf. Brischinsky dachte darüber nach, wie die Jungs so schnell an eine Leiter gekommen waren, als ihn Baumann störte: »Da hinten steht der Mann, der den Toten gefunden hat. Sollen wir ihn jetzt oder später ...?«

»Später. Oder warte, kümmere du dich allein um den.« Baumann schob ab.

Der Hauptkommissar musterte die Leiche. Der Mann war etwa Mitte zwanzig, zwischen einssiebzig und einsachtzig groß, trug dunkles, mittellanges Haar und hatte eindeutig etwas zu viel Fett auf den Rippen. Seine Jeans war im Schritt und an den Oberschenkeln dunkel verfärbt, vermutlich eine Folge der unkontrollierten Darmentleerung im Todeskampf.

Der Hals erschien dem Hauptkommissar seltsam gedehnt. Das Kinn war seitlich rechts auf die Brust gesunken. Die Augen waren weit aufgerissen und im geöffneten Mund war deutlich die geschwollene Zungenspitze zu erkennen. Aus den Nasenlöchern war eine braunrote Masse ausgetreten, die mittlerweile getrocknet war und dem Toten ein wenig das Aussehen eines Indianers mit Kriegsbemalung verlieh. Beide Arme hingen schlaff an den Körperseiten herunter.

Die medizinischen Experten der Polizei durchschnitten das Seil, legten die Leiche auf einer Kunststoffplane ab und begannen mit ihrer Untersuchung.

»Wann bekomme ich erste Ergebnisse?«, löcherte Brischinsky den Arzt. »Und bitte nicht wieder: Genaueres kann erst die Obduktion ergeben. Das weiß ich selbst.«

»Schön für Sie«, antwortete der Mediziner und begann seine Untersuchung. »Sagen wir, in ... einer Viertelstunde.«

»Danke.«

»Keine Ursache. Ist mir ein Vergnügen.«

Der Hauptkommissar wusste nicht genau, ob der Arzt ihn auf den Arm nehmen wollte. Aber er ließ die Frage auf sich beruhen und wandte sich an den ihm gut bekannten Einsatzleiter der Spurensicherung: »Habt ihr schon was?«

»Wenig.«

»Lass hören.«

»Wir haben hier recht gut erhaltene Fußspuren gefunden, die vom Toten stammen könnten. Um das aber genau sagen zu können, müssen wir die Gipsabdrücke mit seinen Schuhsohlen vergleichen. Es sieht aber so aus, als ob hier nur der Tote selbst herumspaziert wäre.«

»Und der Zeuge?«

»Hat sich der Leiche nicht genähert.«

Der Polizist zeigte auf Schleifspuren am Stamm des Baumes, an dem die Leiche gehangen hatte. »Sieh dir die Spitzen der Turnschuhe an, die der Mann trägt. Und die Jeans in der Höhe der Knie. Grüner Abrieb. Stammt wahrscheinlich vom Moos am Stamm. Werden wir im Labor feststellen. Wenn das stimmt, dann ist der Mann den Baum selbst hochgeklettert.«

»Also Selbstmord?«

»Sieht ganz so aus. Guck hier, direkt am Baumstamm. Vier Kippen Filterzigaretten. West. Alle nur halb geraucht, aber alle Zigarettenreste liegen auf einer Fläche von vielleicht zehn mal zehn Zentimetern. Und direkt daneben deutliche Fußspuren. Da hat eindeutig jemand gestanden und sich nervös eine Zigarette nach der anderen reingezogen und sie am Stamm, nämlich hier«, er zeigte auf eine mit Asche verschmutzte Stelle, »ausgedrückt und auf den Boden geworfen. Das ist im Moment alles. Wenn der Medizinmann fertig ist, sehen wir uns die Leiche auch noch einmal an.«

»In Ordnung.« Brischinsky sprach wieder den Gerichtsmediziner an. »Wie sieht's aus?«

»Für ihn ziemlich duster.« Der Arzt zeigte auf den Toten und grinste. »Ansonsten geht's. Was wollen Sie wissen?«

»Wie lange hängt der schon hier?«

»Nicht sehr lange. Zwei bis drei Tage. Kein Anzeichen für Fremdverschulden, wenn Sie mich fragen. Aber Genaueres ...«

»... kann natürlich erst die Obduktion ergeben.«

»Todesursache vermutlich Genickbruch. Die Handgelenke waren nicht gefesselt, als er starb. Es sind keine Druckstellen oder Ähnliches zu finden. Ob er allerdings betäubt war ... Informieren durch Obduzieren ... Aber das kennen Sie ja wahrscheinlich auch schon.«

»Also drei Tage?«

»Höchstens.«

»Das wäre dann Samstag gewesen, oder?«

»Überaus scharfsinnig.« Der Arzt zog die Einweg-Kunststoffhandschuhe aus und packte seine Untersuchungsinstrumente in seinen Koffer. »Mitte der Woche haben Sie meinen Bericht.«

»Danke.« Brischinsky drehte sich von dem Mediziner weg und rief den Polizeibeamten zu: »Weiß von euch vielleicht jemand, gegen wen Schalke am Samstag gespielt hat?«

Einer der Beamten sah auf. »HSV.«

»Und wo?«

»Zu Hause. Schalke hat gewonnen. Vier zu zwei.«

»Rüdiger, wir haben hier noch was.« Der Leiter der Spurensicherung näherte sich Brischinsky. »Eine angebrochene Schachtel West. Schlüssel. Waren in der Jackentasche. Und seine Brieftasche.« Er hielt sie dem Hauptkommissar hin.

»Nein«, wehrte Brischinsky ab. »Nicht ohne Handschuhe. Sieh du nach.«

Der Ermittler begann, den Inhalt der Brieftasche zu begutachten. »Zwei Blaue und ein Fünfziger. Sein Personalausweis. Ja, das ist er. Martin Pleiße aus Hamburg. Geboren am 3. Juli 1975. Wohnt in der Holsteiner Straße 8.«

»Einen Moment, das muss ich mir notieren.« Brischinsky schrieb sich die Adresse auf. »Okay. Weiter.«

»Ein Blutspendeausweis, eine Euroscheckkarte und Plastikgeld, Amex. Was es auch immer war, ein Raubmord war es jedenfalls nicht. Was haben wir denn hier?« Der Spurensicherer faltete einen Zettel auseinander und begann zu lesen: »This is the end, my only friend, the end ... so geht das weiter. Was ist das?«

»Wie alt bist du eigentlich?«, fragte sein Gegenüber zurück.

»Zweiunddreißig, warum?«

»Wenn du mein gesegnetes Alter von siebenundvierzig erreicht hättest, wüsstest du, dass es sich bei dem, was du da eben vorgelesen hast, um eine Textzeile aus einem Song des größten Mystikers der Rockmusik handelt.«

»Muss man den kennen?«, fragte der Kollege, bemüht, sein Desinteresse zu verbergen.

»Muss man nicht. Aber man sollte. Jim Morrison. Leadsänger der Doors.«

»Aha.«

»Morrisons Lieder waren alle sehr schwermütig, viele voller Todessehnsucht. Er hat sich auf der Höhe seines Ruhmes mit Heroin umgebracht. Wenn jemand diesen Text mit sich in seiner Brieftasche herumträgt, kann das dafür sprechen, dass er sich als Bruder im Geiste mit Jim Morrison verbunden fühlte.«

»Und sich deshalb auch um die Ecke gebracht hat?«

»Wie gesagt, das kann dafür sprechen. Muss aber nicht. Sonst noch was?«

»Nein.«

»Gut. Pack die Sachen in die Tüte und nimm sie mit ins Labor. Morgen möchte ich deinen Abschlussbericht. Ihr könnt die Leiche jetzt abtransportieren.«

Auf dem Weg zurück zu ihrem Fahrzeug ließ sich Brischinsky von Baumann Bericht erstatten: »Der Mann, der die Leiche entdeckt hat, heißt Kurt-Georg Uhliger. Er wohnt in der Ewaldstraße 213 in Herten, das ist nicht weit von hier. Der arme Kerl hat gezittert wie Espenlaub.«

»Warum?«

»Er ist Postbeamter, steht kurz vor der Pensionierung.«

»Der hat's gut. Und?«

»Er hat Angst, dass er mit diziplinarrechtlichen Konsequenzen rechnen muss.«

»Warum? Weil er eine Leiche gefunden hat?«

Baumann bewahrte mühsam die Fassung und sah seinen Chef mit verkrampftem Gesicht an.

»Nein, warte, jetzt weiß ich's«, sagte Brischinsky. »Er ist unser Fußballmörder.«

Baumann lachte. »Du wirst es nicht glauben, aber dieser Beamte hat illegal im Ewaldsee gefischt.«

»Ist nicht wahr! Ein Wilderer. Das hat er dir gestanden?« Brischinsky gluckste. »Selbst schuld.«

»Die Beweise waren erdrückend. Die Kollegen, die als Erste vor Ort waren, haben seine Anglerausrüstung gefunden. Er hat sie in der Panik liegen gelassen. Jedes Teil, aber wirklich jedes, war mit seinem Namen und seiner Adresse beschriftet, stell dir vor. Und natürlich wollte er sie zurückhaben. Als ich ihn fragte, was er mit einer Angelrute mitten im Wald macht, hat er nur noch rumgestottert. Mir wäre aber auch keine plausible Erklärung eingefallen. Und jetzt hat er Angst, dass wir ihn anzeigen. Wegen Karpfenklaus!« Baumann prustete los. »Stell dir das vor! Stell dir das mal vor! Da will einer im Ewaldsee Karpfen angeln!«

»Und? Hat er was gefangen?«

»Ach was. Aber dem geht jetzt der Arsch auf Grundeis.« Baumann musste erneut kichern.

»Und wie ich deine schwarze Seele kenne, hast du dieser Stütze der Gesellschaft natürlich nicht gesagt, dass sich die Mordkommission normalerweise nicht mit Ordnungswidrigkeiten beschäftigt?«, fragte der Hauptkommissar.

»Natürlich nicht.«

»Typisch. Der arme Mann.« Sie erreichten ihr Fahrzeug und stiegen ein. »So, und bevor du dann unseren täglichen Bericht verfasst, hältst du an der nächsten Pommesbude. Ich muss mein Mittagessen vervollständigen.«

35

Rainer Esch saß am Schreibtisch in seinem Büro und kaute auf einem Bleistiftstummel. Vor ihm lag ein Schreiben der Sozietät Baumann, Baumann und Partner, Rechtsvertreter des Ehevermittlungsinstitutes Harmonie. Diese Sozietät galt als eine der ausgefuchstesten Kanzleien in Zivilrechtsfragen im Zuständigkeitsbereich des Landgerichts Bochum. Und ausgerechnet mit diesen Koryphäen hatte er sich angelegt.

Nach mehreren Anläufen war es ihm vor einigen Tagen endlich gelungen, eine halbwegs passable Antwort auf das Mahnschreiben des Eheinstitutes auf den Weg zu bringen. Und jetzt las er mit Ehrfurcht die geschliffenen Formulierungen der gegnerischen Anwälte:

... haben wir mit Interesse zur Kenntnis genommen, dass sich Ihr Mandant allein deshalb an den Vertrag mit unserer Mandantin nicht gebunden fühlt, weil die ihm von unserer Mandantin vorgeschlagenen Interessentinnen zu jung waren. ... weisen wir darauf hin, dass sich bisher keiner der Kunden unserer Mandantin über zu junge Interessentinnen beklagt hat und wir beim besten Willen darin keinen Verstoß gegen die vertragliche Verpflichtungen unserer Mandantin erkennen können. ... mündliche Nebenabsprachen unzulässig. ... vertraglich geschuldete Leistung erfüllt ... fordern wir Ihren Mandanten letztmalig auf, bis zum ...

Esch fiel nichts, aber auch absolut gar nichts ein, wie er den Anspruch der Ehevermittler aus den Angeln heben könnte. Josef Bartelt würde zahlen müssen. Zuzüglich der gegnerischen und seiner Anwaltskosten. Der Alte würde toben. Rainer stöhnte. Eine tolle Leistung seinerseits, wirklich. Und das, obwohl es doch eigentlich sittenwidrig war, einen Ehevermittlungsvertrag mit einem fast Siebenundachtzigjährigen, der möglicherweise auch schon unter ersten Anzeichen von Altersverwirrtheit litt ... Natürlich, das war es! Der Vertrag war sittenwidrig!

Der Anwalt schmiss den Bleistiftstummel, der um die Hälfte kürzer geworden war, in den Papierkorb, zündete sich eine Reval an und startete das Textverarbeitungsprogramm auf seinem PC. Dann begann er, sein Antwortschreiben zu formulieren. Er schrieb Baumann, Baumann und Partner, dass sein Mandant offensichtlich nicht in der Lage gewesen sei, die Tragweite seines Handelns bei Vertragsabschluss zu überblicken, und damit im Grunde geschäftsunfähig gewesen sei, wofür er als Beweis jederzeit die behandelnden Ärzte heranziehen könne. Außerdem hätte sich den Mitarbeitern von

Harmonie bei geschuldeter pflichtgemäßer Prüfung die Frage stellen müssen, ob nicht bereits der Wunsch eines so alten Menschen, die Dienste eines Ehevermittlers in Anspruch zu nehmen, ein Indiz für dessen Senilität sei. Schließlich werfe der Rechtsstreit ein bezeichnendes Licht auf die Seriosität des Institutes, dem es augenscheinlich mehr um die Vermittlungsprovision als um das Lebensglück ihrer Kunden ginge. Dies stünde im krassen Gegensatz zu den Werbeaussagen des Ehevermittlers, weswegen diesseitig erwogen werde, zur Klärung der wettbewerbsrechtlichen Dimension des Falles die Verbraucherschutzorganisationen einzuschalten. Natürlich würde ein Entgegenkommen von Harmonie in der Frage der Zahlungsverpflichtung seines Mandanten einen völlig anderen Eindruck von dem Geschäftsgebaren des von Baumann, Baumann und Partner vertretenen Unternehmens hinterlassen.

Esch war beeindruckt. Zwar war er sich nicht ganz sicher, ob Josef Bartelt wirklich damit einverstanden sein würde, als mehr oder weniger schwachsinnig hingestellt zu werden, andererseits standen aber nicht nur Kosten von über 2.000 Mark, sondern auch Rainers anwaltliche Reputation auf dem Spiel. Seine versteckte Drohung am Ende des Schreibens bewegte sich, soweit er sich an die einschlägigen Paragraphen noch erinnern konnte, hart an der Grenze dessen, was das anwaltliche Standesrecht zuließ.

Doch das störte ihn nur wenig. Der Begriff Standesrecht weckte bei ihm immer Assoziationen an Standrecht und bei beiden Begriffen kroch kalte Wut in ihm hoch.

Die Bedenken, was Josef Bartelt von dem Brief halten könnte, wischte Rainer schließlich mit der Überlegung beiseite, dass er ihm, entgegen anwaltlicher Gepflogenheit, keine Durchschrift schicken würde. Ging die Sache schief, würde sein Mandant ohnehin stinksauer auf ihn sein. Klappte sein Bluff jedoch, dürften Josef Bartelt Rainers Methoden ziemlich egal sein. Hoffte der Anwalt zumindest.

Er druckte das Schreiben aus und fahndete nach einem geeigneten Briefumschlag. Dabei fiel ihm die Liste in die Hände, die er Cengiz letzten Samstag zur Erledigung überlassen hatte. Schlagartig bekam er ein schlechtes Gewissen. Zwar hatte auch er selbst mittlerweile die Herner Zeugen und Opfer des Überfalles befragt – ohne Erfolg –, sich seitdem aber noch nicht wieder getraut, seinen Freund anzurufen. Und Droppe schmorte weiterhin in der Kiste. Beides galt es zu ändern.

Da ohnehin keine Briefmarke in seinem Büro aufzutreiben war, entschloss sich Rainer, einen Antrag auf erneute Einsicht in die Ermittlungsakten im Fall Kröger zu stellen und diesen gemeinsam mit dem Brief an Baumann, Baumann und Partner zur Post zu bringen. Anschließend würde er versuchen, den berechtigten Unmut seines Freundes durch einen Überraschungsbesuch wieder auszuräumen.

Inzwischen war die erhoffte Geldzahlung auf seinem Konto eingegangen, so dass Rainer als Erstes die temporären Missstimmungen mit seiner Bank zur beiderseitigen Zufriedenheit klären konnte. Gegen fünfzehn Uhr stand er dann endlich mit einer Plastiktüte in der Hand vor Cengiz' Wohnung. Die Tüte enthielt drei Flaschen Pfälzer – Freinsheimer Musikantenbuckel, Riesling Spätlese 1996, von denen er eine Cengiz schenken und die anderen seiner eisernen Reserve zuführen wollte –, die neue Stones-CD Brigdes of Babylon – ein nicht ganz uneigennütziges Geschenk, da er sich die Scheibe zum Aufnehmen von Cengiz auszuleihen gedachte – und einen neuen Krimi seines Lieblingverlags, den er selbst noch nicht kannte. Alles in allem war Rainer mit seiner großzügigen Präsentauswahl mehr als zufrieden. Glücklicherweise war sein Freund zu Hause.

»Rainer«, stellte Cengiz ohne erkennbare Begeisterung fest, als er die Tür öffnete.

Eschs Selbstbewusstsein bekam einen ersten Riss. »Tach, Cengiz, ich ... äh ... wollte nur ... bin zufällig hier vorbeigekommen und da dachte ich ...«

»Komm rein.«

Rainer betrat die Wohnung seines Freundes und blieb unschlüssig im Flur stehen. Cengiz ging an ihm vorbei in sein Wohnzimmer.

»Willst du da Wurzeln schlagen?«, rief der Türke ihm zu.

Esch hängte seine Lederjacke an einen Garderobenhaken und folgte Cengiz mit der Tüte in der Hand.

»Äh ... Cengiz ... wegen Samstag ...«

»Was ist mit Samstag?« Cengiz kam ihm kein Stück entgegen und ließ ihn zappeln.

Rainers gespielte Selbstsicherheit bröckelte mehr und mehr. »Also, ich meine ... Kurt Schacklowski habe ich wirklich seit meiner Kindheit nicht mehr gesehen, also ...«

»Und?«

»Mensch, Cengiz, mach's mir doch bitte nicht so schwer.«

»Fragt sich nur, wer es hier wem schwer macht«, bemerkte Cengiz trocken.

Esch schluckte. »Du bist mein bester Freund und ich ... ich hab Scheiße gebaut. Entschuldige bitte, okay?«

Cengiz stand auf und ging zu Rainer. Er fasste ihn mit beiden Händen an den Schultern und sah ihn ernst an. »Musst du dir eigentlich immer selbst im Weg stehen, Rainer? Aber okay, ist alles erledigt. Was schleppst du da mit dir durch die Gegend?«

Erleichtert kramte Rainer die CD und den Krimi aus der Tragetasche. »Das ist für dich. Sozusagen Wiedergutmachung. Wenn wir uns die CD jetzt anhören würden, könnte ich die gleich wieder mitnehmen und dann ...«

»Rainer, du bist und bleibst unmöglich!«

»Stimmt.«

»Den Krimi muss ich aber nicht sofort lesen, oder?«

»Nee, das hat ein oder zwei Tage Zeit.«

»Prima. Vielen Dank. Was hast du noch da drin?« Cengiz griff nach der Tüte und sah hinein. »Wein. Wie nett von dir. Vielen Dank! Den stelle ich kalt – und hebe ihn mir für einen besonderen Anlass auf.«

Bevor Rainer protestieren konnte, verschwand Cengiz in der Küche. Von da rief er: »Trinken werde ich den alleine. Da bekommt keiner etwas ab. Ich denke, das ist so in deinem Interesse?«

Von einem Ohr zum anderen grinsend, betrat Cengiz wieder das Wohnzimmer. »Und dann noch Riesling Spätlese aus der Pfalz. Dein Lieblingswein. Du hast dir doch bestimmt auch einige Flaschen gekauft, oder?«

»Klar«, beeilte sich Rainer zu versichern. Und dachte mit Wehmut an seine schon wieder leere Brieftasche und den Freinsheimer Musikantenbuckel, der jetzt in Cengiz' Kühlschrank einer späteren Verwendung entgegen kühlte.

»Sag mal, Cengiz«, nahm Rainer das Gespräch wieder auf, während er den Verlust seines Lieblingsgetränkes verdaute, »was haben eigentlich die Befragungen der Leute ergeben, die im Zug die Hucke voll bekommen haben?«

»Wenig. Nur einer war ziemlich sauer. Da hat augenscheinlich ein Dortmunder Fan andere Dortmunder verprügelt.«

»Ein Dortmunder?«, staunte Rainer.

»Sagt der Mensch. Ob's stimmt, weiß ich nicht. Ich kann mir auch nicht vorstellen, dass dich das weiterbringt.«

»Vielleicht doch. Wenn Droppe nicht der Täter ist, dann muss ja logischerweise ein anderer Kröger erstochen und dafür gesorgt haben, dass Droppes Fingerabdrücke auf das Messer kommen, nicht wahr? Möglicherweise der Kerl, dessen Namen ich jetzt hätte, wenn du nicht ...«

»Rainer! Klappe!«

»Warum soll nicht der Dortmunder Schläger der Täter sein. Wenn der schon Dortmunder verprügelt ...«

»Sticht er sie auch ab? Ein bisschen weit hergeholt.«

»Weiß ich doch selbst. Hast du eine bessere Idee?«

»Leider nein.«

»Eben. Ich auch nicht. Außerdem kann ich nicht denken, wenn ich so einen trockenen Mund habe. Ob der Riesling wohl schon kalt ...« Esch sah seinen Freund hoffnungsvoll an.

»Nein. Den trinke ich wirklich alleine.«

Rainers Zuversicht schwand.

»Aber ich habe noch einen anderen Pfälzer im Kühlschrank. Deidesheimer Herrgottsacker. Und der ist kalt. Wenn du vielleicht mit dem vorlieb nehmen würdest ...«

Esch nickte erfreut. »Cengiz, dafür lade ich dich als meinen besten Freund am Freitagabend nach Bochum ein. Schalke spielt gegen den VfL. Das wird ein Gemetzel, sag ich dir. Ein G e m e t z e l !«

»Wer zahlt?«, erkundigte sich Cengiz vorsichtig.

»Du natürlich. Ich besorge die Karten.«

»O nein!«

»O doch. Quatsch, war 'n Scherz. Liegt der Korkenzieher immer noch in der Besteckschublade?«

36

In den vergangenen Tagen hatten Sonja Kostalis und Kommissar Knut Janssen mehr als zweihundert Anrainer der Brandheide befragt. Seit der letzten Sitzung der Sonderkommission war ihre Motivation auf den Tiefpunkt gesunken. Der leichte Nieselregen an diesem Morgen trug auch nicht zu einer Verbesserung ihrer Laune bei.

»Verdammter Mist«, schimpfte Knut Janssen, als sie an der Grenze zu Herne aus dem Wagen stiegen. »Das bringt doch alles überhaupt nichts. Das ist 'ne Arbeit für einen, der Opa und Oma ermordet hat.« Er schlug den Kragen seiner Jacke höher. »Aber gut. Der Wunsch unseres geschätzten Hauptkommissars ist mir Befehl. Ich nehme die Häuser rechts von hier, du arbeitest dich langsam nach links vor.« Er sah auf die Uhr. »Um eins treffen wir uns wieder hier am Wagen. Klar?« Ohne eine Antwort abzuwarten, stapfte Janssen davon.

Nach drei Stunden erfolgloser Befragungen erreichte Sonja Kostalis ein freistehendes älteres Einfamilienhaus. Es lag unmittelbar an einer Zufahrt zu einem der Parkplätze der Brandheide. Als sie das Grundstück betrat, bemerkte sie eine hölzerne Rampe neben den drei Stufen, die zum Hauseingang führten.

Dräscher stand auf der Klingel. Die Polizistin schellte. Kurz darauf hörte sie Schritte und eine schon etwas ältere Frau öffnete die Tür.

Die Beamtin zückte ihren Dienstausweis. »Sind Sie Frau Dräscher?«

»Ja, warum?«

»Sie haben doch sicherlich in der Zeitung von dem Mord gelesen, der sich vor einiger Zeit hier in der Nähe ereignet hat?«

»Sicher. Aber was haben wir damit zu tun?«

»Wir befragen alle Anwohner der Brandheide, ob sie etwas Auffälliges gesehen haben. Reine Routine.«

»Ach so. Was wollen Sie wissen?« Die Frau machte keine Anstalten, Sonja Kostalis ins Haus zu bitten.

»Der Mord ist wahrscheinlich am Nachmittag des 28. Februar passiert. Können Sie sich an irgendetwas Ungewöhnliches erinnern, einen Wagen vielleicht, der nachmittags Richtung Brandheide gefahren ist? Personen, die Streit miteinander hatten?«

Die Frau dachte einen Moment nach und sagte dann: »Das war ja vor mehr als fünf Wochen! Wie soll ich mich da noch an etwas erinnern? Außerdem sind hier vor allem an den Wochenenden so viele Menschen.«

Sonja Kostalis nickte verstehend. So oder ähnlich hatten auch die anderen Anwohner reagiert. »Ich habe hier ein Foto.« Sie zeigte der Frau das Bild von Hasenberg. »Bitte versuchen Sie sich zu erinnern. Haben Sie diesen Mann am 28. Februar gesehen?«

Frau Dräscher schaute auf das Bild und schüttelte nach einigen Sekunden stumm den Kopf.

»Sind Sie sich ganz sicher?«

»Ich habe den Mann bestimmt noch nie gesehen.«

»Wenn Ihnen doch etwas einfällt, rufen Sie uns bitte an. Hier ist meine Telefonnummer.«

Die Beamtin wollte sich gerade verabschieden, als sie aus dem Inneren des Hauses eine männliche Stimme hörte: »Erni, wer ist da? Sag mir bitte sofort, mit wem du da sprichst.«

Erni Dräscher drehte sich um und rief in den Hausflur: »Nichts Wichtiges, Erich. Fahr wieder auf dein Zimmer.«

»Erni! Du sagst mir jetzt sofort, mit wem du dich unterhältst.«

»Da ist eine Polizistin. Sie hat mir nur einige Fragen gestellt.«

»Was für Fragen, Erni? Was für Fragen?«

»Sie sagt, es sei reine Routine.«

»Routine?«, rief die Stimme. »Worum geht es denn? Vielleicht kann ich helfen?«

»Nein, Erich, bestimmt nicht.«

»Woher willst du das wissen? Du bist ja schon immer gegen meine Forschungen gewesen. Schon immer!«, schallte es aus dem Haus. »Du lässt die Polizistin jetzt sofort zu mir hoch, sofort! Hörst du?«

Erni Dräscher sah Sonja Kostalis etwas verlegen und entschuldigend an. »Mein Bruder. Er ist seit fast dreißig Jahren querschnittsgelähmt. Ein Badeunfall. Er ist ... etwas schwierig.«

»Erni. Kommt die Polizistin? Ist sie wegen des Toten hier?«

Sonja Kostalis blickte Erni Dräscher fragend an. »Vielleicht sollte ich doch kurz mit Ihrem Bruder ...?«

»Wenn Sie meinen.« Die Frau wirkte ungehalten, ließ die Beamtin aber dennoch eintreten. »Gehen Sie nach oben. Mein Bruder wird Sie dort erwarten.«

Die Treppe, die in den ersten Stock führte, war mit einem Treppenlift ausgestattet. Sonja Kostalis erklomm die Stufen. Oben wartete in einem Rollstuhl ein etwa sechzig- bis siebzigjähriger Mann auf sie.

»Kostalis«, sagte die junge Frau und reichte dem Behinderten die Hand. »Kripo Recklinghausen.«

»Dräscher.« Sein Händedruck war kräftig und fest. »Bitte kommen Sie.«

Erich Dräscher wendete seinen Rollstuhl und fuhr auf eine geöffnete Tür zu. »Nun kommen Sie schon«, sagte er ungeduldig, als Sonja Kostalis ihm nicht sofort folgte. »Kommen Sie!«

Sie betrat ein geräumiges Zimmer. Ihr fiel sofort der große Balkon auf der gegenüberliegenden Seite des Raumes auf.

Erich Dräscher bemerkte ihren Blick. »Meine Sommerfrische«, knurrte er. »Da verbringe ich viel Zeit. Früher war das anders, da ...« Unvermittelt wechselte er das Thema. »Sie kommen wegen des Toten, richtig?«

»Ja. Wir befragen die Anwohner, ob ihnen etwas Ungewöhnliches aufgefallen ist.«

»Der Mann, so stand es zumindest in der Zeitung, wurde am 28. Februar ermordet. Stimmt das?«

»Sehr wahrscheinlich jedenfalls.«

»Und Sie suchen einen Wagen, der in die Brandheide gefahren ist?«

»Ja.«

»Welchen Typ suchen Sie?«

»Das wissen wir nicht.« Sonja Kostalis begann sich über die Art des Gespräches zu wundern. Der Gelähmte unterzog quasi sie einem Verhör. »Warum fragen Sie?«

»Weil ich Ihnen möglicherweise helfen kann. Möglicherweise, verstehen Sie?« Und ohne ihre Antwort abzuwarten, fuhr er fort: »Das gilt natürlich nur dann, wenn der von Ihnen gesuchte Wagen auch tatsächlich hier entlanggekommen ist und nicht einen der anderen Wege benutzt hat. Haben Sie sich eigentlich schon einmal Gedanken darüber gemacht, dass ein Fahrzeug, das jemand fährt, einiges über seinen Benutzer aussagt?«

»Eigentlich nicht so direkt.«

»Das dachte ich mir. Das tut kaum jemand. Dennoch gibt es da sehr interessante psychologische Zusammenhänge. Ältere Männer zum Beispiel, die dokumentieren möchten, dass sie im Grunde jung geblieben sind, fahren häufig sportlich hochgezüchtete Wagen. Oder solche, die nach Sportwagen aussehen. Je nach Geldbeutel.«

»Tatsächlich?«

»Oder die so genannten Nonkonformisten. Hatten früher alle einen 2 CV. Die Ente!« Erich Dräscher lachte leise und bekam einen begeisterten, leicht wirren Gesichtsausdruck. »Frauen fahren häufiger Kleinwagen, Familienväter Limousinen oder Kombis. Und dann die Farben. Haben Sie schon einmal einen Dienstwagen in Pink gesehen?«

Sonja Kostalis schüttelte verblüfft den Kopf. Langsam konnte sie nachempfinden, was Erni Dräscher mit der Bemerkung meinte, ihr Bruder sei schwierig.

»Sehen Sie. Immer nur schwarz oder dunkelblau. Manchmal auch dunkelgrün. Sportliche Fahrer bevorzugen ebenfalls schwarz oder rot. Frauen lieben blau und gelb. Verstehen Sie?«

Die Polizistin verstand nichts.

»Und so ist das auch mit den Kennzeichen.« Er sah sie triumphierend an.

»Wie bitte?«

»Mit den Kennzeichen. Seit einigen Jahren können Autofahrer gegen eine Gebühr bei der Anmeldung ihres Fahrzeuges ihr Kennzeichen wählen. Sie glauben gar nicht, wie viele Herner Wagen mit HER-NE, HER-Z, HER-UM und so etwas durch die Gegend fahren. Und dann erst die aus Recklinghausen: Da gibt es RE-P, RE-X, RE-UE, RE-IN.« Erich Dräscher redete sich in Rage.

Sonja Kostalis musterte ihn mit zunehmender Fassungslosigkeit.

»Und erst die Zahlenfolgen: Geburtsdaten, Kaufzeitpunkt des Autos, Anzahl der Modelle. Einige fahren auch die Geheimzahl ihrer Scheckkarte am Auto spazieren.«

»Und Sie glauben, dass das alles ...«

»... auf den Menschen Rückschlüsse erlaubt, der den Wagen besitzt. Ja! Das ist mein Forschungsgebiet. Die Beziehungen zwischen Wagentyp, Farbe, Autonummer und Besitzer. Ich arbeite daran seit Jahren.« Er rollte zu einem Schrank und öffnete ihn. Darin standen Dutzende von Aktenordnern. »Sehen Sie hier. Alles sorgsam katalogisiert. Autotyp, Farbe und Kennzeichen der meisten Wagen, die in die Brandheide gefahren sind. Seit 1981. Natürlich nicht vollständig, leider. Ich kann ja nicht ständig auf meinem Balkon sitzen und mit dem Fernrohr die Fahrzeuge beobachten.«

Sonja Kostalis ging zum Fenster und sah über den Balkon zur Brandheide. Der Blick auf den Zufahrtsweg war frei. Nur der Parkplatz und der Weg weiter hinten in den Wald hinein waren durch Bäume verdeckt. Dann entdeckte sie das Fernrohr, das in einer Ecke des Balkons stand.

»Und Sie haben alle Kennzeichen der Autos notiert, die hier durchgefahren sind?«, fragte sie entgeistert.

»Und den Wagentyp? Seit 1981?« Erich Dräscher war total verrückt, soviel stand fest.

»Fast alle. Woche für Woche, selbstverständlich.«

Die junge Polizistin schluckte. »Woche für Woche? Heißt das, Sie können mir eine Liste der Fahrzeuge geben, die in der Woche um den 28. Februar herum hier durchgefahren sind?«

»Sicher. Sagte ich das nicht bereits? Aber ich brauche sie zurück. Meine Forschungen, verstehen Sie?«

Zehn Minuten später verließ Sonja Kostalis die Geschwister Dräscher mit einer nach Städten und Fahrzeugtyp geordneten Liste von etwas mehr als 600 Fahrzeugen. Und mit etwas Glück war der Wagen darunter, in dem Hubert Hasenberg seine letzte Fahrt in die Brandheide unternommen hatte.

37

Der Fan hatte kein Telefon. So fand er eines Tages neben der Werbung in seinem Briefkasten einen Brief seiner Mutter, in dem sie sich bitter über seine selbst gewählte Isolation beklagte und von ihren vergeblichen Versuchen berichtete, ihn in seiner Wohnung zu besuchen. Jetzt lud sie den Fan zu einem Familienfest ein, welches anlässlich ihres sechzigsten Geburtstages stattfinden sollte. Sie bat ihren Sohn eindringlich, zu ihrer Feier zu kommen. Dies sei der einzige Wunsch, den sie noch habe.

Der Fan fühlte sich eigentümlich berührt und beschloss, an der Geburtstagsfeier teilzunehmen.

Das Fest verlief so, wie er es erwartet hatte. Seine Mutter war ständig bemüht, ihren Gästen jeden Wunsch von den Augen abzulesen, und eilte ununterbrochen zwischen Küche und Wohnzimmer hin und her, um Kuchen und Kaffee, später Bier und Schnaps zu servieren. Der Fan saß schweigend auf dem Sofa zwischen seiner Schwester und ihrem Mann. Da er auf die Fragen seines Schwagers nach seiner beruflichen Situation nur wortkarg reagierte, schlief die Unterhaltung schnell ein. Seine Schwester sprach kaum mit ihm, vermutlich war ihr der Bruder fremd geworden.

Als sich die ersten Gästen verabschiedeten, nutzte auch der Fan die Gelegenheit und ging, sehr zum Bedauern seiner Mutter.

Etwa eine Woche später hörte der Fan zum ersten Mal die Stimme seines Vaters. Er hatte gerade seine Abendtoilette beendet und wollte sich schlafen legen, als jemand seinen Namen rief. Verblüfft ging er zu seiner Wohnungstür und lauschte, hörte aber nur Verkehrslärm von der Straße. Kopfschüttelnd legte er sich ins Bett. Plötzlich schreckte er hoch. Da war es wieder, ganz deutlich. Jemand rief ihn: Vater.

Drei Tage später meldete sich Vater erneut. Er erzählte von der Geisterwelt jenseits der Grenze des Todes, in der er lebte. Und er sprach mit dem Fan über früher, als sie gemeinsam auf Schalke waren. Vater erzählte, wie er den Fan auf seine Schultern gehoben hatte, damit dieser über die geschwenkten blau-weißen Fahnen hinweg einen Blick auf das Spiel werfen konnte. Er weckte die Erinnerung an Momente von Wärme und Geborgenheit, an Süßigkeiten nach Schalker Siegen und die gemeinsamen Besuche in Vaters Stammkneipe vor den Heimspielen.

In dieser Nacht schlief der Fan erst spät und tränenüberströmt ein.

In den Wochen darauf führte er einen regelrechten Dialog mit seinem Vater. Er erzählte ihm von seiner Arbeit, den neuen Spielern von Schalke und dann, nach einem gewissen Zögern, von seinen Ritualen und den Opfern, die er brachte. Zunächst hörte Vater aufmerksam zu, fragte neugierig nach und interessierte sich für jede Kleinigkeit. Vater verstand das mit den Trikots der Anderen, teilte seine Begeisterung für fremde Fußballarenen.

Als der Fan aber von seinem jüngsten Ritual berichtete, bemerkte er so etwas wie Unverständnis, ja, fast schien es ihm, als ob Vater etwas ungehalten wäre. Trotzdem erzählte der Fan weiter, froh jemanden gefunden zu haben, mit dem er seine geheimsten Gedanken austauschen konnte. Dann war er sich auf einmal sicher, dass Vater nicht mit ihm zufrieden war. Das ist nicht fair, mein Junge. Das ist nicht fair. So darfst du unseren Königsblauen nicht helfen, so nicht. Auf dem Rasen werden die Spiele entschieden, so nicht. Das ist nicht fair.

Nicht fair, gellte es in seinem Kopf. Nicht fair, nicht fair ... Vater hatte Recht. Tief in seinem Innersten wusste er das. Der Fan schlug sich mit den Fäusten gegen seine Ohren, bis sie schmerzten. Aber Vater ließ sich so nicht zum Schweigen bringen. Das ist nicht fair, mein Junge.

Voller Furcht verließ der Fan seine Wohnung, um ziellos in der Stadt umherzuirren. Schließlich kaufte er aus Verzweiflung an einem Kiosk eine Flasche billigen Schnaps. Sehr zum Ärger des Verkäufers öffnete er die Pulle noch an der Bude, trank hastig und erregt einige Schlucke und machte sich erst dann wieder auf nach

Hause. Noch auf dem Weg spürte er eine wohlige Wärme und leichte Benommenheit, die der ungewohnte Alkohol in ihm auslöste. Trotzdem hörte Vater nicht auf, auf ihn einzureden. Das ist nicht fair, mein Junge. Das ist nicht fair.

38

»Rüdiger, ich möchte dir Ingo Frühsel vorstellen, im Nebenberuf Hooligan. Er ist einer der Schläger aus dem Zug.« Kommissar Heiner Baumann schob einen pickeligen, ziemlich schmächtigen jungen Mann in das Büro. Frühsel versuchte Baumanns linke Hand an seiner Schulter mit einer unwilligen Bewegung seines Oberkörpers abzuschütteln. »Unser Freund hier hat versucht zu türmen. Da haben ihm die Kollegen Handschellen angelegt. Jetzt ist er friedlicher.«

»Pah!«, machte Frühsel verächtlich.

»Oha. Ein ganz harter Kerl«, grinste Brischinsky. »Nimm ihm die Handschellen ab.« Baumann sah seinen Chef fragend an.

»Nun mach schon.«

Als Frühsel Brischinsky gegenüber saß, hielt ihm der Polizist seine Zigarettenpackung entgegen. »Willste eine?«

»Für dich immer noch Sie, klar?«, bekam er patzig zur Antwort.

Brischinsky ließ die Zigarettenschachtel fallen und schraubte sich von seinem Platz hoch. Dann ging er langsam um seinen Schreibtisch herum und packte den Pickeligen mit seiner Rechten am Kragen. Frühsel machte Anstalten, sich zu wehren, ließ es aber dann doch.

Brischinsky zog den Hooligan zu sich hoch und sagte leise: »Mein Junge, einen größeren Gefallen kannst du mir nicht tun, als mich anzugreifen. Also los, mach schon. Mein Kollege hält sich raus.«

Als Frühsel nicht reagierte, lockerte Brischinsky seinen Griff. »Bist wohl doch nicht so ein Harter, was? Jetzt hör mir genau zu! Ich sage das nur einmal! Wir machen das hier auf zivilisierte Art und Weise oder ...« Der Hauptkommissar bequemte sich nicht zu einer Erklärung, welche Alternativen für Frühsel sonst in Frage kämen.

Brischinsky setzte sich wieder. »So, jetzt noch einmal von vorne.« Er griff zu seiner Zigarettenschachtel. »Willste 'ne Kippe?«

Wortlos griff der Hooligan eine Zigarette, nahm Brischinskys Feuerzeug und zündete sie sich an. Dann inhalierte er tief.

»Na, geht doch«, sagte der Hauptkommissar zufrieden und steckte sich auch einen Glimmstängel an.

Baumann stand noch immer an der Tür und beobachtete gespannt die Szene.

»Wat wollen Sie von mir?«, brach Ingo Frühsel als Erster das minutenlange Schweigen.

»Antworten.«

»Von mir erfahrn Se nichts. Absolut nichts.«

»Verstehe ich. Verstehe ich wirklich. Dann gehst du eben alleine in den Knast. Gefährliche Körperverletzung, versuchter Totschlag, unter Umständen Bildung einer kriminellen Vereinigung und Mord.«

»Mord? Dat können Se mir nicht anhängen. Damit hab ich nichts zu tun.«

»Wie alt bist du?«

»Neunzehn.«

»Neunzehn. Na toll. Wenn du Glück hast, wirst du noch nach dem Jugendstrafrecht verurteilt. Dann sind's nur zehn Jahre. Und so ein cooler Typ wie du sitzt zehn Jahre doch auf einer Arschbacke ab, oder? Antworten will ich haben, Antworten.«

Frühsel sah sich gehetzt um. »Darf der mir drohen? Zehn Jahre? Stimmt dat?«

Baumann studierte, ohne Frühsel anzusehen, äußerst interessiert den Kalender an der Seite ihres Schrankes und ignorierte die Frage.

»Aber da sitzt doch schon einer. Der war dat doch. Dat stand so in der WAZ. Dat können Se doch nicht mir unterschieben.«

»Ja, das stimmt. Da sitzt einer in U-Haft. Ein BVB-Fan wie du. Und wie der Tote.«

Der Verhörte schwieg.

»Lassen wir den Mord einmal weg. Heiner, wenn der junge Mann hier nicht nach Jugendstrafrecht abgeurteilt wird – mit welcher Strafe muss er rechnen?«

»Ich würde sagen: fünfzehn Jahre.«

Frühsel sagte immer noch kein Wort. Doch seine Kiefer mahlten vor Anspannung.

»Ich an deiner Stelle würde reden. Wir können beweisen, dass du im Zug dabei warst. Bestimmt finden wir Zeugen, die gegen dich aussagen. Unter den Schalkern natürlich. Und dann ...«

»Scheiße.«

»Stimmt. Und du steckst da ziemlich tief drin.«

Frühsel zog an der Zigarette. »Wat springt für mich dabei raus, wenn ich allet sage, wat ich weiß?«

»Mit mir kannst du nicht handeln. Aber ich verspreche dir, dass der Richter erfährt, dass du freiwillig eine Aussage gemacht hast.«

Eine halbe Stunde später hielt Hauptkommissar Rüdiger Brischinsky eine unterschriebene Aussage von Ingo Frühsel in den Händen. Der Polizist kannte die Namen der meisten Schläger, die den Wagon der Emschertalbahn zwischen Herne und Castrop überfallen hatten. Er wusste, wer die Anführer der Gruppen waren und wie die Aktion abgelaufen war. Aber ob Droppe derjenige gewesen war, der Kröger das Messer in die Brust gestoßen hatte, wusste er immer noch nicht. Und der Mörder von Hubert Hasenberg lief möglicherweise auch noch frei herum. Wenigstens im Fall Martin Pleiße sah alles nach Selbstmord aus. Wenn Elisabeth Großkopf-Schmittdellen nicht doch Recht hatte. Je länger die Ermittlungen dauerten, desto unsicherer wurde Brischinsky. Gab es einen Serientäter? Oder hatten die Morde möglicherweise nichts miteinander zu tun? Wunder hatte ihm geraten, sich an die Fakten zu halten. Aber sein Gefühl ...

Sonja Kostalis störte seine Gedanken. »Chef, das müssen Sie sich ansehen«, überfiel sie den Hauptkommissar und Heiner Baumann, nachdem sie ohne anzuklopfen in das Büro gestürmt war. »Die Liste hier, ich habe hier eine Liste ...« Atemlos wedelte die junge Polizistin mit ihren Unterlagen. »Also, ich habe hier eine Liste mit Autonummern ... Da ist auch eine aus München ...«

»Immer langsam mit die jungen Pferde. Jetzt kommen Sie erst einmal zu sich. Und dann alles der Reihe nach.«

Sonja Kostalis holte tief Luft. »Ein Anwohner der Brandheide hat ein ... Na ja, wie soll ich das nennen? ... etwas seltsames Hobby. Er sammelt Autokennzeichen, weil diese seiner Meinung nach zusammen mit dem Wagentyp und der Farbe des Fahrzeuges Rückschlüsse auf den Eigentümer zulassen.«

Brischinsky verstand nur Bahnhof und so sah er auch aus. »Was macht der?«

»Die Motive Erich Dräschers sind nun wirklich nicht wichtig, sondern ...«

»Dräscher?«

»Der Anwohner.«

»Aha.«

»Wichtig ist, dass Erich Dräscher in jeder freien Minute am Fenster hängt und die Kennzeichen aller Autos notiert, die in das Waldstück fahren. Woche für Woche.

Und auch am 28. Februar hat er die Nummern aufgeschrieben. Ich habe sie hier!« Triumphierend legte sie die Liste auf Brischinskys Schreibtisch. »Und wenn wir Glück haben, ist die Autonummer des Täters auch dabei.«

Der Hauptkommissar griff nach der Unterlage und warf einen flüchtigen Blick darauf. »Wie viele Nummern sind das?«, fragte er vorsichtig.

»Ich habe sie eben gezählt«, versicherte Sonja Kostalis stolz. »711.«

»Wiederholen Sie das noch einmal.«

»Nur 711.«

»Ach, sagten Sie ›nur‹ ...? Frau Kostalis, haben Sie auch nur die geringste Vorstellung davon, was es bedeutet, eine solche Anzahl von Halterfeststellungen vorzunehmen, anschließend jeden einzelnen Fahrzeughalter aufzusuchen und zu befragen und gegebenenfalls die Fahrzeuge und auch deren Fahrer auf Spuren zu untersuchen? Und da sagen Sie: nur 711. Nur! Mir wäre fast lieber, Sie hätten keine solche Liste.« Brischinsky warf die Blätter wieder auf den Schreibtisch.

Sonja Kostalis wirkte enttäuscht, gab aber nicht so schnell auf. »Aber es ist doch nur eine Münchener Nummer darunter. Nur eine«, bekräftigte sie.

»Eine Münchner Nummer?« Das Interesse des Soko-Leiters war wieder geweckt. »Zeigen Sie mal her.« Brischinsky schnappte sich die Liste und begann zu suchen.

»Weiter hinten. Unter M«, klärte ihn die junge Frau auf.

»Klar. Unter M. Wo sonst.« Brischinsky begann zu blättern und wurde schließlich fündig. »Tatsächlich. MXT 213.« Der Hauptkommissar griff zum Telefonhörer. »Wenn das der Wagen von Stadder oder Bröhler ist, dann haben wir sie.«

»Herr Hauptkommissar ...«, unterbrach ihn Sonja Kostalis aufgeregt. »Ich habe schon ...«

»Was haben Sie schon?«

»Eine Halterfeststellung vorgenommen.«

»Das sagen Sie erst jetzt? Ja, und?«

»Der Wagen gehört nicht Stadder oder Bröhler. Es ist ein Mietwagen. Von Sixt.«

»Mist. Dann müssen wir feststellen, wer den Wagen ausgeliehen hat.«

»Das habe ich auch schon gemacht. Das Fahrzeug, ein blauer BMW der Dreierreihe, wurde am 27. Februar um zehn Uhr abends in der Sixt-Filiale in der Münchner Innenstadt ausgeliehen und am übernächsten Tag, sonntagmorgens um elf, am Flughafen München wieder abgegeben.«

Brischinsky sah seine junge Mitarbeiterin erstaunt an. »Gute Arbeit, das muss ich sagen. Wirklich gute Arbeit, Frau Kollegin.«

Sonja Kostalis strahlte. »Noch etwas. Der Entleiher des Fahrzeuges musste sich durch die Vorlage seines Personalausweises legitimieren. Der Ausweis war auf den Namen Werner Müller, Schreberstraße 33 in München ausgestellt.«

»Großartig.«

Die Beamtin zur Anstellung strahlte noch mehr. »Leider nicht so ganz. Der Ausweis war gefälscht. Es gibt keinen Werner Müller unter dieser Anschrift. Und die Ausweisnummer stimmt nach Auskunft des Einwohnermeldeamtes auch nicht.«

Brischinsky dachte einen Moment laut nach: »Da leiht jemand mit falschem Personalausweis in München ein Fahrzeug aus und fährt damit an dem Tag, an dem der Münchener Hubert Hasenberg in der Brandheide ermordet wird, in eben diesem Waldgebiet spazieren und gibt dann den Wagen am nächsten Tag wieder in München ab. Seltsamer Zufall. Wirklich seltsam ... Baumann, hat eigentlich unser Kollege Husenau schon auf unser Fax reagiert?«

»Keine Ahnung. Da müsste ich Krawatzki fragen, ob der ...«

»Was? Ich hör wohl nicht richtig? Vor vier Tagen jagen wir eine dringende Bitte an unsere bayerischen Kollegen los und dann kümmert sich keiner mehr darum? Häng dich sofort an die Strippe und frag nach. Und bitte Husenau, mit einem Foto von Stadder und Bröhler die Mitarbeiter der Sixt-Agentur zu befragen. Vielleicht kommen wir ja so weiter.«

Baumann griff zum Hörer.

Brischinsky begann wieder seinen Gedanken nachzuhängen. Nun schien es wieder, als gäbe es doch keinen Serientäter. Wenn der Wagen tatsächlich etwas mit dem Mord an Hasenberg zu tun hatte. Oder aber – der Serientäter war nach München gefahren, hatte dort den Wagen geliehen und war dann wieder ... Aber weshalb sollte ein Täter so vorgehen? Wenn sich allerdings herausstellen würde, dass der tote Martin Pleiße sich nicht selbst umgebracht hatte, dann ... Brischinsky seufzte. Zu viele Wenns.

»Chef«, begann Baumann vorsichtig. »Unser Fax ist verloren gegangen.«

»Was sagst du da?«

»Ich schicke es sofort noch mal.«

Brischinsky holte tief Luft, schluckte dann aber die Bemerkung, die ihm auf der Zunge lag, wieder herunter. »Mach das bitte«, presste er durch die Zähne und schüttelte den Kopf.

39

Drei Wochen, nachdem der Fan das erste Mal mit seinem Vater gesprochen hatte, kam er nach Hause und fand zum zweiten Mal eine schriftliche Nachricht seiner

Mutter im Briefkasten. Es sei etwas Schreckliches passiert und er müsse sofort kommen.

Er erwog für einen Moment, diese Bitte zu ignorieren, dachte aber dann, dass dies Vater sicher nicht recht wäre, und so machte er sich unverzüglich auf den Weg nach Erle.

Zu seiner Überraschung fand er dort viele Verwandte vor, die er schon seit Jahren nicht mehr gesehen hatte. Seine Mutter fiel ihm mit tränenüberströmtem Gesicht um den Hals und teilte ihm schluchzend mit, dass seine Schwester in Bayern Opfer eines Verkehrsunfalles geworden sei, genau wie vor zwei Jahrzehnten sein Bruder.

Der Fan war wie versteinert. Zwar hatte er schon seit Jahren keinen Kontakt mehr zu seiner Schwester, trotzdem spürte er eine seltsame Betroffenheit, so dass er seiner Mutter spontan zusagte, sie und einen seiner Onkel auf der Fahrt zur Beerdigung seiner Schwester nach Bayern zu begleiten.

Die Fahrt einige Tage später wurde für ihn zur Tortur. Er hatte im Fond des Wagens seines Onkels Platz genommen, um sich möglichst nicht an der Unterhaltung beteiligen zu müssen. Stattdessen wollte er in Ruhe mit Vater sprechen und ihn um Rat bitten, wie er mit diesem eigenartigen Gefühl in seinem Inneren fertig werden konnte. Aber seine Mutter drehte sich während der Autofahrt ständig zu ihm um, befragte ihn ausführlich nach seiner Arbeitsstelle und seinen Hobbys, wollte von ihm wissen, ob er eine Freundin habe. Sein Onkel sekundierte mit anzüglichen Bemerkungen über junge Männer und sturmfreie Buden.

Dann begann der Onkel, der bemerkte, dass dem Neffen dieses Gesprächsthema nicht behagte, den Fan in eine Diskussion über die letzte Weltmeisterschaft und das Ausscheiden der deutschen Nationalmannschaft zu verwickeln, doch er musste zu seinem Erstaunen feststellen, dass dem Fan die Nationalmannschaft mit Ausnahme der in ihr vertretenen Schalker Spieler völlig egal war. Als der Fan weiterhin einsilbig blieb, ließen sie ihn endlich in Ruhe und er konnte mit Vater sprechen.

Vater meinte, sein Gefühl sei Trauer.

Der Fan wollte das zunächst nicht glauben, da er doch nur noch selten an seine Schwester gedacht hatte. Vater jedoch meinte, das sei die Stimme des Blutes, die er verspüre. Dagegen käme man einfach nicht an. Das leuchtete dem Fan ein, und da er ohnehin immer auf Vater hörte, gab er sich dem Gefühl vollständig hin.

Die Beerdigung seiner Schwester traf ihn tief. Als der Vater gestorben war, hatte er noch nicht richtig begreifen können, was der Verlust eines nahe stehenden Menschen bedeutete. Bei seiner Schwester war das anders. Sie wurde nach katholischem Ritus beerdigt und fast das gesamte Dorf, in dem sie mit ihrem Mann gelebt hatte, war anwesend. Die Gesänge und die Predigt des Priesters klangen dem Fan noch lange in den Ohren.

Als der Sarg zum Grab getragen wurde und der Fan die Trauer seiner Mutter und seines Schwagers wahrnahm, lief er davon. Er konnte das Gefühl nicht länger ertragen. Er rannte über den Friedhof die abschüssige Straße ins Dorf hinab und bestieg den ersten Bus, der ihn in die nahe Kreisstadt brachte. Von da fuhr er mit der Bahn nach München.

Den Hauptbahnhof in München kannte er. Sein aufgewühltes Inneres beruhigte sich, außerdem sprach Vater besänftigend zu ihm. Der Fan kaufte sich eine Fahrkarte nach Gelsenkirchen und fuhr heim.

Eine Woche nach seiner Rückkehr aus Bayern hörte er dann die anderen Stimmen. Sie waren nicht eindeutig einer Person zuzuordnen, so wie das bei Vater der Fall war. Manchmal hatte er das Gefühl, seine Schwester spräche zu ihm, Vater aber meinte, dies sei unmöglich. Später vielleicht, aber der Zeitpunkt sei noch zu früh.

Die anderen Stimmen waren nicht freundlich und sanft. Sie forderten, drängten, gaben ihm unerwünschte Ratschläge. Dagegen sprach Vater nur mit ihm, wenn er ihn rief oder wirklich brauchte. Die anderen Stimmen aber mischten sich in sein Leben ein, überfielen ihn mit Fragen, Befehlen, ja sogar Beschimpfungen zu Zeiten, wo er sich auf anderes konzentrieren musste.

Die Stimmen waren nicht seine Freunde. Selbst Vater gelang es nicht immer, ihnen Einhalt zu gebieten. Dann redeten sie stundenlang auf den Fan ein, zehn oder zwanzig. Er solle aktiver gegen die Anderen vorgehen, weil Schalke sonst verlieren würde. Er dürfe nicht nur an seine Sicherheit denken, forderten sie, sondern müsse sein Leben uneigennützig dem Verein zur Verfügung stellen. Und er müsse seine Rituale intensivieren.

Vater versuchte, die Stimmen unter Kontrolle zu bringen und den Fan zu beruhigen. Trotzdem meldeten sich die Stimmen immer öfter und immer heftiger. Der Fan verspürte quälende Kopfschmerzen, verlor die Fähigkeit, klar zu denken, auch wenn die Stimmen ihn in Ruhe ließen. Und er dachte häufig an den Tod.

40

»Wo hast du die Karten für das Spiel gekauft?«, wollte Cengiz von Rainer wissen, als der ihn am Freitagnachmittag abholte.

»Bei Stan Libudas Bude in Schalke, wo sonst?«

»Bei Libuda, klar. Ich denke, der ist tot?«

»Ist der auch. Aber seine Bude gibt's noch.«

»Aha. Das heißt, wir stehen gleich mitten im Schalker Fanblock?«

»Logo.«

»Und wenn da einige was gegen Ausländer haben?«

»Warum sollten sie?«

»Genau das frage ich mich auch schon seit Jahren. Und trotzdem gibt es die Übergriffe gegen uns.«

»Ich denke, du bist kein Ausländer?«

»Bin ich auch nicht. Ich sehe aber wie einer aus.«

»Auch wieder wahr. Also, häng dir den Schal von Schalke um den Hals, dann hält dich jeder, der latent ausländerfeindlich ist, für integriert.«

»Ich bin integriert«, protestierte Cengiz. »Nur manche der ausländerfeindlichen Schwachköpfe anscheinend nicht.«

»Jetzt mach dir nicht ins Hemd und komm.« Rainer zog seinen Freund aus dessen Wohnung. »Wir sind schon spät dran. Übrigens, Kurt kommt auch mit. Wir treffen uns vor dem Stadion.«

»Wer ist Kurt?«

»Habe ich dir doch erzählt. Kurt Schacklowski. Mein Kumpel von früher aus der Teutoburgia-Siedlung.«

»Auch das noch.« Cengiz ahnte Böses.

»Nein, keine Panik. Ich fahre.«

»Nur hin?«

»Nee, auch zurück«, versicherte Rainer.

»Na, dann schaun mer mal.«

Als Cengiz Rainers Jugendfreund sah, fiel ihm vor Verblüffung die Kinnlade herunter. Kurt Schacklowski wirkte, als ob er auf dem Weg zum nächsten Karnevalsumzug wäre. Der Schalke-Fan war etwa Ende dreißig, fast zwei Meter groß, hatte ein zerfurchtes und vernarbtes Gesicht und schleppte einen gigantischen Bierbauch vor sich her. Sein blondes Haar war schon ziemlich schütter. Ihn schmückte ein Schnauzer, der an den Seiten bis zu den Mundwinkeln herabhing. Bei ihrer Begrüßung offenbarte sein geöffneter Mund das Fehlen von drei Vorderzähnen. Frankenstein lässt grüßen, dachte Cengiz.

Noch beeindruckender als seine Gestalt war Schacklowskis Outfit. Er war mit einem knappen T-Shirt mit der Aufschrift UEFA-Cup Sieger 97 Schalke 04 bekleidet, das sich über seinen gewaltigen Bauch spannte. Darüber trug er eine Art Gehrock, der vollständig mit mehr oder weniger originellen Aufnähern mit Sprüchen und Symbolen gegen Schiedsrichter im Allgemeinen und Fans anderer Vereine im Besonderen sowie Emblemen befreundeter Fußballklubs geschmückt war. Seine blaue Jeans zierten aufgenähte Sprüche wie: Who the fuck is Borussia Dortmund? oder Bayern München – Nein danke. Natürlich hatte Schacklowski einen blauweißen Schal um den Hals. Die Krönung aber war ein Wikingerhelm in Blau-Weiß, an dessen Hörnerspitzen kleine Glöckchen angebracht waren, die bei jeder Bewegung bimmelten. Kurt Schacklowski weckte in Cengiz Assoziationen an eine Milka-Kuh.

»Friert der nicht?«, flüsterte Cengiz seinem Freund zu. »Nur in einem T-Shirt mit Kutte?«

»Ach was. Der schreit sich warm. Außerdem ist er der Fahnenschwenker. Und den Rest macht der Schabau.«

»Na dann.« Erst jetzt musterte Cengiz die drei Holzstöcke genauer, die Schacklowski mit sich durch die Gegend schleppte. »Ist das die Fahne?«, fragte der Türke laut.

»Genau«, antwortete die Milka-Kuh. »Dat isse. Stockhöhe über sechs Meter. Wird einfach zusammengesteckt. Fahnengröße fünf mal zwei Meter. Da brauchse wat in die Arme, um dat Ding zu schwenken, dat sach ich dir abba. Muss zu jedem Spiel mit. Is egal, ob auswärts oder auf Schalke. Hat unser Fanklub selbst gemacht. Also, eigentlich mehr unsere Frauen, wa«, schränkte er ein. »Abba die Stöcke, die ham wir besorcht, wa.«

Cengiz war gebührend beeindruckt. Er warf seinem Freund einen Blick zu, der auf Rainer wenig schmeichelhaft wirkte, und sagte etwas ungehalten: »Sollen wir hier Wurzeln schlagen? Lasst uns gehen.«

Die erste Halbzeit des Fußballspieles verlief torlos und ausgesprochen langweilig. Lediglich die Anfeuerungsgesänge und Schmährufe der gegnerischen Fanblocks lockerten das harmlose Gekicke auf dem Rasen etwas auf.

»S 04, die Scheiße vom Revier«, grölten die Bochumer.

»Absteiger, Absteiger«, vermuteten die Schalker.

Kurt Schacklowski jedenfalls war trotz allem begeistert. Er bejubelte jeden Ballverlust der Bochumer mit frenetischem Gebrüll und jedes Mal, wenn ein ballführender Schalker Spieler die Mittellinie überquerte, schwen- kte er begeistert seine überdimensionale Fahne. In der Halbzeitpause war Kurt trotz spärlicher Kleidung und knappen dreizehn Grad Lufttemperatur schweißgebadet.

»Ich geh getz auf'n Bier. Soll ich euch wat mitbringen?«, wollte Frankenstein wissen.

»Warte. Ich gehe mit«, unterstützte ihn Rainer.

Cengiz sah seinen Freund fragend und skeptisch an. »Ich dachte, du wolltest fahren?«

»Mach ich doch. Willst du auch ein Wasser? Wein gibt's hier ohnehin nicht«, grinste Rainer.

Cengiz nickte. »Beeilt euch bitte. Hier sehen nicht alle so Vertrauen erweckend aus wie du, Kurt.« Dem Angesprochenen entging die Ironie.

Das Spiel lief schon zehn Minuten wieder, als Rainer und Kurt zurückkehrten.

»Mann, wo bleibt ihr denn?«, empörte sich Cengiz. »Ich dachte, ihr wolltet nur was zu trinken holen?« Er sah auf die leeren Hände seines Freundes. Kein Mineralwasser. »Bist wohl wieder über ein Bierfass gestolpert, was?«

»Ach was. Hör lieber zu, was uns passiert ist. Du fasst es nicht, glaub mir. Am Bierstand eine Ebene unter uns hat Kurt einen Kumpel aus Herne getroffen.«

»Na und? So was soll ja vorkommen.«

»Halt doch mal die Klappe. Und dieser Kumpel hat Kurt erzählt, dass er gegen Ende der ersten Halbzeit pinkeln wollte. Auf der Toilette ...«

»Rainer!«

»Nee, das ist wirklich wichtig. Der Kumpel ist also zur Toilette gegangen und hat da gesehen, wie ein Kerl im Bochumer Trikot einen anderen Bochumer Fan zusammengetreten hat.«

»Na und? War der Zusammengeschlagene vielleicht Türke? Wenn ich mich hier so umsehe ...«

»Cengiz, bitte! Der Kumpel von Kurt meint, den Schläger zu kennen. Der war bei ihm im Fanklub Buer. Das ist ein Fanklub von Schalke. Dämmert es jetzt?«

»Wenn ich ehrlich bin, nein.«

»Ein Schalke-Fan schlägt im Bochumer Trikot einen Bochumer Fan zusammen. Du hast mir doch gesagt, dass einer aus dem Zug erzählt hat, ein Dortmunder hätte die Dortmunder zusammengehauen, oder? Dann dieser Italiener, der mit Droppe in dem Wagon war. Der hat mir gesagt, dass es ein Dortmunder gewesen sei, der mit dem Messer hantiert hat. Und jetzt ein Bochumer einen Bochumer. Na?«

»Schaaalke!«, schrie Kurt plötzlich mit weiteren fünftausend Menschen. »Schaaalke!«

»Und jetzt meinst du, die beiden könnten identisch sein?«, fragte Cengiz, als sie ihr eigenes Wort wieder halbwegs verstehen konnten.

»Wäre doch möglich.«

»Wäre möglich, stimmt. Oder auch nicht. Selbst wenn der Kumpel deines Kumpels Recht hat. Was heißt das denn schon? Wenn ein Schalker, der aussieht wie ein Bochumer, einen Bochumer verprügelt und derselbe oder ein anderer Schalker, der aussieht wie ein Dortmunder, einen Dortmunder zusammenschlägt, warum kann dann nicht ein Dortmunder, der auch aussieht wie ein Dortmunder, einen Dortmunder im Suff erstechen, hä?«

Rainer schwieg betreten.

»Und? Wart ihr auf dem Klo? Habt ihr diesen seltsamen Bochum-Schalke-Mischling gesehen?«

»Wir waren da. Aber wir haben keinen mehr gesehen. Und trotzdem: Es wäre möglich.«

»Hast du wenigstens den Namen des Schlägers?«

»Nee, den wusste der Kumpel von Kurt auch nicht.«

»Und wie sah der aus?«

»Groß, schwarzhaarig, etwas ausgemergelt. So beschreibt ihn Kurts Freund.«

»Die Beschreibung dürften hier im Stadion auf Tausende passen.«

Rainer wirkte plötzlich wie elektrisiert. »Du meinst, der ist noch im Stadion?«

»Warum denn nicht?«

»Komm, wir suchen den Typ.«

»Rainer, hier sind Zehntausende von Zuschauern. Wie willst du mit dieser Beschreibung ...?«

»Das weiß ich auch. Ich habe seinen Kumpel kennen gelernt«, er zeigte auf den fahnenschwenkenden und brüllenden Schacklowski, »und der hat den Schläger gesehen. Und jetzt los.«

Rainer bat die Milka-Kuh um Unterstützung und bereitwillig betätigte sich Kurt als Eisbrecher. Er schob sich durch die wogende Menschenmasse, Rainer und Cengiz im Schlepptau. Aufkommender Unmut der gewaltsam beiseite Gedrückten wurde mit einem knappen »Halt's Maul, du Arsch« im Keim erstickt und tatsächlich hatte Kurt Schacklowski nach zehnminütiger Suche seinen Freund in einem Pulk Blau-Weißer am Rande der Gegentribüne wieder gefunden.

»Wir brauchen deine Hilfe«, schrie Rainer, um das ohrenbetäubende Pfeifen zu übertönen. Auf dem Rasen war Thon zum wiederholten Mal gefoult worden.

»Wobei?«

»Wir suchen den Kerl, den du in der Toilette gesehen hast.«

Der Schalker sah Rainer säuerlich an, als ob ihm dieser einen unsittlichen Antrag gemacht hätte. »Warum?«

»Ich möchte von ihm wissen, warum er als Schalker Fan im Bochumer Outfit einen Bochumer zusammenschlägt.«

»Dann such mal schön.«

Es schien, als ob ihre Unterhaltung damit beendet wäre. Rainer sah Kurt bittend an. Der beugte sich zu dem anderen herunter und flüsterte ihm etwas ins Ohr.

»Scheiße. Ihr könnt einem ganz schön auf die Nerven gehen.« Der Fan sah sich suchend um. Dann sagte er: »Da oben. In dem Block direkt neben den Kurvenplätzen. An der Treppe. Der mit den schwarzen Haaren. Jetzt hat er ja kein Bochumer Trikot mehr an, sondern wieder einen Schalke-Schal. Komisch.«

»Wo?«, fragte Rainer aufgeregt.

»Da oben.« Der Schalker zeigte mit der ausgestreckten Hand auf den Gesuchten.

Rainers Augen folgten dem Hinweis. »Der sich jetzt eine Zigarette ansteckt?«

»Genau der. Und jetzt will ich das Spiel sehen.«

»Cengiz, dort.« Rainer versuchte, seinen Freund auf den Schläger aufmerksam zu machen, und hob seinen Arm. »Direkt neben der Treppe. Er stützt sich auf den Handlauf.«

»Ja, ich sehe ihn.«

Aber auch der Beobachtete war auf die Freunde aufmerksam geworden. Für einen Moment trafen sich ihre Blicke. Dann verschwand der Schalker auf der Treppe.

»Mensch, der haut ab«, rief Rainer und zwängte sich durch die Zuschauer in Richtung einer der Ausgänge. Hinter ihm schloss sich die Gasse wieder.

Cengiz wollte ihm nach, aber die Fans, durch die sich Rainer eben gedrängt hatte, machten nicht den Eindruck, als ob sie ein zweites Mal bereitwillig zur Seite treten wollten.

»Schaaalke, Schaaalke!«, brüllten sie plötzlich, als sich die Blau-Weißen auf dem Rasen dem gegnerischen Strafraum näherten. Hunderte Zuschauer sprangen auf, reckten ihre Hälse, drängelten, um das Geschehen auf dem Spielfeld besser verfolgen zu können, und bildeten eine undurchdringliche Mauer. Als Cengiz mit sanfter Gewalt ein Durchkommen versuchte, zischte ihm einer der vor ihm Stehenden zu: »Gib Ruhe, Kanake, sonst knallt's.«

Da verzichtete der Türke darauf, Rainer zu folgen. In diesem Chaos würde er ihn ohnehin nicht wieder finden. Stattdessen fragte er Kurt, womit dieser den Sinneswandel seines Kumpels herbeigeführt hatte. Die Milka-Kuh sagte es ihm.

»Aber er ist doch dein Freund.«

»Aber kein besonders guter«, griente Kurt Schacklowski. Und schwang die riesige Fahne.

41

Elisabeth Großkopf-Schmittdellen rauschte spätabends in das Büro und deponierte wortlos ein Mittelgebirge von Aktenordnern auf Brischinskys Schreibtisch.

»Was soll ich damit?«, fragte der verwundert.

»Sehen Sie es sich an.«

Der Hauptkommissar winkte ab. Sein Interesse galt weniger den Akten als der Überbringerin. Diese Frau sieht einfach gut aus, dachte Brischinsky. »Erzählen Sie es mir. Was sind das für Akten?«

»Eingestellte Verfahren der Staatsanwaltschaft. Fast ausnahmslos schwere Körperverletzung. In einigen Fällen auch in Tateinheit mit Raub.«

»Und?« Ungeduldig schob Brischinsky den Aktenberg beiseite.

»Nach Heimspielen von Schalke kommt es regelmäßig zu Überfällen auf Fans der anderen Mannschaft , die ...«

»Und diese Akten schleppen Sie hier an? Schlägereien zwischen Fangruppen gehören zum Alltag in deutschen Fußballstadien. Das haben Sie mir selbst ...«

»Lassen Sie mich bitte ausreden. Diese dreiundzwanzig Überfälle hier«, die Psychologin klopfte mit der rechten Hand auf den Aktenstapel, »unterscheiden sich gravierend von den üblichen Prügeleien. Sie wurden immer von einem Einzeltäter verübt, der sich anscheinend gezielt seine Opfer aussucht und immer nach einem identischen Muster vorgeht.«

»Ein Muster?« Brischinsky deutete auf den freien Stuhl vor Baumanns Schreibtisch.

»Alle Überfallenen haben ausgesagt, von einem Anhänger ihres eigenen Vereins um Hilfe gebeten worden zu sein. Als sie sich dann dem vermeintlich Hilfsbedürftigen genähert hatten, habe dieser ihnen plötzlich Tränengas in die Augen gesprüht und mit einem Schlagring auf sie eingeschlagen. Die Opfer haben teilweise erhebliche Verletzungen erlitten.« Elisabeth Großkopf-Schmittel kramte ein Foto aus einem der Ordner hervor und hielt es Brischinsky hin. Der schaute nur kurz auf das Bild: Das Gesicht des Zusammengeschlagenen wies eine gewisse Ähnlichkeit mit einer zermatschten Tomate auf.

»Wieso nahmen die Geschädigten an, jemand aus ihrem Lager vor sich zu haben?«

»Er trug immer das Trikot ihres Vereins.«

»In allen Fällen?«

»In allen Fällen!«

»Und der Täter hat seine Opfer beraubt?«

»Manchmal. Schal, Mütze, Vereinsfahne. Nie Wertsachen. Kein Geld.«

»Ein Devotionalienjäger?«

»Oder Kriegsbeute.«

»Hm.« Brischinsky griff zu einer Akte und blätterte darin. »Alle ungeklärt?« Er sah die LKA-Beamtin fragend an. Diese nickte nur.

»Was ist mit einer Täterbeschreibung?«

»Die meisten der Überfallenen konnten nur sehr grobe Angaben machen: schwarzhaarig, groß, schlank, Mitte zwanzig. Aber eines der Opfer verdiente sich seine Brötchen als Maler. Er macht Porträts auf Jahrmärkten. Sie kennen doch diese Schnellzeichner, die in zehn, fünfzehn Minuten ein Bild anfertigen.«

Brischinsky brummte Zustimmung. Eines dieser Kunst-werke zeigte ihn und verstaubte in seinem Keller.

»Dieser Mann war ein Glücksfall. Er war darauf trainiert, sich die wesentlichen Gesichtsmerkmale in Sekundenschnelle einzuprägen. So konnte ein recht präzises Phantombild angefertigt werden.«

»Tatsächlich?«

»Ja. Es liegt hinten in der Akte, die Sie in der Hand halten.«

Brischinsky sah sich das Bild an. Es zeigte ein hageres Gesicht mit etwas hervorstehenden Backenknochen, buschigen Augenbrauen und zurückliegenden Augenhöhlen. »Der Mann sieht so ... Ja, etwas eigenartig aus. Bei einem brutalen Schläger würde ich eine andere Physiognomie vermuten.«

»Das ist mir auch sofort aufgefallen. Der ganze Ausdruck, er wirkt irgendwie melancholisch.«

»Haben die Gelsenkirchener die Zeichnung nicht veröffentlicht?«

»Natürlich. Aber die Ermittlungen sind trotzdem im Sand verlaufen.«

Der Hauptkommissar klappte den Aktendeckel zu. »Das kommt vor. Ich vermute, Sie wollen Ihre Serientäterhypothese untermauern? Deshalb haben Sie doch das Zeug angeschleppt, oder?«

Die Psychologin lächelte. »Ich weiß, dass in den Fällen Hasenberg und Pleiße einiges gegen meine Vermutungen spricht. Aber bei Kröger ...« Sie sprach nicht weiter.

»War's der Droppe«, ergänzte Brischinsky ungeniert. »Ich bin mir sicher.« Fast, ergänzte er in Gedanken.

Ein Handy klingelte. Beide Beamten reagierten reflexartig: Brischinsky durchwühlte die Taschen seines Sakkos, die Psychologin ihre Handtasche. Sie förderte als Erste ein piependes und blinkendes Gerät ans Tageslicht.

Scheißdinger, dachte der Kommissar. Das ist erst der Anfang. Bald rennt jeder zwischen acht und achtzig mit so einem Kommunikator durch die Gegend. Dann piepst und klingelt es ohne Unterbrechung. Und alle in einem Umkreis von fünfzig Metern wollen die Anrufe entgegennehmen. Dieser Gedanke erheiterte ihn.

Elisabeth Großkopf-Schmittdellen hatte ihr kurzes Telefonat beendet. »Das war Frau Kostalis. Sie war in meinem Auftrag unterwegs.«

»Was war sie?«

»Ich habe sie gebeten, mir bei meinen Ermittlungen zu helfen.«

Brischinsky blieb die Luft weg. Was erlaubte sich diese ... diese Psychologin. »Ihre Ermittlungen?«, fragte er gedehnt.

»Ja, natürlich.« Sie strahlte ihn an. »Sie haben doch sicher keine Einwände, oder?«

Der Kommissar schluckte. Eine Stunde würde nicht reichen, um alles aufzuzählen, was er dagegen hatte, wenn sich jemand in seine Ermittlungen einmischte.

»Frau Kostalis war sehr erfolgreich.«

»Was Sie nicht sagen.«

»Ich habe sie mit dem Phantombild zu den uns bekannten Zeugen der Schlägerei geschickt. Zwei von ihnen haben den Mann zweifellos wieder erkannt.« Sie fischte erneut die Zeichnung aus der Akte. »Dieser Mann war in dem Wagon, in dem Kröger umgebracht worden ist.«

Brischinsky, der sich halb erhoben hatte, ließ sich wieder auf seinen Stuhl fallen. Das hatte ihm noch gefehlt.

42

Rainer rannte die Treppe hoch. Er nahm zwei, drei Stufen mit jedem Satz. Im Laufen sah er sich um. Wo, zum Teufel, steckte Cengiz? Immer wenn man ihn brauchte ...

»Kannst du Arsch nicht aufpassen?«, brüllte ihn ein Mittvierziger an, der dank Rainers Ungestüm einen großen Teil seines Getränkes nicht mehr im Plastikbecher, sondern auf dem Jackenärmel hatte.

»'tschuldigung«, stieß Rainer hervor und hastete weiter durch die Gänge des Fußballstadions. Wo war der Kerl nur? Er musste doch irgendwo hier ...

Zehn Meter entfernt und durch eine Gruppe Bochumer Fans von ihm getrennt, entdeckte Rainer den Hinterkopf eines groß gewachsenen Schwarzhaarigen. Mit Brachialgewalt stieß er die anderen Fußballfans zur Seite, drängte sich vorbei und entging nur deshalb einer Tracht Prügel, weil er rief: »Tut mir Leid, ich muss kotzen!«

Dann war er durch. Er spurtete um die Ecke, hinter der der Hagere verschwunden war und rannte frontal gegen einen Typen, der sich gerade über eine Bratwurst hermachte. Durch den Aufprall brach das größere Stück der Wurst ab und landete auf dem Boden. Der Papierteller klappte um und Senfspritzer schmückten die Oberbekleidung des Schalkers.

»Scheiße! Was soll denn das?«, schrie der empört auf.

Zerknirscht schaute der Anwalt dem Schwarzhaarigen ins Gesicht. Was er sah, gefiel ihm nicht besonders. Zum einen sah der Kerl so aus, als ob er Rainer jeden Augenblick seine Rechte in den Magen donnern würde, zum anderen war es nicht der Gesuchte.

Esch hob entschuldigend beide Arme. Dann griff er in die Tasche, holte sein Portmonee heraus und kramte einen Fünfer hervor. Er hielt dem Geschädigten den Heiermann hin und meinte zerknirscht: »In Ordnung?«

Sein Gegenüber nickte gnädig und kassierte die Knete.

Rainer drehte ab und machte sich enttäuscht auf den Rückweg. Er hatte gerade wieder den Pulk Bochumer passiert, die anscheinend immer noch Debatten über seine Person führten und ihm wütende Blicke nachschickten, als er an der nächsten Treppe zwei Absätze weiter unter ihm den Hageren entdeckte. Diesmal irrte er sich nicht, da war er sich sicher.

Der Mann trug einen schwarzen Rucksack, genau wie der Typ, auf den Kurts Kumpel gezeigt hatte.

»He!«, rief Rainer und schrie, als sich ein halbes Dutzend Fußballfans umblickten, nur der Verfolgte nicht, noch einmal, aber lauter: »He, du Schläger!«

Der Mann sah sich um und gab Fersengeld.

Noch einmal ließ sich Rainer nicht abschütteln. Mit einer Wendigkeit, die er sich angesichts seines Zigarettenkonsums und der allmorgendlichen Hustenanfälle selbst nicht zugetraut hatte, flitzte er die Treppenstufen hinunter und holte den Hageren ein, weil dieser durch den Menschenstau an einem Getränkestand aufgehalten wurde.

Der Anwalt griff den linken Arm des Flüchtigen und riss ihn herum. Schwer atmend standen sich die beiden Männer gegenüber.

»Ich will doch nur mit Ihnen reden«, keuchte Rainer. »Warum laufen Sie weg?«

Der Hagere sagte kein Wort.

»Kennen Sie einen Klaus Kröger?«

Keine Antwort.

»Oder Michael Droppe?«

Schweigen.

Rainer schüttelte den Schwarzhaarigen. »Sie waren doch bei der Schlägerei im Zug nach Dortmund vor zwei Wochen, bei der es einen Toten gab, dabei, oder?«

Für einen Moment glaubte Esch, ein kurzes Aufblitzen in den Augen des anderen gesehen zu haben, dann war dieser Eindruck wieder verflogen. Rainer sah nur in ein trauriges, schweigendes Gesicht.

Jetzt hatte der Anwalt die Schnauze voll. »Sie kommen mit zur Polizei. Ich möchte wissen, wer Sie eigentlich sind«, sagte er energisch und zog den Hageren einen Schritt nach vorne. Der schüttelte mit einer schnellen Bewegung Rainers Arm ab, griff in seine Tasche und einen Moment später hörte der Anwalt ein zischendes Geräusch. Er verspürte ein furchtbares Stechen in seinen Augen.

»Oh Gott, was ist ...«, stöhnte Rainer.

Ihn traf ein harter, schmerzhafter Schlag am Kopf. Kleine Sternchen blitzten auf und tanzten in seltsamen Kreisen. Dann sah er nichts mehr.

Als er wieder zu sich kam, nahm er zuerst Cengiz' ernsten Gesichtsausdruck wahr.

»Alles in Ordnung?«, fragte sein Freund besorgt. »Dich kann man wirklich keine Minute allein lassen.«

»Meine Augen! Was ist mit meinen Augen?«, jammerte Rainer und versuchte sich aufzurichten.

»Sie tränen«, stellte Cengiz fachmännisch fest. »Hier, versuch das.« Er drückte dem Anwalt ein feuchtes Tuch auf die Stirn. »Mein Taschentuch. Mit Mineralwasser. Kannst du laufen? Oder soll ich einen Krankenwagen ...?«

»Keine Polizei, keinen Krankenwagen.« Rainer drückte das Tuch auf seine brennenden Augen. »Was für eine Scheiße. Komm, hilf mir.« Er streckte Cengiz den rechten Arm hin. Sein Freund zog ihn hoch, legte seinen Arm über Rainers Schulter und griff mit seiner Linken um dessen Hüfte. Esch stöhnte auf. Dann stolperten sie Richtung Ausgang.

»Wo ist Kurt?«, wollte der Verletzte wissen.

»Hinter dem Typen her, der dich zusammengeschlagen hat. Wir haben dich gesucht, leider zu spät gefunden. Du lagst schon auf dem Boden und der Schläger haute gerade ab. Tja, Pech. Eine Minute früher und Kurt hätte ... Du solltest übrigens etwas an deinem Aussehen arbeiten.«

Rainer fuhr mit der Zunge über seine Lippe und spürte eine etwa kirschgroße Schwellung.

»Schlimm?«

»Es geht. Wer dich kennt, erkennt dich wieder. Bei den anderen ist es ohnehin egal.«

»Haben wir gewonnen?«

»Nee. Zu null verloren.«

»Mann!«

»Was ist passiert, Rainer?«

Esch berichtete über die Verfolgung.

»Deine Spontaneität bringt dich noch um«, schimpfte Cengiz. »Wann fängst du an, vor dem Handeln zu denken?«

»Ich habe nachgedacht!«, wehrte sich Rainer.

»Den Bruchteil einer Sekunde, bestenfalls. Warum bist du hinter dem Kerl her?«

»Vielleicht ist er der Täter. Vielleicht hat er den Kröger umgebracht.«

»Klar. Spricht ja auch nichts dagegen, alleine hinter einem potenziellen Mörder herzurennen und ... Was wolltest du eigentlich von dem Typen?«

»Mit ihm reden.« Sie hatten die Treppe erreicht.

»Pass auf, Stufen. Mit ihm reden. Logo. Warum hast du ihn nicht auf einen gemütlichen Plausch bei einem Bier eingeladen? Ich denke, du hältst den für einen Killer? Übrigens: Irgendwelche Probleme mit Bochumer Fans gehabt?«

»Warum?« Rainer presste immer noch das feuchte Tuch auf seine Augen.

»Da vorne stehen ziemlich finstere Gestalten mit noch finsteren Blicken, die anscheinend uns gelten.«

»Na ja, nicht direkt.«

Cengiz blieb stehen. »Was heißt das?«

»Möglicherweise habe ich den einen oder andern von ihnen etwas unsanft ...«

»Da seid ihr ja!« Kurt Schacklowskis Organ war nicht zu überhören. Die Milka-Kuh stampfte mit der geschulterten Fahne auf sie zu. »Der Junge war zu schnell für mich. Keine Chance. Na, geht's wieder?«, erkundigte er sich.

»Klar.« Esch blinzelte versuchsweise mit einem Auge. Schemenhaft nahm er seine Umgebung war. »Tränengas?«

»Vermutlich. Kurt, die Bochumer da ...« Cengiz machte eine diskrete Kopfbewegung.

»Schon gesehen.« Schacklowskis imposante Gestalt mit Wikingerhelm und Fahnenstange sicherte ihre Flanke. Unbehelligt erreichten sie Rainers Mazda.

»Ich nehme die Bahn«, verabschiedete sich der Hüne. »Danke für die Einladung. War ein schöner Abend. Richtig was los.«

Cengiz steuerte den Flitzer nach Herne. »Willst du bei mir pennen?«

»Hast du Wein im Haus?«

»Deine Mitbringsel. Die Pullen bleiben aber zu. Und eine Flasche Valpolicella.«

»Scheußlich. Wie spät ist es?«

»Gleich elf Uhr.«

Die Gedanken rasten durch Rainers Kopf. Warum war der Hagere vor ihm weggelaufen und hatte ihn später angegriffen? War der Mann der Täter? Er sollte zur Polizei gehen, Anzeige erstatten und eine Personenbeschreibung abliefern. Ach, Quatsch. Das würde wie das Hornberger Schießen ausgehen. Die Bullen würden den Typen nie finden. Er brauchte den Namen.

Plötzlich fiel Rainer die Karte mit der roten Weinrebe in seiner Tasche ein. Er fasste einen Entschluss.

»Setz mich bei der Eisdiele am Bahnhof ab. Du kannst den Wagen mit zu dir nehmen. Ich hole ihn morgen.«

»Was willst du denn um diese Zeit in der Eisdiele?«, fragte Cengiz misstrauisch.

»Was gegen meine Schwellung auf der Oberlippe tun. Und einen vorzüglichen Vernaccia di San Gimignano genießen.«

»Ich hoffe, du weißt, was du tust.«

»Immer.«

»Das macht mir Sorgen.«

Trotzdem kam Cengiz dem Wunsch seines Freundes nach.

Rainer betrat die Eisdiele. Diesmal begrüßte ihn nicht Gianna Nannini, sondern erst Altmeister Bob Dylan mit dem passenden Song: The boxer, dann der Barkeeper. Rainer war der einzige Gast. Er nahm einen Platz am Fenster, orderte ein Mineralwasser mit Eis, einen Espresso nebst Grappa und einen Vernaccia. Der Barkeeper musterte ihn neugierig, verlor aber weder über sein Aussehen noch die ungewöhnliche Bestellung ein Wort.

Das Perrier trank er in einem Zug aus, fischte die Eiswürfel aus dem Glas, rollte sie in Cengiz' Taschentuch und kühlte damit seine geschundene Lippe. Er schlürfte Kaffee und Grappa und widmete sich dann dem Wein. Ein wirklich edler Tropfen.

Als die Bedienung abräumte und ihn fragend ansah, knurrte Rainer entschlossen: »Noch einen Wein.«

Dann legte er die Karte mit der roten Rebe auf das silberne Tablett.

Sechs Vernaccia und zwei Grappas später betrat Vincente Lambredo, gefolgt von Salvatore, das Lokal. Der Italiener nickte dem Barkeeper zu und setzte sich zu Rainer. Salvatore verschwand hinter der Theke.

»Haben Sie es sich anders überlegt, Herr Esch?«

»Wollten Sie mich nicht anrufen?« Rainers Zunge war ein wenig schwer.

»Ja. Aber ich hatte ohnehin hier in der Gegend zu tun.«

»Verstehe.«

Der Barmann brachte zwei Weißwein.

Lambredo musterte den Anwalt. »Sie hatten Ärger«, stellte er fest. »Sieht nicht besonders gut aus, wenn Sie mir diese Bemerkung gestatten.«

»Geschenkt.« Rainer griff zum Glas. »Geht diesmal auf mich. Salute.«

»Salute. Wer hat Sie so zugerichtet?«

»Unser gemeinsamer Freund. Vermutlich.«

»Oh!«

Sie tranken schweigend.

Dann setzte Rainer das Gespräch fort: »Ich werde nicht für Sie arbeiten.«

»Aha. Warum haben Sie mir dann die Nachricht geschickt?«

»Lassen Sie uns noch etwas trinken.«

Der Weißwein begann, Rainers Wahrnehmung zu vernebeln. Möglicherweise war aber auch der Schlag ... Er nahm sich zusammen. »Ich sagte gerade, dass ich nicht für Sie arbeiten werde.«

Der Italiener nahm einen Schluck Vernaccia und beobachtete sein Gegenüber aufmerksam. »Ich habe es gehört.«

»Jedenfalls nicht so, wie Sie es sich vorstellen.«

»Wie sonst?«

»Ich werde Ihnen den Tausender zahlen. Zuzüglich zehn Prozent Zinsen. Allerdings nicht sofort. Wir werden das mit meinem Honorar verrechnen.«

»Was für ein Honorar?«

»Das Sie mir zahlen werden.«

»Was?«, fragte Vincente Lambredo erstaunt.

»Ja. Ich werde Sie in Ihren zukünftigen Rechtsstreitigkeiten vertreten. Als Anwalt. Und nur im Rahmen der Gesetze. Das mir dafür zustehende Honorar verrechnen wir, bis wir quitt sind. Dann beenden wir unsere geschäftliche Zusammenarbeit. Salute.«

Der Buchhalter hatte Rainer erst verblüfft, dann mit zunehmender Heiterkeit zugehört. Er lachte laut auf: »Sie meinen das wirklich ernst, oder? Ja, natürlich. Sie meinen das ernst.« Er schüttelte immer noch lachend den Kopf.

Rainer beugte sich nach vorne und fragte mit alkoholschwerer Stimme: »Was ist daran so lustig? Ich brauche den Namen. Aber ich habe kein Geld.«

Lambredo dachte nach und hob amüsiert sein Glas. »Sie gefallen mir. Deshalb schlage ich Ihnen eine Wette vor. Wir ziehen Streichholzpinchen. Ein Pin ist lang, der andere kurz. Gewinne ich, arbeiten Sie ein Jahr für uns. Gegen Honorar natürlich. Gewinnen Sie, bekommen Sie den Namen ohne Gegenleistung. Einverstanden?«

Rainer nickte. Er hatte zwar irgendwie das Gefühl, sich auf unsicheres Eis zu begeben, überblickte aber die Situation nicht mehr so ganz. Außerdem: Was blieb ihm übrig?

239

»Noch einen Vernaccia?«

Als der Barkeeper den Wein gebracht hatte, zauberte der Italiener aus seiner Brusttasche zwei Streichhölzer hervor, die er Rainer hinhielt. »Ich wähle kurz. Wenn Sie ein langes Holz ziehen, haben Sie gewonnen.«

Esch wollte es im ersten Anlauf nicht gelingen, eines der Streichhölzer zu greifen. Die vier Teile bewegten sich mit rasender Geschwindigkeit vor seinen Augen. Erst als Lambredo seine Hand führte, griff er zu und zog. Er stierte mit verwaschenem Blick auf das Hölzchen und hörte die Stimme des Italieners nur noch wie durch Watte: »Ein langes. Sie haben gewonnen.« Lambredo lachte und lachte.

Dann hörte Rainer nichts mehr.

43

»Chef, ich habe hier etwas in Sachen Martin Pleiße, was dich interessieren dürfte.« Kommissar Heiner Baumann legte Rüdiger Brischinsky den Bericht der Spurensicherung und das Ergebnis der Obduktion auf den Schreibtisch.

Sein Vorgesetzter schob den Stapel Kochzeitschriften und seinen Kaffeebecher zur Seite. »Und?«

»Was und?«

»Ja, soll ich den ganzen Mist selbst lesen?« Brischinsky nahm den Aktenordner und warf ihn mit einer schwungvollen Bewegung zurück auf den Schreibtisch von Baumann. »Du hast das doch alles schon studiert …«

»Ja, sicher.«

»Dann erzähl es mir.« Brischinsky lehnte sich in seinem Bürostuhl zurück, zündete sich eine Zigarette an und trank einen großen Schluck Kaffee.

»Martin Pleiße wurde nicht ermordet. Die Spurensicherung hat keine Anzeichen für Fremdverschulden feststellen können. Auch das Obduktionsergebnis liefert keine Anhaltspunkte für Mord. Wir haben außerdem hier den Bericht unserer Hamburger Kollegen. Pleiße war in psychiatrischer Behandlung. Wegen schwerer Depressionen. Da wollte einer nicht mehr, wenn du mich fragst.«

»Tue ich zwar nicht, aber ich stimme dir trotzdem zu. Wie schön. Den Akt kannst du schließen. Also kein Serientäter. Das wird Frau Doktor Elisabeth Großkopf-Schmittdellen nicht besonders freuen. Na ja«, sinnierte er weiter, »ist aber sonst eine ganz intelligente Frau, für eine Psychologin. Was ist mit Droppe?«

»Schweigt weiter. Wir haben ihn mit Paulys Ermittlungsergebnissen konfrontiert, aber er hält eisern den Mund.«

»Und ein Motiv? Haben wir ein Motiv?«

»Leider nein. Müller und Kossler haben auch nicht viel bei der Befragung der Freunde der beiden herausbekommen. So wie es aussieht, waren Droppe und Kröger nicht näher befreundet. Es gibt zwar Aussagen, dass die beiden Überschneidungen im Bekanntenkreis haben, so dass sie von Zeit zu Zeit im selben Pulk von Fußballanhängern zu Bundesligaspielen gefahren sind, aber immer zusammen mit anderen. Die beiden scheinen keine besondere Notiz voneinander genommen haben. Und damit fehlt uns das Motiv.«

Brischinsky schnaubte. »Nach mehr als zweiwöchiger Ermittlungsarbeit stehen wir wieder am Anfang. Das wird Kriminalrat Wunder nicht gefallen, befürchte ich.« Er fingerte eine weitere Zigarette aus der Schachtel.

»Rüdiger, du rauchst zu viel.«

»Stimmt. Aber du weißt ja, das Buch ...«

»Völliger Schwachsinn.«

»Herr Kommissar, wie redest du mit deinem direkten Vorgesetzten?« Hauptkommissar Brischinsky drohte scherzhaft mit dem Zeigefinger. »Wir brauchen ein Motiv. Oder Droppes Geständnis.«

Der Leiter der Soko Fußball machte es sich wieder in seinem Bürostuhl bequem. »Baumann, wie wäre es, wenn du uns aus der Pommesbude eine leckere Currywurst holst? Ich bezahle auch.«

»Ist nicht wahr! Es geschehen noch Zeichen und Wunder.«

Als Baumann das Büro verlassen hatte, klingelte das Telefon.

»Ach, Herr Kollege Husenau, das ist ja nett, dass Sie sich bei mir melden. Unser zweites Fax ist doch hoffentlich nicht auch verloren gegangen? – Da bin ich beruhigt. Was kann ich ... – Sagen Sie das noch einmal. Der Gentest von Bröhler und Stadder ist negativ? Sind Sie sich da sicher? – Entschuldigung, natürlich weiß ich, dass Sie die Tests nicht selbst durchführen, sondern im Labor machen lassen. Und der Mietwagen? Was hat das Personal des Autoverleihers ... – Haben keinen der beiden auf den Fotos wieder erkannt? Verdammt noch mal! – Aber der Schuldschein! Ein besseres Motiv gibt es doch gar nicht ... – Was sagen Sie? – Na klar! Ich Idiot.« Brischinsky schlug sich mit der flachen Hand mehrmals auf die Stirn. »Ich Idiot! Natürlich, Sie haben Recht. Sie haben völlig Recht, Herr Kollege. Ich höre dann von Ihnen? – Ja, vielen Dank.«

Hauptkommissar Rüdiger Brischinsky schüttelte den Kopf und legte auf. Der Appetit auf eine Currywurst war ihm vergangen, und zwar gründlich. Bis zum Rückruf Husenaus würde er keinen Bissen herunterbekommen.

44

Rainer wachte am Samstagmorgen in seinem Büro auf dem Boden auf. Er hatte nicht die geringste Ahnung, wie er dorthin gekommen war. Sein Kopf schmerzte noch mehr als sein Rücken. Dunkel erinnerte er sich an den gestrigen Abend. Er war in die Eisdiele gefahren, um den Italiener zu überreden, ihm den Namen des Gesuchten zu überlassen. Ihm fielen viel Wein und viele Grappas ein. Mehr nicht. Hatte der Typ ihm nun den Namen gegeben? Er durchsuchte sorgfältig seine Taschen. Ein Zettel mit einem Namen fand sich nicht. Er brauchte den Namen! Durch sein gemartertes Hirn zuckte ein Gedanke, den er aber nicht festhalten konnte: Da war irgendetwas mit einer Wette ...

Er fuhr mit dem Bus bis zu Cengiz' Wohnung, entdeckte seinen Mazda am gewohnten Platz und startete die Karre mit dem Zweitschlüssel. Obwohl die Aprilsonne die Luft erst spärlich erwärmte, klappte er das Dach des Cabrios herunter und fuhr offen. Das war nicht nur gut gegen seine Kopfschmerzen, sondern vertrieb auch die Alkoholschwaden, die er ohne Zweifel ausatmete.

Esch parkte seinen Mazda in unmittelbarer Nähe der Glückaufkampfbahn. Die Geschäftsstelle des Vereines lag direkt neben dem Eingang zum alten Sportstadion an der Kurt-Schumacher-Straße. Hier hatten Fritz Szepan, Ernst Kuzorra, Kalwitzki und Tibulski ihre historischen Erfolge im Schalker Kreisel gefeiert. Rainer spürte den Hauch der Sportgeschichte, als er den Devotionalienladen betrat und dann durch den Nebeneingang das Treppenhaus erreichte.

»Tach«, begrüßte er die Blondine, die ihm auf dem Flur im ersten Stock begegnete. »Wo finde ich hier ...«

»Trikots unten im Laden. Autogramme immer nach dem Training. Dienstags und donnerstags klappt es am besten. Tschüühüs.« Sie rauschte ab.

Rainer schraubte sich ein knappes »Danke« raus. Dann war Engelchen in einem der Büros verschwunden. Esch steuerte eine der anderen Türen an. Fanbetreuung stand auf dem Türschild. Er klopfte und betrat das Zimmer.

Ein stämmiger, bärtiger junger Mann saß hinter einem Schreibtisch. »Bitte?«

»Ich interessiere mich für den Schalker Fanklub. Ich möchte ...«

»Welchen Fanklub?«

»Wie bitte?«

»Ich möchte wissen, für welchen Fanklub Sie sich interessieren. Es gibt mehrere.«

Das hatte Rainer fast befürchtet. »Auch in Gelsenkirchen-Buer?«

»Autorisiert?«

»Keine Ahnung. Wie soll ich das ...?«

»Der Verein erkennt nicht alle Klubs an, die sich bei ihm melden. Sie müssen bestimmte Bedingungen erfüllen. Das tun nicht alle. Deshalb ...«

»Wie viele Fanklubs gibt es in Gelsenkirchen-Buer?«

»Was weiß ich? Wollen Sie Mitglied werden?«

Rainer überlegte einen Moment. »Warum nicht?«

Der Bärtige nickte und griff eine Karte aus einer Kunststoffbox vor ihm. »Der von uns anerkannte Schalker Fanklub in Buer. Setzen Sie sich mit Heino Niccolaisen in Verbindung. Er ist der Vorsitzende.« Er reichte ihm eine Visitenkarte in Blau-Weiß.

»Danke.«

Rainer wollte gerade abschieben, als ihn der Vereinsangestellte erneut ansprach: »Unsere Klubmitglieder v   e   r   -
pflichten sich im Übrigen zur strikten Gewaltlosigkeit.«

Rainer verstand nicht sofort. Dann dämmerte es ihm. Er berührte seine Lippe. »Ach so, nee, das war ...«

»Ich meine ja nur.«

Nach mehreren Telefonaten erwischte Rainer den Fanklub-Vorsitzenden in dessen Laden in der Buerer Innenstadt. Dort handelte der schmächtige Niccolaisen mit Tonträgern aller Art und vertrieb nebenbei Schalker Fanartikel.

Niccolaisen musterte Rainer skeptisch: »Unser Klub hat über fünfhundert Mitglieder! Ein Teil von ihnen verkehrt nur schriftlich oder über das Internet mit uns. Da soll ich Ihnen anhand einer spärlichen Personenbeschreibung den Namen eines unserer Mitglieder nennen? Das könnte ich nicht, selbst wenn ich wollte. Aber ich will auch nicht. Und jetzt muss ich mich meinen Kunden widmen.« Eine elegante Schwarzhaarige hatte das Geschäft betreten.

»Herr Niccolaisen, hier ist meine Visitenkarte. Wenn Ihnen doch etwas einfällt …« Rainer ließ die Karte neben der Kasse liegen.

Der Vereinsvorsitzende warf einen kurzen Blick darauf. »Mir fällt bestimmt nichts mehr ein. Und, Herr Rechtsanwalt Esch, dieses Ding hier können Sie gleich wieder mitnehmen.« Er gab Rainer das Kärtchen zurück und wandte sich an seine neue Kundin, die bei der Nennung von Rainers Namen aufgemerkt hatte. »Bitte?«

Rainer steuerte den Ausgang an.

»Herr Esch, bitte, einen Moment.«

Rainer blieb stehen und sah sich verwundert um.

Die Frau trat ihm gegenüber. »Sind Sie der Anwalt von Michael Droppe?«

Der Anwalt nickte verwundert.

Sie hielt ihm die Hand hin. »Großkopf-Schmittdellen. LKA Düsseldorf. Ich ermittle in dieser Sache. Wir sollten uns unterhalten. Warten Sie auf mich?« Sie schenkte Rainer ein Lächeln.

»Klar. Aber was machen Sie hier?«

Die LKA-Beamtin legte den Zeigefinger auf ihren Mund. »Später.« Dann ging sie zurück zu Niccolaisen, sprach leise mit ihm und zeigte ihm schließlich ein Bild.

Der Klubvorsitzende begutachtete es aufmerksam und schüttelte den Kopf.

Die Psychologin verstaute das Papier wieder in ihrer Tasche und kehrte zu Esch zurück. »Es gibt hier in der Nähe ein nettes Lokal. Hätten Sie Lust auf einen Kaffee?«

»Ich halte Ihren Mandanten für unschuldig«, begann die Polizistin unvermittelt ihr Gespräch, nachdem die Bedienung ihnen zwei Espresso gebracht hatte. »Hauptkommissar Brischinsky scheint allerdings anderer Auffassung zu sein.«

Esch war baff. Eine solche Offenheit hatte er nicht erwartet.

»Die Polizei in Gelsenkirchen sucht seit Monaten einen brutalen Schläger, der gegnerische Fans auf das Übelste zurichtet. Dabei geht er immer nach einem identischen Muster vor: Er tarnt sich als Anhänger des gegnerischen Vereines und lockt so seine Opfer zu sich.«

Der Anwalt war wie elektrisiert. »Trägt er Trikots der anderen Vereine?«

»Ja. Woher wissen Sie ...?«

Rainer berichtete von seinen Recherchen, allerdings ohne das Angebot des Italieners zu erwähnen, und von der Verfolgung des gestrigen Abends.

»Daher also die Verletzung«, stellte die Psychologin mitleidig fest.

»Halb so schlimm. Das Foto eben, dass Sie Niccolaisen gezeigt haben ...?«

»Ein Phantombild des gesuchten Schlägers. Wollen Sie es sehen?« Sie legte das Bild vor ihn auf den Tisch.

Rainer keuchte. »Das ist der Kerl, den ich gestern fast geschnappt hätte. Kennen Sie seinen Namen?«

»Leider nicht.«

»Und Niccolaisen?«

»Fehlanzeige. Aber wir kriegen den Kerl, ganz sicher.«

»Könnte ich eine Kopie haben?« Als Rainer die Frage ausgesprochen hatte, wusste er bereits, was die Beamtin antworten würde. Aber einen Versuch war es wert gewesen.

45

»Ich könnte mich heute noch irgendwohin beißen, dass ich nicht selbst darauf gekommen bin«, knurrte Hauptkommissar Rüdiger Brischinsky und rührte nun schon seit Minuten mit dem Kuli in seinem Kaffeepott. »Ich dämlicher Idiot halte Vorträge über die Bedeutung des Motivs, bekomme eins auf dem Servierteller präsentiert und sehe vor lauter Wald die Bäume nicht. Ich könnte mich ...«

»Aber Chef, die beiden Freunde von Hasenberg hatten doch auch ein Motiv, ihren Kumpel aus dem Weg zu räumen«, versuchte Heiner Baumann seinen Kollegen zu erinnern.

»Ach was. Ich hätte einfach nur logisch nachdenken müssen. Wahrscheinlich werde ich alt. Wenn Stadder und Bröhler ihren Freund Hubert Hasenberg wegen ihrer Schulden wirklich hätten umbringen wollen, dann wären sie sicher anders vorgegangen. Sie brauchten doch den Schuldschein. Wenn sie den Schuldschein nicht in ihren Besitz bekommen und vernichten konnten, war der Mord völlig sinnlos. Ihr Gläubiger hieß nur nicht mehr Hubert Hasenberg, sondern Heinz Hasenberg. Das hätte ihnen nichts genutzt. Absolut nichts!« Brischinsky zündete sich eine Zigarette an und fuhr dann fort zu lamentieren. »Und selbst wenn ich unterstelle, dass sie die Hoffnung hegten, später an den Schein zu kommen, hätte mir sofort Heinz Hasenberg als ein weiterer potenzieller Täter auffallen müssen. Auch er hat ein Motiv, ein verdammt gutes sogar – er erbt. Außerdem gab es doch noch die Aussage des Zeugen, der Hasenberg in einem Wagen mit Münchener Kennzeichen gesehen haben wollte. Aber ich war ja so auf Stadder und Bröhler fixiert ... Und zwischendurch ist mir immer noch der psychopathische Serientäter durch den Kopf gegeistert. Auf das Naheliegende muss dann unser Kollege Husenau kommen: besorgt sich ein Foto von Heinz Hasenberg und befragt die Mitarbeiter der Autofirma, die Hasenberg dann auch als Mieter des BMW wieder erkennen, dessen Autonummer der Dräscher notiert hat. Hasenberg hat schon gestanden, Husenau hat mich eben angerufen. Heinz hat seinen Bruder nach Spielende abgefangen. Als Hubert Hasenberg zur Toilette ging, ist Heinz ihm gefolgt.«

»Hat Hubert sich nicht gewundert, seinen Bruder im Stadion zu sehen?«

»Wohl nicht. Heinz hat Hubert erzählt, dass es ein plötzlicher Entschluss von ihm gewesen sei, doch nach Gelsenkirchen zu fahren, er aber nicht auf der Gegengerade, sondern auf der Tribüne gesessen habe. Dann hat er ihn überredet, mit ihm in seinem Wagen ohne Stadder und Bröhler nach München zurückzufahren. Auf dem Weg zur Autobahn bot Heinz seinem Bruder dann ein Bier mit KO-Tropfen an.«

»Und der hat das auch sorglos angenommen.«

»Natürlich. Als der betäubte Hubert weggetreten war, ist sein Bruder zur Brandheide gefahren.«

»Warum eigentlich ausgerechnet dahin?«

»Zufall. Der Name ist Hasenberg im Stadtplan aufgefallen. Auf dem Weg durchs Gebüsch war Hubert Hasenberg so angeschlagen, dass er nicht kapiert hat, was ihm drohte.«

»Bis zu dem Zeitpunkt, wo sein Bruder die Drahtschlinge ansetzte ...«

»Genau. Da hat er sich gewehrt. Das war zu spät.«

»Aber was hat Heinz Hasenberg denn bewogen, seinen Bruder in Gelsenkirchen umzubringen?«

»Das hat ihn unser Münchener Kollege auch gefragt. Er hat den Verdacht auf Stadder und Bröhler lenken wollen ...«

»Was ihm ja auch mit Bravour gelungen ... entschuldige, Rüdiger«, ließ Baumann schnell folgen, als er den gequälten Gesichtsausdruck seines Vorgesetzten sah. »War nicht so gemeint.«

»Hast ja Recht.« Brischinsky griff wieder zur Zigarettenpackung. »Haben wir im Fall Kröger irgendetwas übersehen? Ich würde es nicht ertragen, einen weiteren Fehler zu machen.«

»Ich glaube nicht.«

»Die Indizien gegen Droppe sind einfach erdrückend: Wir haben seine Fingerabdrücke auf der Tatwaffe, die ihm gehört – was er immer noch notorisch leugnet. Wir haben das Blut des Opfers an seiner Bekleidung gefunden. Er hat einen Fluchtversuch unternommen ...«

»Wir haben nur kein Motiv.«

»Noch nicht.«

»Was ist mit dem Verdächtigen, den unsere Psychologin ausgegraben hat?«

Brischinsky machte eine abwertende Handbewegung. »Hör mir mit dieser Frau auf. Die ermittelt auf eigene Faust, ohne mich zu informieren, und gibt dann auch noch Ermittlungsdetails an die Verteidigung unseres Hauptverdächtigen weiter – und noch dazu an diesen Esch.«

»Trotzdem ist sie dem Unbekannten ziemlich dicht auf den Fersen.«

»Wieso? Hat sie mehr als das Phantombild?«

»Na ja, die Aussage von Esch.«

»Schön. Aber warten wir erst einmal ab. Wenn wir diesen großen Unbekannten haben, sehen wir weiter.«

»Du hältst es also nicht für möglich, dass er ...?«

»Darüber habe ich lange nachgedacht. Mord passt nicht zu dem. In allen uns bekannten Fällen hat er seine Opfer verprügelt – zum Teil schwer verletzt –, aber nicht umgebracht. Nein, die Tat im Zug trägt nicht seine Handschrift.«

»Aber was hat er dort gemacht?«

»Bis jetzt haben wir lediglich die Aussage eines Zeugen, der ihn wieder erkannt haben will. Natürlich gehen wir der Spur weiter nach, aber unser Hauptverdächtiger bleibt Droppe. Wir müssen das Motiv finden. Morgen werde ich ihn verhören.«

46

Der Rest des Wochenendes war für Rainer Esch nicht sehr befriedigend verlaufen. Zwar gelang es ihm, ein überzeugendes Anspruchsschreiben an das Piercingstudio in Bochum abzuschicken. Auch hatte die Post am Samstag die Genehmigung gebracht, die Ermittlungsakten noch mal einzusehen, eine aber auch nur halbwegs Erfolg versprechende Verteidigungsstrategie für Michael Droppe war ihm immer noch nicht eingefallen. Der Hinweis auf den geheimnisvollen Unbekannten allein dürfte angesichts der erdrückenden Indizien den Richter nicht sehr überzeugen. Rainer beschloss deshalb, nach erfolgter Akteneinsicht seinem Mandanten in der Krümmede erneut einen Besuch abzustatten.

Nach Erledigung aller Formalitäten saß er Montagmittag mit Wut im Bauch Michael Droppe im Besucherzimmer der Justizvollzugsanstalt gegenüber.

Der Anwalt schob seinem Mandanten die Zigarettenschachtel zu. »Ich habe noch einmal Einblick in die Ermittlungsakten nehmen können.«

»Und?«, fragte der Untersuchungshäftling interessiert, steckte sich eine an und pustete Rainer den Rauch der Reval entgegen.

»Sie haben mir nicht alles erzählt!« Rainer kochte.

»Doch!«

»Nein, das haben Sie nicht! Warum haben Sie mir verschwiegen, dass Sie das Messer, mit dem Kröger erstochen wurde, vor einigen Wochen in Bochum gekauft haben?«

Droppe schwieg.

Esch stand auf. »Ich bin zwar nicht der erfahrenste Strafverteidiger in diesem Gerichtsbezirk, aber eines ist selbst mir klar. Wenn Sie mir nicht alles, wirklich alles erzählen, kann ich Ihnen nicht helfen. Dann wandern Sie für Jahre hinter Gitter, so wahr ich hier stehe.« Rainer atmete tief durch. »Ich weiß nicht, ob ich Ihnen überhaupt helfen kann, aber ohne Ihre Mitarbeit ...« Er schüttelte heftig den Kopf.

Michael Droppe blies schweigend Rauchringe in die Luft.

»Herr Droppe, warum haben Sie mir nicht gesagt, dass Ihnen das Messer gehört?«

Der Häftling sah auf den Tisch und beschäftigte sich ausgiebig mit Eschs Einwegfeuerzeug.

Da platzte Rainer vollends der Kragen. Mit leiser Stimme sagte er: »Ich lege hiermit mein Mandat nieder. Ohne Vertrauen läuft nichts.« Esch ging zur Tür, drückte die Klingel, um den Justizvollzugsbeamten zu rufen, der den Gefangenen aus dem Zimmer holen sollte. Dann drehte er sich um und wartete.

Droppe legte das Feuerzeug auf den Tisch und sagte resignierend: »Bleiben Se. Ich sach Ihnen allet, wat Se wissen wollen.«

Rainer sah seinen vermeintlichen Exmandanten überrascht an. »Alles?«

»Allet!«

»Gut.«

Die Tür wurde geöffnet. Der Anwalt wandte sich an den Schließer. »Wir benötigen noch etwas Zeit. Ich rufe Sie dann.«

»Rein in die Kartoffeln, raus aus den Kartoffeln. Na ja, Sie müssen's ja wissen«, maulte der Uniformierte.

»Weiß ich auch. Und wenn Sie uns jetzt bitte allein lassen würden ...«

Als die Tür wieder geschlossen war, erklärte Rainer: »Damit wir uns richtig verstehen: Eine falsche Antwort und ich bin weg. Einmal keine Antwort auf meine Frage und ich bin auch weg. So läuft der Deal. In Ordnung?«

Droppe nickte.

»Gut. Haben Sie das Messer gekauft?«

»Scheiße, ja. Abba ich wollte den Kröger damit nicht erstechen. Du brauchst heute auf der Straße 'ne Waffe. Sonst biste schneller, als du gucken kannst, weg vom Fenster. Alle ham irgend so 'n Ding. Viele auch 'ne Wumme. Abba ich nich. Dat is mir zu heiß. Ja, dat Messer gehört mir. Als die Bullen mir das im Zug gezeigt ham und ich wieder 'n bisschen klar inne Birne wurde, wusste ich, dat die Scheiße getz so richtig am Kochen is. Und deshalb hab ich die Mücke gemacht.«

»Sie haben das Messer also sofort wieder erkannt?«

»Logo.«

»Hatten Sie das Messer auch im Stadion dabei?«

»Wat meinen Sie denn? Blöde Frage. Ich geh doch nich unbewaffnet im Kittel innen anderes Stadion.«

»Wie haben Sie das Messer denn hineinschmuggeln können? Ich denke, da finden Kontrollen statt?«

»Die suchen, wir verstecken. In der Regel verstecken wir besser. Dat Ding war im Stiefel.«

»Warum haben Sie den Besitz des Messers geleugnet?«

Droppe sah seinen Anwalt verständnislos an. »Biste bekloppt oder wat? Da kann ich mich doch gleich hinstellen und sagen: Hallo, hier bin ich, ich hab den Kröger ausgeknipst.«

»Haben Sie?«

»Wat?«

»Kröger umgebracht.«

»Nein, verdammt noch mal. Dat hab ich nich. Zumindest kann ich mich nicht erinnern.«

»Herr Droppe, kannten Sie Kröger?«

Esch bekam keine Antwort.

»Ich frage Sie zum letzten Mal: Kannten Sie Kröger?«

Droppe blieb ruhig. Esch wollte gerade aufstehen, als Droppe sein Schweigen brach. »Ja, verdammt noch mal. Ich kannte Kröger.«

»Sie kannten ihn also. Schon lange?«

»Wie man's nimmt. Etwa ein Jahr.«

»Ein Jahr. Warum geht denn dann die Polizei davon aus, dass Sie sich nicht gekannt haben?«

»Wat weiß ich. Reicht dat getz? Ich kannte Kröger, dat is mein Messer und der is tot. Abba ich weiß nix mehr, Herr Esch, ehrlich. Dat müssen Se mir glauben. Nix! Ich weiß von nix!« Droppe stützte seinen Kopf in beide Hände und begann zu weinen.

Esch wartete, bis sich sein Mandant wieder gefasst hatte. »Herr Droppe, hatten Sie vielleicht Streit mit Kröger? Ging es um Geld?«

»Um Geld? Nee, um Geld ging dat nich.«

»Aber Sie hatten Streit?«

»Scheiße ja, verdammt noch mal. Können Se mit Ihrer dämlichen Fragerei nich endlich aufhören?«

»Herr Droppe, ich glaube, Sie sagen mir immer noch nicht die Wahrheit. Jedenfalls nicht die ganze Wahrheit. Haben Sie Kröger umgebracht?«

Droppe liefen die Tränen über das Gesicht. Er sah Rainer mit verquollenen Augen an und schüttelte seinen Kopf. Dann sagte er mit erstickter Stimme: »Ich weiß et wirklich nich. Und ... wenn ich wirklich ... wirklich zugestochen hab, dann nur im Suff ... doch nur im Suff. Mann, ich hab ... ich hab den doch ... ich hab den Kerl geliebt. Ich ... Ich hab den wirklich geliebt.« Droppe brach weinend auf seinem Stuhl zusammen.

Rainer brauchte einen Moment, um zu begreifen, was sein Mandant ihm da eben mitgeteilt hatte. Dann wurde ihm klar, warum Droppe eine Beziehung zu Kröger nicht hatte zugeben wollen. Er verstand, warum die Polizei keine Zeugen dafür fand, dass sich die beiden jungen Männer näher kannten. Und er konnte nachfühlen, was in Droppe vorgehen musste.

»Hatten Sie ... eine Liebesbeziehung? Sind Sie ... homosexuell?«

Droppe sah erstaunt auf. »Ja, Mann. Hasse dat immer noch nich kapiert? Ich bin schwul. Und Klaus war mein Freund. Er hat mir inner Halbzeit den Laufpass gegeben. Hat jemand anderes kennen gelernt. Aus Köln. Ich hab mir dann einen geballert. Ich weiß nur noch, dass Klaus und die anderen mir inne Straßenbahn geholfen haben. Mehr weiß ich nich mehr. Dat is allet. Vielleicht ... vielleicht hab ich Klaus ... erstochen, aber ich weiß et wirklich nich mehr.«

»Herr Droppe, wenn Sie es wünschen, bleibt dieses Gespräch unter uns. Ich glaube allerdings, dass der Richter, wenn er Kenntnis von Ihrer schwierigen Situation hat, wahrscheinlich eher bereit sein dürfte, Strafmilderungsgründe anzuerkennen. Aber das müssen Sie entscheiden.«

»Machen Se, wat Se wollen. Abba lassen Se mich bitte in Frieden.« Ein erneuter Weinkrampf schüttelte ihn. Nach einigen Minuten bat Michael Droppe: »Reicht Ihnen dat getz endlich? Kann ich getz wieder in meine Zelle zurück? Bitte!«

Rainer sah keinen Grund mehr, seinem Mandanten diesen Wunsch zu verweigern.

Auf der Rückfahrt in sein Büro überdachte Esch die Situation. Die homosexuelle Beziehung von Kröger und Droppe warf ein neues Licht auf den Fall. Droppes Schmerz über den Tod seines Freundes war echt, da war sich Rainer sicher. Aber konnte er ihn nicht trotzdem umgebracht haben? Trennungsängste, Wut, Verzweiflung und viel Alkohol – auch und gerade unter Liebenden ein möglicherweise explosives Gemisch. Auf jeden Fall war es besser, wenn Droppe die Aussage weiter verweigern würde. So kam die Kripo nicht zu ihrem fehlenden Motiv und die Anklage musste sich ausschließlich auf die Indizien stützen. Beeindruckende Indizien, ohne Zweifel, aber eben doch nur Indizien. Er musste im Prozess Zweifel an der Täterschaft Droppes säen. Großkopf-Schmittdellen hatte ihm bestätigt, dass ein Zeuge den Unbekannten im Eisenbahnwagon wieder erkannt hatte. Das wäre ein möglicher Weg. Wenn der Schläger gefasst würde ...

Er stellte den Wagen auf einen freien Parkplatz vor seinem Büro ab. Der Anwalt schloss die Tür auf und entdeckte einen weißen Briefumschlag, der anscheinend unter der Tür hindurchgeschoben worden war. Rainer drehte den Umschlag um. Keine Anschrift, kein Absender. Stirnrunzelnd riss er die Papiertüte auf und schüttete den Inhalt auf seine Schreibtischplatte: Da lag die Karte mit den roten Weinreben. Esch griff danach und drehte sie um: Sven Kamenz, Bismarckstraße 43, Gelsenkirchen, las er. Rainer griff zum Telefonhörer.

Dabei fiel sein Blick in das Innere des aufgerissenen Umschlages. Etwas befand sich noch darin. Er schüttelte ihn erneut. Auf seinem Schreibtisch lagen zwei lange, unbeschädigte Streichhölzer.

47

Der Fan war verunsichert. Vor dem Spiel von Schalke in Bochum hatte ihm einer der anderen Fans erzählt, dass die Polizei schon einige der Hooligans festgenommen hatte, die bei dem Überfall auf die Dortmunder im Zug dabei gewesen waren. Er wusste, dass es ein Fehler gewesen war, seine erprobte Strategie zu ändern. Er hätte sich nicht dazu hinreißen lassen dürfen, an der Schlägerei im Wagon teilzunehmen. Aber die Anderen waren in den Zug gestiegen, ehe er sie hatte angreifen können. Und jeder Wolf, der einmal eine Fährte aufgenommen hat, folgt seinem Opfer. Dann hatte ihn die Leidenschaft gepackt. Aber er hätte sich nicht beteiligen dürfen, das hätte er nicht machen sollen. Das fand Vater auch.

Und seine Verstörtheit hatte dazu geführt, dass er Fehler gemacht hatte. Es hätte nie passieren dürfen, dass er in Bochum von einem anderen Schalker Fan in der Toilette überrascht worden war. Er kannte den anderen Fan. Zwar nicht sehr gut, aber er kannte ihn. Er konnte nur hoffen, dass dieser ihn nicht auch wieder erkannt hatte. Und dann diese Auseinandersetzung nur wenig später. Er konnte sich keinen Reim darauf machen, warum ihn dieser Mensch verfolgt hatte. Ihm war auch völlig rätselhaft, wer diese beiden Personen waren, nach denen der Typ ihn gefragt hatte. Als er dann noch das Wort ›Polizei‹ gehört hatte ...

Gut, er war entkommen. Trotzdem war es sicher nur noch eine Frage der Zeit, bis die Polizei feststellen würde, dass er es war, der die Rituale ausgeführt hatte.

Vater stimmte ihm zu, kritisierte ihn aber erneut wegen seiner Taten. Die Heftigkeit seiner Vorwürfe machte den Fan stumm. Außerdem redeten die anderen Stimmen mehr denn je auf ihn ein.

Später dann, als Vater dafür gesorgt hatte, dass auch die anderen wieder etwas ruhiger wurden und ihn nicht mehr mit unmöglichen Forderungen traktierten, sprach er Vater darauf an.

Vater machte ihm klar, dass er, wenn die Polizei ihn fände, wahrscheinlich ins Gefängnis müsse. Das störte den Fan eigentlich nicht. Er war es schließlich gewohnt, allein zu leben. Aber Vater gab zu bedenken, dass er dann nicht mehr zu den Spielen von Schalke gehen konnte, was den Fan, nachdem ihm die Tragweite dieser Aussage Vaters bewusst geworden war, in tiefe Frustration und Ratlosigkeit stürzte.

Keine Heimspiele mehr. Kein Parkstadion in Königsblau. Keine 60.000 Fahnen. Wie sollte er das überstehen?

Er besprach diese Frage mit Vater, der ihm einen Rat erteilte, den er zunächst spontan ablehnte. Ohne den wahren Fan konnte Schalke unmöglich weiter Erfolge auf nationaler und internationaler Ebene feiern. Das ging nicht. Das musste auch Vater einsehen.

Wenn nicht der Fan die Stadien bei den Auswärtsspielen einer Inspektion unterzog, fehlten der Schalker Mannschaft wichtige Informationen, die der Fan über die anderen Stimmen den Spielern und vor allem dem Trainer mitteilen konnte. Wer sonst konnte diese Aufgabe übernehmen?

Wenn nicht der Fan nach Heimspielen die erforderlichen Rituale ausübte, verlor dann der Verein nicht zwangsläufig das nächste Spiel?

Der Fan diskutierte lange mit seinem Vater. Schließlich kamen sie gemeinsam zu einem Entschluss. Vater sah ja auch jedes Spiel von Schalke. Mit ihm und durch ihn. Mit Vater gemeinsam würde er einen neuen Fan finden, der seine Aufgabe übernehmen konnte. Und sie würden den neuen Fan dann zu allen Spielen ihres Vereins begleiten, ihn in seinen Entscheidungen unterstützen und ihn in der richtigen Ausübung der Rituale unterweisen. Mit Vaters und seiner Unterstützung würden dem neuen Fan die Fehler, die er selbst gemacht hatte, nicht unterlaufen. So konnten sie gemeinsam Schalke vielleicht noch einmal zum Gewinn des UEFA-Cups oder gar der Deutschen Meisterschaft führen.

Ja, wenn er es sich recht überlegte, war dies die richtige Entscheidung.

Einen Tag nach dem Gespräch mit Vater kündigte der Fan seine Arbeitsstelle und seine Wohnung. Er erwog, seiner Mutter einen Besuch abzustatten und ihr alles zu erklären, verwarf diese Überlegung jedoch wieder. Vater hatte ihm erzählt, dass Mutter schon früher nicht verstanden hatte, dass die Samstage Schalke gehörten. Sie würde Vaters und seinen Entschluss nicht nur missverstehen, sondern auch nicht billigen.

Seine gesamte Kleidung fand Platz in drei großen blauen Kunststoffsäcken. Er trennte sich ohne zu zögern davon. Etwas schwerer fiel es ihm, auf seine Schalke-Bettwäsche zu verzichten. Und als ihm Vater sagte, er müsse seine Sammlung von Videokassetten, Trikots und die Alben mit seinen in langen Jahren angehäuften Erinnerungsstücken ebenfalls aufgeben, zögerte er und wollte Vaters Rat nicht folgen. Vater beruhigte ihn und erklärte ihm sanft, aber eindringlich die Notwendigkeit, jetzt so zu handeln. Der Fan gehorchte. Nur einen königsblauen Schal schlug er sich um den Hals.

Nach neun Stunden erinnerte nichts mehr in der Wohnung des Fans daran, dass hier einmal ein Schalker gelebt hatte. Der Kühlschrank war leer und ausgeschaltet, die Tür geöffnet. Der Müll ordnungsgemäß entsorgt. Die Bilder von Schalke waren abgehängt und in seinem Wagen verstaut. In den Schränken fand sich nichts. Kein Kleidungsstück, keine Wäsche.

Der Fan hätte die Wohnung gerne vollständig ausgeräumt, aber Vater meinte, dass langsam die Zeit knapp würde.

Zehn Minuten, bevor mit quietschenden Reifen zwei Einsatzfahrzeuge der Gelsenkirchener Polizei vor seiner Haustür hielten, fuhr der Fan zur nächsten Tankstelle, füllte seinen Tank und Reservekanister und machte sich auf den Weg in Richtung Herten. Kurz hinter Gelsenkirchen-Resse bog er rechts ab zur Zentraldeponie Emscherbruch.

Dort zeigte er am Eingang auf seine Ladung; gab an, es würde sich um gewerblichen Müll handeln, und erhielt die Erlaubnis, diesen gegen Zahlung einer angemessenen Gebühr auf der Halde abzuladen. Er fuhr mit seinem Wagen, so weit er konnte, lud sein Eigentum aus, warf auch Personalausweis, Führer- und Fahrzeugschein auf den Haufen und übergoss alles mit dem mitgebrachten Benzin. Dann setzte er alles in Brand. Der Qualm war weithin sichtbar.

Bevor er jedoch von den Müllwerkern zur Rechenschaft gezogen werden konnte, setzte sich der Fan wieder in sein Fahrzeug und verließ die Deponie.

Über die A 2 und A 43 erreichte er die Ruhr-Universität Bochum. Der Fan hatte die Universität einmal besucht, weil Teile der Schalker Mannschaft hier eine Autogrammstunde hatten geben sollen. Damals war er Stunden in dem Gebäudekomplex umhergeirrt, bis ihm klar geworden war, dass ihm Arbeitskollegen einen üblen Streich gespielt hatten. Zwar zweifelte er daran, dass Vater mit der Wahl des Ortes Recht hatte, aber er schwieg.

Seinen Golf parkte er auf einem der Parkplätze im Süden des Geländes. Sorgfältig durchsuchte er den Wagen, ob sich hier noch irgendetwas befand, was auf seine Identität hindeuten könnte. Er entdeckte nichts.

Der Fan schloss ab und warf den Wagen- und die Wohnungsschlüssel in einen Gully. Dann betrat er das Gebäude GC, benötigte einige Zeit, bis er den Aufzug fand, und drückte, als die Kabine auf seiner Ebene hielt, den Knopf für die höchste Etage.

Oben angekommen bemühte er sich vergeblich, ein Fenster zu öffnen, um auf die das Gebäude umlaufende Balustrade zu gelangen. Kurz entschlossen nahm er einen Stuhl und zerschlug eine Fensterscheibe.

Er kletterte nach draußen, überstieg die Balustrade, beugte sich nach vorne und hielt sich mit der rechten Hand fest.

Sven Kamenz sah nach oben. Der Himmel war strahlend blau. Königsblau. Nur kurz dachte er noch einmal an seine Mutter. Dann sagte Vater, dass er loslassen solle. Er hatte immer auf Vater gehört. Nur einmal nicht.

Vater hatte ihm verboten, den betrunkenen Anderen bis zum Zug zu folgen. Aber er war vorher nicht an die beiden herangekommen. Dann die Schlägerei im Wagon. Als der Streit zwischen den Dortmundern eskaliert war, stand er direkt neben ihnen. Verwundert hatte er zugesehen, wie sich die Betrunkenen angebrüllt hatten. Im Laufe der Auseinandersetzung hatte der eine ein Messer gezückt und voller Wut auf sein Gegenüber eingestochen. Auf einen Fan der eigenen Mannschaft! Ein Schalker würde so etwas nie tun. Er hatte keine Gelegenheit mehr gehabt, sich neue Opfer zu suchen, und war aus dem Zug geflüchtet, ohne das Ritual ausführen zu können.

Heute hörte der wahre Fan auf seinen Vater. Er blickte noch einmal in den königsblauen Himmel.

Sven lächelte glücklich. Er ließ los.

Epilog

Sven Kamenz wurde an einem regnerischen Freitag beerdigt, zehn Stunden vor dem Anpfiff des Spieles FC Schalke 04 gegen TSV München 1860. Am offenen Grab standen nur der Pastor und die Mutter.

Michael Droppe wurde acht Monate nach dem Krawall in der Emschertalbahn in einem Aufsehen erregenden Indizienprozess wegen Totschlags im Zustand der verminderten Schuldfähigkeit zu achtzehn Monaten Gefängnis verurteilt. Der Angeklagte beteuerte bis zur Urteilsverkündung seine Unschuld. Ein Jahr nach dieser Entscheidung wurde Michael Droppe auf Bewährung entlassen. Nur wenig später wurde er nach einem missglückten Banküberfall erneut festgenommen und dann für acht Jahre hinter Gitter geschickt. Eine anwaltliche Vertretung durch Rainer Esch lehnte Droppe kategorisch ab.

Ingo Frühsel wanderte wegen mehrfacher schwerer Körperverletzung für dreizehn Monate in den Knast. Strafmildernd berücksichtigte der Jugendrichter Frühsels Aussage, die dazu geführt hatte, dass auch die restlichen Hooligans ermittelt und vor Gericht gestellt werden konnten.

Heinz Hasenberg wurde sechs Monate nach dem Spiel Schalke gegen Bayern München von der großen Strafkammer des Schwurgerichtes Bochum wegen Mordes an seinem Bruder Hubert zu einer lebenslangen Freiheitsstrafe verurteilt.

Holger Müssler verlor seinen Gewährleistungsprozess gegen das Piercingstudio vor dem Amtsgericht Bochum mit Pauken und Trompeten. Die Richterin vertrat in ihrer Urteilsbegründung die Auffassung, dass es unerheblich sei, ob der Kläger seine Spaghetti nicht mehr ohne Beeinträchtigung essen könne. Dieses Risiko sei er aus freien Stücken eingegangen, als er sich Ringe durch die Unter- und Oberlippe ziehen ließ. Rainer Esch äußerte zwar nach der Verhandlung gegenüber seinem Mandanten Unverständnis über eine solche Entscheidung, gab der Richterin aber insgeheim Recht.

Josef Bartelt brauchte das Honorar des Ehevermittlungsinstitutes Harmonie nicht zu zahlen – der Vertrag war sittenwidrig.

Kurt-Georg Uhliger mied nach jenem Tag die Gegend um den Ewaldsee. Er ging, sehr zum Bedauern seiner Ehefrau, sowieso nicht mehr so häufig angeln. Und wenn, dann ließ er den Flachmann zu Hause.

Elisabeth Großkopf-Schmittdellen wartet noch immer auf eine Einladung zum Bier durch Hauptkommissar Rüdiger Brischinsky.